그물에 걸리지 않는 바람

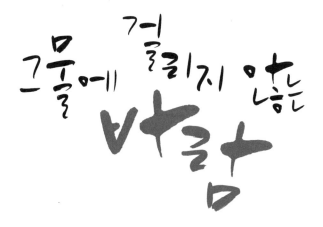

그물에 걸리지 않는 바람

안영해 수필집

열린지평

계룡산은 고적하고 사람의 향기는 그윽하다

황우현(시인, 전 국어교사)

계룡산 은골에 순하디순한 처사가 있다. 그는 평소 괴이한 것을 즐겨 폭염이나 혹한을 무릅쓰고, 이런저런 일로 세상이 떠들썩해도 말이 없다. 늘 우주적이고 태곳적인 상상에 몰입하는 그가 업을 말한다.

'물은 위에서 아래로 흐르고 인간사는 업에 따라 펼쳐진다. 봄이 오면 꽃이 피고 겨울이면 눈이 내리는 대자연의 질서가 업이다. 나 자신도 내 업에 의해 주어진 길을 가고 있다.'

그는 타인에게는 순하고 옛 친구들에게 각별하다. 세련된 신식의 신사가 아니고 차라리 구식의 선비이다. 남에게 베풀기를 즐기고 친구들을 집으로 불러들이는 습성을 지금도 고이 간직하고 있다.

쓰기에 불편한 오래된 물건이나 돌덩이를 가져와 좋아하는 그다. 천성이 고리타분해서 세상에 아첨할 줄 모르고 계산할 줄 모른다.

장미가 피어나는 6월에는 설악산 만해마을이나 동해안 화진포 백사장에다 텐트를 치고, 9월에는 낙동강 상류 봉화 태백의 오지에 머물러 앉아 기타를 치면서 동요를 부르는 낭만을 지니고 산다.

안 형은 요즘 더위를 어떻게 견디고 계실까? 계룡산 자락 산내음 속에서 책을 읽고 낮잠을 즐기시리라. 스스로 호를 '오수'라고 붙여 지인들이 낮잠을 뜻하는 거라 여겼더니, '지저분한 물'이라고 우기기까지 괴팍하기 그지없다.

파스칼은 인간의 불행은 단 한 가지, 고요한 방에 들어앉아 휴식할 줄 모르는 데서 비롯한다고 말한다. 오늘을 살아가는 우리는 오히려 불행을 자초하느라 바삐 살고 있지는 않을까? 현대사회에서 나타난 부작용의 대항 영역으로 떠오른 '힐링'의 방법은 다양하지만, 그 기저는 '권태'가 아닌가 싶다.

오늘도 안 형은 금사당에 들어앉아 책을 읽다가 플루트와 기타를 연주하고 또 낮잠을 잘 것이다. 무의미할 때까지 반복되는 것을 받아들이며 복을 받은 사람으로서 마음의 평화를 누리고 있는 그가 불쑥 이야기보따리를 풀어놓았다.

정년 퇴임 기념으로, 유년에서부터 청년 시절까지 어른들 누구라도 겪었을 민속적인 이야기인 '주머니 속의 작은 추억들'에 이어, 이번에는 기성세대로 살아오면서 선남선녀들과 만남과 함께한 훈훈한 이야기를 위주로 담담하게 엮었다.

부부 교사인 큰아들 내외와 공무원인 둘째 아들에게 조용히 훈계하듯이 세상 사람들에게 나직한 말투로 이야기를 들려주고 있다. 현학적이지도 비루하지도 않은 평범한 일상을 그의 따뜻한 가슴으로 품고, 설교가 아닌 일상으로 그는 이야기한다.

명성은 스스로 만드는 것이되 자신을 낮출 때만 탁월해질 수 있다. 높이 앉을 수 있더라도 낮은 자리에 앉아라. 스스로 높일 때 어려움이 찾아온다.

내가 받고 싶은 대로 남에게 베풀어라. 사랑으로 베풀고 상대가 다소 부족하더라도 행운으로 여겨라. 진정한 행복은 영혼 관리에 있다.

여러 가지 소박한 일상 속에서 자유로운 영혼을 닮은 계룡산 처사의 이야기는, 가까이 있는 사람들에 대한 소중함과 작고 돌보아지지 않은 것들의 아름다움을 찾을 수 있게 한다.

때로는 안타깝고 때로는 비슷이 웃음을 짓게 하는 이야기들이 새삼 세대를 초월해서 우리들의 삶을 되돌아보게 할 것이다. 좋은 이야기는 강요하지 않아도 향기롭고 인생의 훌륭한 나침반이 된다.

안 형!

더위가 기승을 부려도 곧 흰 이슬 내리고 금사당 안뜰에 국화꽃이 만개하겠지요. 지난여름을 희롱하는 달빛을 따라가면 깊은 밤 혼자 있기에 적당한 곳이 있습니다. 그곳에는 소리가 있고 향기가 있습니다.

잔잔히 흐르는 음악이 어울릴까요, 바람결에 들려오는 풍경 소리가 어울릴까요? 계절 분위기에 맞춘 커피 향기가 좋을까요, 한 사발 탁배기에서 풍기는 누룩 냄새가 더 좋을까요?

2019년 한여름, 순천에서

봄이 가고 여름이 가고 가을이 가고 겨울이 가고, 또 봄이 오고 여름이 오고 가을이 오고 겨울이 오고, 또다시 봄이 오는가 싶더니 여름까지 가고, 가을인가 싶더니 또 겨울마저 가고, 이렇게 시간은 잘도 흐른다.

가끔 콧노래를 부른다. '언젠간 가겠지, 푸르른 이 청춘, 피고 또 지는 꽃잎처럼. 달 밝은 밤이면 창가에 흐르는 내 젊은 연가가 구슬퍼⋯⋯' 하는 나의 18번이다.

시절 인연이 있다 보니, 또 이렇게 책을 내게 됐다. 굳이 꼽으라면 이 책을 두 여자와 한패의 남자들이 꼭 읽으면 좋겠다. 한 명은 나의 첫사랑이었던 여자이고, 또 한 명은 집사람이며, 한패의 남자들은 나의 불알친구들이다. 덧없는 게 인생이니, 이해해 주겠지.

본문에 그림을 쓸 수 있도록 기꺼이 허락해주신 하복희 화백께 고마움의 인사를 드린다.

2019년 여름
안영해

차례

축하의 글 … 4
머리글 … 7

1부 인연

내가 사랑하는 생활 … 12
산책길에서 … 18
인연 … 21
믿을 수밖에 없는 꿈 이야기 … 25
환생還生 … 32
세상에 이런 일이! … 35
개미들의 흥남철수작전 … 40
견물생심見物生心 … 42
세상을 보는 다른 시각 … 46
법정 스님에 관한 추억 … 49
왜 그랬을까? … 51
신神의 민낯 … 55
빗소리 들리면 … 68

2부 천하태평

재취업再就業을 하라고요? … 72
벌들의 전쟁 … 76
믿는 도끼에 발등 찍힌(?) 날 … 79
결혼식 날 국수 먹기 … 83
천하태평 … 86
어머니의 천하태평 … 89
취미 생활 … 93
글 잘 쓰는 사람 … 98
생명 탄생의 신비 … 101

핑계 … 104

어떤 도벽盜癖 … 108

고약한 버릇 … 111

자식이라는 실체 … 117

모전자전母傳子傳 … 120

잊고 싶은 순간 … 122

영리한 개犬 … 127

꼬맹이들의 거짓말 … 131

고스톱의 미학 … 134

식탐食貪 … 140

3부 갈 수 없는 나라

내 기억 속의 그 자리 … 144

갈 수 없는 나라 … 149

우리를 슬프게 했던 사람 … 153

죽음과 마주할 때 … 161

사라진 추억 … 164

그 시절에는 … 172

배고팠던 시절, 그 맛 … 176

지옥문 앞에서 … 180

뚱뚱 그지 … 184

가장 황홀한 직업 … 187

친구 … 190

이별의 미학 … 193

4부 봉천내에서 멱감던 날

봉천내에서 멱감던 날 … 198

못된 버릇 … 203
똥통에 빠진 이야기 … 209
흉측한 동물들과 얽힌 추억 … 214
방귀 … 219
오줌싸개 … 223
첫사랑 … 225
어떤 교미 … 231

5부 저 별은 나의 별

불의 사용 … 240
위대한 발견? … 244
사투리의 매력 … 247
언어의 변천變遷 … 253
막말 전쟁 … 258
영장류들의 문화 … 261
저 별은 나의 별 … 266
저 별은 너의 별 … 273
내연內緣 관계 … 276
나의 유언遺言 … 279

1부

인연

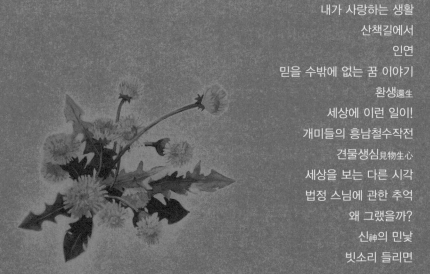

내가 사랑하는 생활
산책길에서
인연
믿을 수밖에 없는 꿈 이야기
환생還生
세상에 이런 일이!
개미들의 흥남철수작전
견물생심見物生心
세상을 보는 다른 시각
법정 스님에 관한 추억
왜 그랬을까?
신神의 민낯
빗소리 들리면

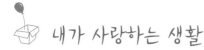 내가 사랑하는 생활

내가 사는 곳은 계룡산자락 숲속에 있는 나지막한 절간이다. 이곳 절에서 정말 운 좋게 좋은 스님을 모시고 함께 살아가고 있다. 그의 지혜를 옆에서 보며 함께 생활하는 것만으로도 다시없이 행복하다.

매주 화요일이면 절 앞으로 비스듬히 난 길을 따라 200여 미터쯤 언덕길을 내려가면, 시골에서만 볼 수 있는 농촌 특유의 내음이 물씬 나는 장場이 화요일마다 선다.

저 멀리 대둔산 정상이 보이는데 겨울이면 눈을 머리에 이고 있는 모습이 흡사 면사포를 쓰고 있는 새색시 같기도 하고, 미사포를 머리에 얹은 성당의 여신도처럼 경건하고 신비로워 보인다.

봄여름이면 절 주위가 온통 연푸른 빛으로 물들고, 가을이면 빨간 단풍이 들어 그지없이 아름답다. 그리고 갖가지 꽃들이 초봄부터 늦가을까지 형형색색의 꽃을 피워 이곳을 찾는 사람들을 감탄케 한다.

나에게는 그 누구도 감히 흉내를 내지 못할 특기가 몇 가지 있다.

하나는 잠을 자는지 책을 읽는지 모르게 며칠간이고 그렇게 누워서 책과 함께 세월을 보내는 재주이고, 또 다른 하나는 자정이건 새벽 3시이건 아무 때고 부엌 찬장을 뒤지는 것이다.

특히 아무 생각 없이 아무것도 하지 않고 천장을 보며 멍하니 누워 있는 재주는 단연코 타의 추종을 불허한다. 쉽게 말해서 유체이탈(?)을 가끔 하는데 이런 재주 가진 사람이 있으면 어디 한 번 나와 보시라.

시간이 어디로 가는지 어디서 오는지도 모르고 세월이 멈춘 것 같은 이곳 넓은 마당에서 여름이나 가을밤이면 평상을 펴놓고 어린 아잇적 추억을 떠올린다.

그리고 가끔 '이 밤도 별이 바람에 스치운다'는 윤동주의 시를 읊는다. 언젠가는 보름달이 환하던 한여름 밤에 옥수수와 감자를 삶아 먹으며, 친구들과 작은 음악회를 열기도 했다.

그럴 때는 '뜸북뜸북 뜸북새', '엄마가 섬 그늘에 굴 따러 가면', '보일 듯이 보일 듯이 보이지 않는 따옥따옥…' 같은 동요가 더 좋다. '검은 빛 바다 위에…'로 시작하는 '밤 배', '별이 빛나던 밤에…', '두 개의 작은 별', '새끼손가락'에다가 '해변으로 가요' '삼포로 가는 길' 등도 빼놓을 수 없는 레퍼토리이다. 우리는 모두 가수가 된다.

티비에서 '전국이 들끓는 가마솥이…' 하며 보도하지만, 이곳은 그런 세상과는 달라서 그렇게 덥지 않다. 가끔 찾아오는 신도들이나 손님들이, '야! 절 자리가 정말 명당이네. 절 좌우로 꽃과 나무도 아름답고…. 어떻게 이런 곳에 이런 명당자리가 남아 있었수?' 하며 감탄한다. 그때마다 우리 스님의 '꿈 이야기'를 떠올리며 흐뭇한 미소를 짓곤 한다.

재작년에는 절 한쪽 끄트머리에 집을 두어 채 지었다. 내 방은 나무와 숲으로 가려진 한쪽에 아주 조그맣게 자리를 잡고 있는데, 지난 여름에 절간 한 켠 숲속에다 정자를 들여놓았더니 처녀 같은 날렵한 맵시며 날아갈 듯한 시원함으로 보는 이들의 눈까지 즐겁게 한다. 저녁에 정자의 등불 아래서 책을 읽는 맛이란, 신선이 따로 없다.

오늘처럼 이렇게 비라도 내리면 빗소리에서 태곳적 정취를 듣는다. 한겨울에는 세차게 부는 바람에 말없이 제 갈 길을 가는 나뭇잎의 모습이 다시없이 좋다. 어느 노랫말처럼 '눈이 부시게 푸르른 날'이면, 이연실이 부른 '비단 같은 흰 구름'이 푸른 바다처럼, 높은 하늘에 뭉게뭉게 펼쳐지는 것이 더없이 좋다.

빗속에 등산을 서너 시간 했다. 아까 걸었던 산길 도토리가 도톨도톨 숨 쉬는 사이로 가을이 스며들고 있었다. 가을밤이면 혼자서 듣는 추적추적 비 내리는 소리가 얼마나 정겨우며 처량한지…. 이처럼 비가 내리는 가을밤에는 허무감이 폐부를 찌르는 것 같다. '가을밤은 어쩌면 죽음을 연습해 볼 수 있는 시간인지 모른다'고 말한 어느 수필가의 글귀가 떠오르고, 나의 내면의 세계를 들여다보게 된다.

하루는 치기稚氣가 발동해 숲속 한 곳에서 옷을 홀딱 벗은 채 한 시간 가까이 이리저리 거닐며 햇볕을 쬔 적이 있다. 비 오는 밤에도 그러고 싶지만, 그건 좀 무섭다. 혹시라도 그 시간에 누군가와 마주치게 되면 귀신이나 도깨비가 나왔다고 기절초풍을 할 것 아닌가.

늦은 밤이면 어디로 떠나는지 알 수 없는 기차 소리가 멀리서 아련

하게 들려온다. 이 기차 소리는 떠나버린 첫사랑과 방황했던 젊은 시절이 생각날 만큼 처연하다. 그럴 때마다 부르는 콧노래 '첫사랑 그 소녀는 어디에서 나처럼 늙어갈까. 가버린 세월이 서글퍼지는 짙은 색소폰 소리를 들어보렴······.'

이렇게 비가 내리고 깊어가는 밤이면 적막 속에 스며드는 빗소리에 몸살이 난다. 올해 여름에는 집게벌레가 몇 마리 찾아온 적이 있다. 어릴 적 기억이 떠오르며 얼마나 반갑던지!

지난봄에는 조롱박을 사다 심었더니 어느 날 집사람이 "여보. 당신 조롱박 열린 것 봤어요? 아이고 예쁘기도 하네." 한다. 가서 보니 꼭 어린아이 새끼손가락만 한, 잠 깨어 소변을 보려고 고추를 꺼낼 때 오줌을 잔뜩 머금은 고것만 한 것이 달려 있지 않은가.

가끔 마음의 위로를 얻기 위해 이곳을 찾아오는 이들이 있다. 그들의 방문을 나의 '기쁨의 수첩'에서 빼놓을 수 없다. 그중에는 나이가 훌쩍 든, 함께 늙어가는 제자들도 있고, 정년을 맞기 전에 같이 근무하던 선생님들도 있으며, 이십여 년 동안 어울려 살던 연천 이웃 사람들도 있고, 첫 근무지인 진도에서부터 인연을 맺어 젊음을 함께 보내고, 이제는 퇴색한 낙엽처럼 빛이 바래어가는 선생님들도 있다.

이들이 찾아오면 밤새 노래를 부르고 이야기를 나누다가 한방에서 자곤 하는데, 그들도 그렇게 하는 게 편하고 더 좋단다. 그럴 때면 나는 여지없이 개구쟁이 시절로 돌아간다.

법회가 있는 날이면 기도가 끝난 후 연세 드신 신도들을 모셔다드리는 것도 빼놓을 수 없는 즐거움 중의 하나이다. 그들에게서 고결하게 늙어가는 방법과 여유 있는 웃음을, 그리고 우직한 정직함과 세파를 잠재우며 유유히 살아가는 삶의 지혜를 배운다.

몇 달 전부터는 지난날 읽었던 책들을 다시 읽어 보려고 우선 몇 권만 가져다 났다. 진도가 통 나가지 않는 것이 유일한 걱정(?)이다. 내 방에는 향나무로 만들어진 조그만 상이 있다. 이것을 펴고 책을 읽으면 향긋한 냄새가 머리를 맑게 한다. 그럴 때면 세월이 휘청 한 허리를 넘는 소리가 들리는 듯하다.

도시에 살면서 머리가 아픈 사람들, 잠시라도 쉬고 싶으면 아무 생각하지 말고 여기 와서 며칠만 쉬어보라. 이곳이 속세의 먼지를, 냄새나는 묵은 때를 훨훨 털어줄 것이다.

이 글을 읽는 사람 중에서 술을 맛있게 먹고 싶은 사람들, 가버린 젊은 날을 이야기하고 싶은 사람들은 언제든지 오시라. 기왕이면 아름답게 석양이 질 때보다, 이렇게 바람이 불거나 비가 오거나 찬바람이 불고 눈 내리는 겨울에 오시라. 그런 밤이면 막걸리를 마시는 게 훨씬 좋다. 여기 와서 술 한 잔에 우리 젊었던 시절을 이야기하고, 때로는 뜬구름 같았던 인생을 이야기하자.

이곳 계룡의 산자락, 새벽 2시가 다 되어가는 지금 이 시각, 저 멀리서 기적 소리가 들리고, 당신들의 심금을 울려줄 비는 여전히 처연하고 적막하게 창밖을 때리고 있다.

보름께라도 되면 차오르는 달빛이 창틈으로 우수수 쏟아진다. 나뭇가지 사이로 쏟아지는 달빛을 보고 있노라면, 또 다른 세계의 매력에 흠뻑 빠지게 된다. 또 다른 베토벤의 월광곡을 자연에서 듣는 것이다.

지금의 이 행복이 아주 오래 이어지기를 바라며 마음속으로 기도한다. 더도 싫고 덜도 싫다. 지금 이대로 이 행복을 누릴 수 있기를…….

산책길에서

우리 절 뒤에는 전국에서 제일 좋을 것 같은 산책길이 있다. 이 산책길에는 온통 키가 하늘까지 뻗은 소나무가 숲을 이루고 있는데, 대낮에 가면 소나무 그림자에 사람의 얼굴을 식별할 수 없을 정도이다.

오솔길에는 솔잎이 곱게 깔려서 황금색 융단 같다. 더 좋은 것은 등산객들이 별로 눈에 띄지 않는 그야말로 한가한 오솔길이라는 점이다. 그것도 길이 하나만 있는 게 아니라 여러 갈래의 길이 있는데 이 길들을 볼 때마다 생각나는 글이 있다.

요즘도 있는지 모르지만 내가 이십 대 때 '샘터'라는 월간잡지를 열심히 읽었다. 그 책 뒤표지에 있던 글인데, 그 내용은 다음과 같았다. '두 친구가 함께 숲길을 가다가 두 갈래 길을 만났습니다. 어느 길로 갈까 생각하다가, 하나씩 선택해 각자의 길을 갔습니다. 그런데 이 두 사람이 갔던 길이 얼마나 힘든지 어렵게 길을 헤쳐 나온 후, 다시 만난 두 사람은 서로 붙잡고, 지나온 고생을 생각하며 서러워서

엉엉 울었습니다. 한참 후 울음을 멈추고 보니, 그 힘든 길을 헤쳐 나왔다는 사실이 자랑스럽게 생각이 되는 것이었습니다.' 대략 이런 내용인데 이 길을 올라갈 때마다 이 글귀가 생각난다.

2016년 봄쯤이었던 것 같다. 그 길로 산책을 하다가 소나무가 잔뜩 우거진 오솔길 옆에서, 이제 막 피어오르고 있는 여리디 여린 나리꽃을 보았다. 평소에 꽃에 대한 관심이 적은 편이라, 지금도 꽃집에 따라갈 일이 있으면 그냥 구경만 하고 오는 편이다.

그렇지만 나리꽃은 어릴 때 산에 놀러 갔다가 가끔 본 적이 있어서, 꽃 이름을 아는 몇 안 되는 꽃 중의 하나이다. 특히 붉디붉은 꽃잎에다가 검은 점들로 점점이 치장한 멋스러운 모습이란!

그런데 그 꽃이 있어야 할 곳이 아닌, 소나무와 잡초들이 자라고 있는 숲속에 핀 것이었다. 이 녀석이 다른 풀이나 나무들의 등쌀에 잘 자라지 못하고 있어서, 사람을 보는 시선으로 본다면 못 먹어서 파리하게 자라고 있는 것처럼 보였다. 불쌍하다는 생각이 들어, '집으로 옮겨 심을까?' 하다가 귀찮은 마음에 주위에 있는 솔 깍지와 다른 풀을 치워 주려는데, 옛날에 스님이 하신 말씀이 생각났다.

"여러분! 비단을 만드는 누에 알지요? 누에를 키울 때 나방이를 빨리 나오게 하려고 곁에서 뜯어줘 봤답니다. 그랬더니 이 나방이는 며칠 후에 죽더랍니다. 물론 안 뜯어준 나방은 안 죽고 고치를 만들었다지요. 이렇듯이 모든 생물은 거친 환경과 싸워야 크고 단단해지는 법입니다. 여러분들도 고치를 뚫고 나오는 나방이라 생각하고, 군대 생활이 힘들더라도 꾸욱 참고 견디십시오. 인내 다음에 열리는 열매가 더 달더라는 말씀 아시지요? 그리고 힘이 들 때는 나를 낳아 주신 부모님을 생각하시면 한결 힘이 날 겁니다. 무사히 여러분의 군 생활이 끝나기를 빌겠습니다." 하며 연천 군 법당에서 훈련병들에게 이야기를 해주시던 장면이 떠오르는 것이었다.

그래서 '못 자랄 거면 여기 이렇게 서 있지 않았겠지.' 하며 나리꽃 주변을 치워 주려는 생각을 거두었다. 그런데 몇 달 후 한여름에 다시 가보니 나리의 흔적이 보이지 않았다. 그 꽃이 없어진 까닭은 누군가 캐어가서 자기 집에 심었기 때문일 것이라고 믿고 싶다.

인연

언젠가 가수 최백호가 신문에 쓴 칼럼을 읽은 적이 있다. '노래도 꼭 생명이 있는 듯하다. 노래도 누군가를 기다리며 묻혀 있다가 좋은 시절을 만나면 숨을 쉬며 살아나는 것 같음을 느낀다'며, 그의 노랫말 중에 '첫사랑 그 소녀는 어디에서 나처럼 늙어갈까' 하는 가사에 얽힌 이야기를 썼는데, '무명으로 끝날 수 있는 자기의 가수 생명을 연장한 노랫말 ……' 이란 글이었다.

내가 제일 좋아하는 노랫말도 이 대목인데, 사람들의 인연도 이처럼 살아있는 신경세포 조직처럼 자라서 뻗어 나가기도 하고, 재생도 된다는 생각이 든다.

우리 스님과는 연천에서 근무하던 1993년 무렵에 만나게 되었다. 좌우지간 벌써 20년이 훌쩍 넘었다. 그때 군법사로 오신 스님을 보자마자 우리 집사람이, "꼭 어디서 뵌 분 같아요. 여기서 안 만났더라도 결국 만났을 거예요. 참 이상하단 말이야.' 하면서 머리를 흔들었다. 원래 집사람이 자기와 상관없는 남자들에게 까칠한 성격인 것을 익히 알고 있기 때문이었다. 어느 날인가. 우리 집사람이 "여보! 우리 글재가 오늘 아침에 일어나더니 '엄마! 꿈에 스님이 나타나더니 무슨 약병을 들고 있다가 엄마 먹으라고 주던데? 엄마 아픈 걸 스님이 어떻게 알았지? 엄마 맨날 아프다고 그랬잖아' 하더라니까요. 그래서 나도 희한하다는 생각이 들어 '꿈을 꿨다고? 너 그거 거짓말이지. 그지?' 하니까, 애가 '아니라니깐' 하고 화를 내면서 울 듯한 표정을 짓는 거예요. 하기야 여섯 살짜리 어린 게 뭘 안다고 그런 거짓말을 하겠어요." 하고 말하던 장면도 생각난다.

그 후 스님은 가끔 우리 집에 놀러 오셔서 식사도 하고 주무시기도 하고, 명절 전에 오셔서 떡도 함께 만들곤 했다.

그날은 추석 전날이었다. 집에 가려고 식구들을 데리고 나가려는데, 집사람의 그 유명한 '엄살'(?)이 시작 되었다. 고향 집에 가면 형은 밤 열두 시나 되어야 나타나므로, 명절 음식을 집사람이 도맡아 놓고 준비해야 하는 처지라 그때마다 지독한 스트레스 때문에 갑자기 몸이 펄펄 끓는 것이었다.

그런데 바로 그때 스님이 몹시 병이 나서 오신 것이었다. 우리가 고향으로 명절을 지내러 갈 테니까, 우리가 없는 빈집에서 몸을 추스르려고 오신 것이 아니었나 싶다. 그러니 어떡하나. 나는 스님께 "법사님! 마침 잘 오셨습니다. 우리 집사람이 저렇게 몸이 아파서 원주에 못 가게 생겼고, 법사님도 편찮으신 것 같으니 두 분이 집에 계십시오. 제가 갔다가 하룻밤만 자고 빨리 오겠습니다." 하고 말했다.

그렇다고 주인도 없는 집에서 아무리 따로 방을 쓴다고 해도 맘 편히 잠잘 수 있는 남자가 어디 있겠는가. 아파트라면 모르지만 시골에 있는 3층 빌라라서 이웃집에 숟가락이 몇 개 있는 것까지 알 정도이니 남의 눈초리도 신경이 쓰이지 않을 수 없었을 것이다. 우리 집사람이 나 없이 혼자 있는 것을 보면, 명절 때 시집에 가서 일은 안 하고, 외간 남자를 불러 잠을 재웠다고 할 것이 아닌가 말이다.

그러니 스님은, "아니요. 가야지요. 그냥 들른 겁니다. 잘 다녀오십시오." 하고 힘없이 문을 열고 나섰다. 그런데 그때 갑자기 여섯 살 먹은 둘째 아들 녀석이 떼굴떼굴 구르면서 배가 아프다고 발버둥을 치는 것이었다. 기가 막힐 수밖에 없었다. 고향으로 출발하려는 순간에 환자가 셋이나 생겼으니 이런 우환이 어디 있는가.

그러나 그 순간 차라리 다행이라는 생각이 퍼뜩 들었다. "법사님! 우리 애가 이렇게 아픈데 저 대신 병원 좀 데려가시면 안 되겠습니까?" 하니, 스님은 힘없는 목소리로 "예, 내가 병원 갔다 올 테니 걱정말고 다녀오십시오." 하시는 것이었다.

정말 하늘이 돕는다는, 천우신조였다. 그때 둘째 아들 녀석이 몸을 구를 정도로 아팠던 게 바로 기적이라는 생각이 든다. 어쨌든 그렇게 천신만고 끝에 고향에 갔다가 다음날 급히 돌아왔더니 세 사람 다 언제 아팠느냐는 듯 멀쩡하게 앉아 즐겁게 대화를 나누고 있는 거였다. 들어보니, 우리가 원주로 가자마자 아픈 둘째 녀석의 몸이 거짓말처럼 멀쩡해지더라는 것이다. 참으로 우연치고는 대단한 우연인데, 글쎄! 이것이 우연일까?

그날 셋 다 그렇게 아팠던 것은 생명이 움트는 것처럼, '인연이란 마치 살아있는 신경세포 조직처럼, 자라서 뻗어 나가기도 하고 재생도 하는 것'이라는 말과 무엇이 다르냐는 말이다. 이 세상 사람들은 이렇게 보이지 않는 우연과 인연의 끈으로 연결되어 있다.

언젠가 신문에서 '우연의 설계'라는 신간 서적을 소개했다. 과학자들을 몇십 명 모셔놓았다. 그랬더니 생물학자들과 물리학자들은 '우연'이 없었다면 인간은 물론 우주도 없다면서, '우연'의 존재를 믿는다고 했다. 반면에 심리학자들은 우연을 믿지 않았다.

과학사에서 기이한 행운으로 위대한 발견을 한 예로는, 1928년 알렉산더 플레밍이 세균배양 접시에 푸른곰팡이가 우연히 생겨난 것을 보고 페니실린을 발견한 것과 퀴리 부인이 엑스—레이를 발견한 것을 들 수 있다. 초강력 접착제를 만들다가 '포스트 잇'이 만들어졌으며, 심장질환 치료제 개발과정의 부작용을 이용해 발기부전치료제인 비아그라를 개발했다. 그들은 '이 모든 발견은 행운처럼 보이지만, 이를 위해선 오류를 무시하지 않는 통찰이 필요하다'라는 것으로 끝을 맺었다. 영국의 시인 알렉산더 포프는, '모든 자연은 그대가 알지 못하는 예술일 뿐이며, 모든 우연은 그대가 보지 못하는 방향'이라고 했다. 이렇듯이 우연과 인연의 끈은 필연으로 매듭지어져 있는 것 같다.

믿을 수밖에 없는 꿈 이야기

대여섯 살쯤 되었을까. 추운 겨울이었던 듯했는데 아버지와 어머니가 나누는 소리를 들으며 이불 속에서 잠을 어렴풋이 깬 적이 있다.

"가가 저세상으로 가기는 갔는 갑다라. 꿈에 안 비이는 거 보이. 그 참 희한하제?" 하는 아버지 목소리에, "구케에! 어디 가든동 지 복 아이겠능교?" 하는 수수께끼 같은 어머니 목소리가 이어졌다.

자라면서 들은 얘기에 의하면, 원래 내 위로 누나가 둘인데 둘째 누나가 한참 말을 배워 귀여움을 받던 즈음에 병으로 죽었다고 했다.

아버지는 죽은 누나를 특히 귀여워했던 터라 둘째 누나가 죽자 새벽마다 누나가 묻힌 곳에 찾아가서, "잘 있었나? 애비 왔데이." 인사도 하고, 주변 청소도 하고, 가끔 꽃도 꺾어다 놓곤 했다.

그런데 어느 날 아버지 꿈에 그 누나가 나타나더니, '아버지요. 인자 내 있는데 오지 마이소. 나도 다른 세상으로 갈랍니더.' 하더란다.

그 얘기를 듣고 어머니가 "그케 자식이 죽으믄 가슴에 묻으라 안캅

디까? 인자 그만 가이소." 하니, 어버지가 "내가 달라 가나? 일마가 자꾸 보고 싶다꼬 오라카이 가능기제." 하고 대답하시는 것이었다. 나는 '젠장! 그런 게 어딨어. 아버지한테 그만 가야겠다는 마음이 생기니까 그런 꿈을 꾼 거지.' 하고 생각했다. 그런데 나이가 들면서 이런 생각이 슬슬 달라져 간다.

평소에 우리 스님은 "우리 절은 다 좋은데 약수터가 없어요. 이걸 어디서 들고 올 수도 없고……. 저 뒤에 있는 땅을 사야 하나?" 하시면서 늘 '약수터! 약수터!' 하고 노래를 부르다시피 했다.

하루는 연세 드신 신도가 오시더니 우리 집사람에게, "우리 스님이 어디 편찮으세요? 내가 요새 며칠 동안 똑같은 꿈을 꿨는데 스님이 물! 물! 그러시면서 땅을 파더라니까요. 무슨 일일까?" 했다. 집사람이 퍼뜩 집히는 게 있어서, "어디서 땅을 팝디까?" 하고 물으니, 장소를 일러 주었다.

그 날 당장 굴착기 기사를 불러 땅을 팠더니 1.5미터 정도쯤 되는 곳에서 물이 분수처럼 솟는 것이었다. 덕분에 우리 절에도 약수터가 생겼다.

2016년 7월, 아침 여섯 시쯤이었다. 우리 집사람에게 전화가 연이어 두 통이 왔다. 집사람이 "어머! 어머! 이럴 수가…. 아이고! 세상에!" 하면서, 얼굴 가득 미소를 띠며 신기해 죽겠다는 표정이었다. 그 표정이 하도 행복해 보여서 "뭐가 그리 좋노?" 하고 물어보았다.

"당신 연천에 사는 K 엄마 알지요? 이 사람이 간밤에 꿈을 꿨는데 글쎄 그곳이 우리 절 마당이더래요. 마당에 커다란 연못이 있는데,

각자 손에 낀 반지나 귀걸이를 빼서 연못에 던지면, 연못에서 부처님이 더 큰 거로 보답을 한대나? 그래서 지인들 몇 명이 둘러앉아 있다가 자기도 연못 속으로 반지를 던졌는데, 연못 한가운데서 커다란 팔찌가 나오더래요. 그래서 K 엄마가 얼른 들어가서 그 팔찌를 끌어안고 '이걸 누굴 줄까?' 하다가, '옳지! S 엄마한테 줘야겠다.' 하면서 저쪽에 있는 S 엄마를 부르려고 하는데 아니, 옆자리에 서 계시던 스님이 자기한테 팔찌를 달라 그러시더니 J 엄마한테 주시더래요. 그래서 '아니 뭐, 이런 경우가 있지?' 하다가 꿈을 깼는데, 아무리 생각해도 꿈이 신기해서 나한테 이 꿈이 어떤 내용인지 스님한테 여쭤봐 달라고 전화한 건데, 그 전화를 끊자마자 J 엄마한테서 전화가 온 거예요. 자기 딸내미가 결혼한 지 6년이 지나도록 아기가 안 생기다가 이번에 임신했다며, 좋아서 막 울면서 전화를 했어요." 하는 것이었다.

또 한 번은 절 마당에서 혼자 피리를 불고 있을 때였다. 처음 보는 여자가 절을 찾아와 스님을 좀 만나고 싶다고 했다. 한참 후 그 여자가 간 다음에 "아까 웬 여자가 스님 찾아 왔었지?" 하니, 집사람이 며칠 전에 우리 탑 옆에서 스님과 함께 고구마 캐는 꿈을 꿨다더라면서, "글쎄, 그 여자의 나이 든 딸이 결혼하게 되었다고 스님께 감사 인사를 하러 왔던 거래요. 신기하기도 해라."라고 하는 것이었다.

그뿐이 아니다. 2015년도에는 내가 현직에 있을 때라서 집사람도 함께 연천에서 지낼 때였다. 하루는 꿈을 꿨다고 내게 얘기하더니 스님께 전화를 걸어 "오늘 사십구재가 들어올 테니 그리 아셔요." 하고는 계룡시에 내려갈 준비를 하는 것이었다.

그래서 '또 꿈? 어디 며칠 돌아다니고 싶어서 핑계를 대고 계룡에 가려는 거겠지'라고 생각했다. 그리고 그 날 저녁에 스님께 안부 겸 전화를 걸어 집사람이 거기 갔더냐고 물어보았다.

그랬더니 집사람 말대로 그날 사십구재가 들어 왔다는 것이다. 사십구재를 지내려는 사람은, 나이가 마흔 살 이쪽저쪽쯤 되어 보이는 남자분이었단다. 그는, "우리는 천주교 신자입니다. 그런데 돌아가신 아버지는 절에 다니셨지요. 그래서 사십구재를 지내고 보내드리려고 합니다." 하더라는 것이다.

그런데 우리 집사람이 제수祭需를 준비하는데 이상하게 요플레가 보이더란다. 그런 건 제사상에 놓지 않는 것 아닌가? 어쨌든 요플레가 여러 개 보이기에 그걸 사다가 무심코 제사상에 차려 놨다고 한다.

그 아들들이 집사람에게 "이건 뭡니까?" 하기에, 아차! 싶어서, "죄송합니다. 제가 사 왔는데 모르고 여기다 놨는데 치워 드릴게요."라고 하니, 아들들이 "그냥 놔두세요. 우리 아버님이 요플레를 좋아하셨는데, 드실 때마다 꼭 지금 여기 있는 것만큼 드셨습니다."라고 하면서 한없이 울더란다. 그 말을 듣는 순간 나는 망치로 한 대 얻어맞은 것 같은 기분이 들었다.

마지막으로 하나만 더 소개하겠다. 지금의 절터 앞에 요사채를 지을 때 얘기다. 스님과 우리 부부가 머물고, 다른 신도들이나 신도가 아닌 이들도 그냥 마음을 내려놓고 쉬었다 가면 좋겠다 싶어서 지으려고 한 건물이었다.

2016년도 6월부터 12월까지 공사를 했는데, 그해 여름에 날씨가 얼마나 더웠는지 갖은 고생을 다 했다. '백 년 만의 더위', '온도계로 측정된 더위 중에 최고'였다는 것을 여러분도 매스컴을 통해 잘 알고 있을 것이다.

그런데 건물 기초 공사를 시작한 날 저녁 집사람이 아프다며 밥을 먹지 못했다. '어째 요 며칠 밥을 잘 먹더라니…' 하면서 나는 대수롭지 않게 넘겼다. 그런데 그다음 날 아침에도 여전히 나아 보이지 않았다. 집사람은 간신히 일어나더니 기운 없는 목소리로 스님께 물었다. "간밤에 꿈을 꿨는데, 돌로 만든 돼지 한 마리를 스님이 절터에 내려놓는데 이 돼지가 생기가 전혀 없습디다. 스님이 왜 돼지를 내려놓았지요? 그래서 내가 아픈 건가…?'

스님도 우리 집사람의 꿈의 위력(?)을 잘 알고 계시는지라, "내가 꿈에 돼지를 내려놓더라고요? 허허! 왜 내려놓았는지 생각이 전혀 안 나는데 돼지한테 물어볼까?' 하며 농담 반 진담 반 말씀하셨다.

그 날부터 사흘 동안은 비가 내려 아무 일도 할 수가 없었다. 그러더니 기어이 스님마저 몸져누웠다. 무더위에 일하느라 고생을 하셔서 그런지 일어나지도 앉지도 못했다.

사흘째 되는 날 비가 한결 가늘어졌다. 절 왼쪽, 그러니까 요사채 터를 파는 맞은편 비탈에 테이블과 의자를 몇 개 가져다 놓은 곳이 있다. 스님이 공사가 중지된 요사채 터를 보느라 그곳에 힘없이 앉아 있을 때였다고 한다.

'저 요사채 공사에 문제가 있어서 아픈 게 아닌가?' 하는 생각이 퍼뜩 들면서, 터를 다시 측량해 보아야겠다고 마음먹었단다. 그래서 다시 줄자로 제어 보니, 대웅전과 정확하게 평행으로 지어져야 할 요사채가 약간 비뚜름하게 설계가 되어있었다.

그래서 다시 먹줄을 튕겨서 확인하는 순간, 몸이 날아갈 듯이 가벼워지더라는 것이다. 그렇게 스님의 병도 우리 집사람의 병도 거짓말처럼 나았다. 더욱 신기한 것은, 비까지 내려 공사를 멈출 수밖에 없었다는 사실이다.

2016년 12월, 추위가 닥쳐오기 전에 공사를 끝낸 우리는 요사채로 이사를 해 한겨울을 춥지 않게 났다. 그리고 숱한 사람들이 다녀갔다. 지금도 스님은 신도들에게 우리 집사람의 꿈 이야기와 당신의 아픈 몸이 나았던 '먹줄 튕기던 순간'을 가끔 이야기하시곤 한다. 나 또한 믿을 수 없는 그 놀라운 경험이 너무나 생생해서 오래도록 잊을 수 없을 것 같다.

이 앞에 말한 J 엄마는 교양이 있고 멋쟁이인 불자님이다. 지금도 우리가 머무는 절에 가끔 들러 차를 함께 마시곤 하는데, 아무것도 더 바랄 게 없이 행복하게 사는 사람이다. 거기다가 6년째 기다리던 손자까지 보게 됐으니 무엇을 더 바랄 것인가. J는 그때 가지게 된 아들을 낳아 키우며 의정부에서 잘살고 있다.

도대체 이런 걸 무슨 현상이라 설명을 해야 할까? 현대과학으로 이것을 어떻게 해석해야 하느냐 말이다. 그런데 나는 아직 그런 길몽을 꾼 적이 없다. 며칠 전에는 30대로 돌아가 이쁜 여자에게 장가드는 꿈을 꿨다. 꿈의 내용이 하도 좋아 꼭 기억해 두려 했는데 다 잊어버린 걸 보면, 개꿈이 틀림없는 것 같다.

또 한 번은 마광수 교수의 '나는 야한 여자가 좋다'라는 책을 읽고 꿈을 꾸었더니 여자 세 명이 나와 결혼을 하자고 해 행복의 구름 속에서 헤맨 적이 있다. 깨고 나서 어찌나 서운하던지 입맛만 다셨다. 다 그렇고 그런 꿈이긴 하지만, 개꿈이라 하더라도 꿈을 꾸지 않는 것 보다 꾸는 게 더 좋다는 생각이 든다. 설령 악몽이어도 말이다.

나의 간절한 바람이 통했는지, 아니면 자기최면에 빠졌는지 모르지만, 요즘에는 가끔 꿈을 꾸기도 한다. 한 번은 낮잠을 자다가, 엄청나게 높은 바위산에서 불알친구들과 등산하는 꿈을 꿨다. 자일을 타고 있는 내 모습이 얼마나 아슬아슬했는지 모른다. 까맣게 내려다보이는 저 아래 출발지 위로 떨어질 듯 매달려 있는 그 느낌이라니!

꿈을 깨고 나서도 다시 꿈속으로 들어가게 될까 봐 쉽게 눈을 뜨지 못하고 그냥 누워있었던 적이 있다. 최근에는 죽은 동창생 두 명이 나타나 나를 심하게 괴롭히곤 한다. 나는 고작 꾸어 봤자 이런 꿈이다. 꿈에서 깨어나면 무서운 생각이 들곤 한다, 그런데 잠자는 순간에도 일상적(?)인 생활을 하니 인생을 두 배로 사는 셈이다.

고등학교 때 '세계문학 산책' 수업시간에 들은 이야기이다. 세계 4대 단편 작가인 '검은 고양이'를 쓴 에드거 앨런 포는, 악몽에 시달리는지 무서운 표정을 지으며 잠자고 있는 자신을 깨워준 부인을 질책했다고 한다. 포는 자기의 꿈 내용을 이야기로 써서, 유명한 단편 작가가 되었다. 그 경지가 어느 정도인지 잘 모르지만, 그런 꿈이라도 자주 꾸면 좋겠다.

환생 還生

구십이 훌쩍 넘은 장모님이 얼마 전에 다녀가셨다. 이제는 너무 고령이라 마지막으로 넷째딸 집인 우리 집에 오셔서 우리 부부가 살아가는 모습도 볼 겸 겸사겸사 들르신 것이다. 우리 부부도 이제는 자식을 다 키운 상태에서 느지막이 효도도 할 겸해서 잠깐이나마 모시게 되었다.

장모님은 일본 강점기에 고등교육도 받은 그 시절 지식인이었다. 지금도 건강하실 뿐만 아니라, 우리가 60년대 포크송을 흥얼거리면 곁에서 따라 부르시는데 총기聰氣가 젊은이 못지않다.

하루는 장모님이, "안 서방! 거 왜 불교에서는 환생이라는 개념이 있잖은가. 자네나 요즘 사람들은 이 이야기를 해줘도 안 믿을 것 같아서 이야기를 안 할라 그랬는디……. 일단 들어보소. 사람이 환생한다는 것이 말로는 있지만, 그런 것이 어디 있겠어? 근데 이 얘기는 내가 쪼끄말 때부터 나허고 옆집에서 살았던 내 친구 이야기랑께. 내가 언제 한 번 스님헌티 물어 볼라고 허는디 지금 생각해도 이럴 수가 있나 싶단 말여." 하며 얘기를 시작했다.

우리 장인어른의 친구분이 전라남도 강진군에 살고 있었다고 한다. 성은 양梁 씨에다가 이름은 근모라는 분인데, 이 양근모 씨의 장인 이야기라고 했다.

무대는 전라남도 순천이다. 순천 어느 부잣집에서 아들 삼 형제를 낳고 키운 어머니가 나이가 들어 돌아가셨는데, 이 할머니는 늘 "나는 다시 태어나면 남자로 태어나고 싶다."고 말했다.

그런데 할머니가 돌아가신 후 몇십일이 지나 아들 삼 형제 꿈에 나타나더니, '내가 모월 모일 어디 어디에서 다시 태어났으니 그리 알아라' 하며 태어난 지방의 동네와 이름과 번지수까지 정확하게 말해 주더라는 것이었다.

그 꿈을 동시에 꾼 아들들은 꿈이 너무나 생생하고 신기해서 주소를 잘 기억해 두었다고 한다. 그곳은 전라남도 강진군 군동면 호동리라는 곳인데, 알아보니 할머니가 말씀하신 그 시각에 그 동네에서 아들이 태어났다는 것이다.

그 후 아들 삼 형제가 호동리에 찾아와, 아기 부모에게 사실 이야기를 하며 아기 보기를 청했다. 아기 부모가 놀라 벌어진 입을 다물지를 못하더니, 아기를 그들에게 보여주었다. 삼 형제가 아기를 한 번씩 안아보는데, 태어난 지 얼마 되지 않은 아기가 울지도 않고 그 아들들(?) 품에서 잘도 놀더라는 것이었다.

아기가 아들들 품에서 노는 신기한 광경을, 온 동네 사람들이 다 보았음은 물론이다. 그 당시 강진 일대에 큰 화제거리였다고 한다. 이분의 아들이 장인 친구분이다. 좌우지간 아들들(?) 품에서 잘 안겨 놀고 난 다음에, 생모生母 품으로 돌아가더라는 것이었다.

그 집은 굉장히 가난했는데, 순천의 아들들(?)이 전답을 사줘 부자가 되었으며 지금도 강진에 살고 있다고 한다. 이 사람의 여동생이 우리 장모의 친구란다. 그러면서 장모는, "나는 죽으면 뭣으로 태어날까. 그런데 뱀으로 태어날까 봐 젤루 무섭네그랴. 참말로 요상하고 이해 못 할 일들이 우리 인간 세상에서 벌어지더랑께." 말씀하시는 것이었다.

그런데 언젠가 티브이에서도 이와 비슷한 걸 본 적이 있고, 책에서도 여러 번 읽은 적이 있다. 6·25 때 전장에 나갔다가 세상을 떠난 분인데, 전쟁이 끝난 지 몇십 년이 지나 그분 아내 꿈속에 나타난 것이다. 그리고 강원도 어드메쯤에서 포탄에 맞아 머리에 흉터가 있는 남편의 유골을 찾아내는 것을 본 적이 있다.

1990년 즈음해서 그 프로를 보며 '에이, 저럴 수가 있나! 과장이 되었거나 잘못된 정보겠지. 그 피디가 할 일이 어지간히 없나 보다.' 생각했다. 그런데 나이가 들면서 책으로 읽거나 직접 듣다 보니, 거짓말이라 생각하지 않게 되었다. 설령 곧이 믿는 경우가 아니더라도 그럴 개연성은 충분히 있다는 생각이 들기 때문이다.

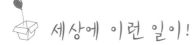
세상에 이런 일이!

우리 절에 연세가 칠십 중반쯤 된 여자 신도가 계신다. 세 살 위인 영감님이 15년 전에 돌아가신 터라, 가까이 사는 아들네 집에 가끔 들르는 것 말고는 별다른 일 없이 편히 지내시는 분이라고 알고 있었다.

절에서는 매달 음력 18일이면 '지장제일'이라고 하여 돌아가신 분들을 위한 제사를 지낸다. 이 분도 그때마다 한 번도 빠지지 않고 참석해 예를 갖추어 제를 지내시곤 한다.

언젠가 제가 끝난 다음 식사하는 자리에서 그 보살님이 "저세상에서 잘 살겠지, 뭐!" 하시는 목소리가 들려 귀를 쫑긋 세우고 귀를 기울였더니, "우리 영감이 살았을 때 나한테 어떻게 한 줄 알우?" 하며 이야기를 이어갔다.

버스 기사를 하던 영감님이 젊었을 때부터 집안일은 나 몰라라 하며 일 년에 서너 번씩밖에 집에 들어오지 않고 평생 바람을 피웠다는 것이었다. 그러면서 우리에게 두 손을 보여주었다.

"이 손이 왜 이렇게 못쓰게 됐는지 알우? 젊을 때부터 대파를 이고 장을 다니질 않았나, 떡을 머리에 이고 난장판에서 장사를 해보질 않았나, 남의 집 농사일을 거들질 않았나, 안 해 본 게 없다오. 그러다가 류머티즘 관절염인지 퇴행성관절염인지 때문에 손이 이 모양이 된 거지. 요즈음 같으면 법에라도 호소했겠지만, 그때는 그런 걸 알기나 했수? 신랑이 돈 한 푼 안 가져오고 다른 짓을 해도 그저 이렇게 사는 건가 보다 했지. 난 지금도 우리 애들 공부 못 시킨 게 한스러워요." 했다.

이 분이 시흥시청에서 청소 등 궂은일을 하며, 큰 자제분 결혼을 준비할 때였다. 결혼식장에서 아버지 자리를 비울 수가 없어서 영감님에게 연락을 했다. 그랬더니 바람나서 같이 사는 여자 패거리를 열댓 명 데리고 와서 진탕 먹고 마시더니 이 분 앞으로 들어온 부조금을 한 푼도 안 남기고 싹 훑어갔다고 한다.

그게 끝이 아니었다. 결혼식이 끝난 후, 지인들에게 답례하기 위해 물건을 사려고 했더니 카드가 사용정지 되어있더란다. 알고 보니, 이 영감님이 카드를 훔쳐다 쓰고 마이너스가 되어있었던 거다. 게다가 어느 조폭의 사채를 빌려 쓴 터라 그 카드깡 한 돈을 갚는데 몇 년 동안 고생을 했다고 한다.

이 분이 카드 대금은 그냥 두더라도 축의금을 몇 푼이라도 찾아, 결혼한 자식을 위해 보태려고 남편이 사는 집에 갔다. 그런데 같이 사는 여자 통장에 넣어둔 돈을 한 푼도 안 주고 내쫓는 바람에 입에 거품을 물고 까무러치고 말았다.

끝내 빈 몸으로 쫓겨 온 후, 몇 년이 지나 작은 자제분을 결혼시키게 되었다. 이번에는 연락도 하지 않았는데 영감님이 어떻게 알았는지 또 나타났더란다. 먼젓번 일을 잘 알고 있던 직장 동료들이 이번에는 이 분 통장으로 계좌이체를 해주었다.

그런데 그걸 알고 영감님이 몇십일을 쫓아다니며 돈을 달라고 겁을 주며 졸라댔다. 그러다가 나중에는 직장으로 찾아와 돈 내놓으라고 행패를 부리자, 보다 못한 직장 동료들이 쫓아냈다고 한다.

그 후 영감님이 이혼해달라기에 가슴에 한이 맺힌 이 분이 '이혼? 내가 미쳤나. 어디 해주나 봐라.' 하며 요구를 들어주지 않았다. 그랬더니 마침 옆에 있던 자전거 위에 쓰러뜨려 놓고 때려서 허리가 부러졌다고 한다. 끝끝내 이혼을 안 해주고 버틴 탓에 이 분은 지금 잘 앉지도 못하고 서지도 못한다.

그런데 그렇게 모질게 학대하던 영감이 간암에 걸려 집에 들어왔다. 집에 들어온 후에도 그 여자를 불러 달라고 졸라댔지만, 행패를 부리거나 말거나 모른 체했단다. 그렇게 몇 달 집에 들어와 살던 영감님이 머지않아 죽을 거 같아 보이더란다.

그래서 자식들이 "아버지. 우리한테 미안하지 않으세요? 미안하다고 한마디라도 하고 돌아가셔야죠." 하니, 그제야 "그래, 너희들한테 미안하다"라고 했다.

이 신도분이 "나한테도 미안하지 않습니까?" 하니 "야, 이 ××× ×아. 대한민국에 바람피운 남자가 어디 나밖에 없냐? 했다. 마지막 가는 길에 좋은 모습을 보여주길 기대했는데 억장이 무너지더란다.

그리고 영감님은 '꼴까닥!' 하며 세상을 떠났다.

내가 껄껄 웃으며, "보살님. 그렇게 말하고 얼마쯤 지나 돌아가십디까?" 물으니 "정확히 7분 후에 죽더라니까요? 숨이 끊어질 때 딸깍하는 소리까지 들었어요. 그런데 사람이 죽을 때 착해진다는 말도 다 거짓말입디다." 했다.

그 후 강원도로 동료들과 놀러 가다가, 평창 어느 휴게소에서 젊었을 때부터 영감님과 눈이 맞아 살던 여자와 마주쳤는데, 그 여자는 거기서 장사를 하고 있었다.

외나무다리에서 원수를 알아본 이 분이 "요즘 어떻게 살우?" 하고 물었더니, 그 여자는 다른 남자를 만나 살았는데 그 남자도 똑같이 간암에 걸려 죽었다고 하더란다. 그래서 이 분이 "야, 이 년아. 넌 또 다른 남자를 만나 살아도 남자가 간암에 걸려 죽을 관상이야. 앞으로 혼자 살어." 하면서 돌아섰는데, 그제야 속이 약간 시원하더란다.

이야기를 듣고 있던 신도들이 박장대소했다. 이 분은 낙천적이고 사교적인 성격이라 얼마 전에 연세가 조금 더 많은 할아버지를 우연히 알게 되었다. 마음씨가 부처님같이 넓은 분인데, 젊었을 때 고생을 많이 했다고 한다. 지금은 경제적으로도 여유가 생겼는지, 농사를 지어 쌀도 가끔 갖다 주고 농산물도 마음대로 가져가라고 한다고 했다.

한번은 이 신도분이 삼십만 원쯤 되는 돈을 잃어버려 속상해 있는데 전화가 왔더란다. 목소리에 힘이 빠진 채로 대답하자, 할아버지가 "어디 아파요? 어째 목소리에 힘이 없는 것 같네요.' 하기에 사실대로 이야기하며 "그래서 목소리에 힘이 없었나 봐요." 했다.

한 시간쯤 후에 잠깐 나와 보라고 다시 전화가 왔더란다. 그랬더니 할아버지가 정확히 잃어버린 액수만큼 돈을 주면서 "이 돈 맞지요? 잃어버렸다는 그 자리에 가보니 그대로 있습디다." 하더란다. 그 순간 눈물이 핑 돌더라고…….

속썩이던 영감님이 돌아가셨을 때, 이 신도분이 관을 열고 시신의 손에 삼만 원을 쥐어 드렸다고 한다. 그런데 꿈에 나타나 '그동안 미안했소. 내가 속 많이 썩였지? 우리 이제 같이 삽시다.' 하더라는 것이다. 꿈에서 들은 말이지만 너무 끔찍해서 무속인을 찾아가 상의를 했다. 그랬더니 "속옷을 사서 무덤 앞에서 태워 보세요. 그럼 안 나타날 거요.' 해서 그렇게 했단다.

그 후 한동안 조용하더니, 영감님이 또다시 꿈에 나타나 손에 무엇인가를 쥐어 주더란다. 그래서 다시 무속인을 찾아갔다. 무속인이 "그건 집에 갖고 가면 안 되니, 뭐라도 사세요." 해서 난생처음 복권을 한 장 샀는데, 50만 원짜리가 당첨되었단다. 평생 속을 썩이고 살았으니 양심이 찔렸나 보다 하는 생각이 들어서 고맙다는 뜻으로 과일과 떡을 사서 무덤에 다녀왔다고 했다.

그런데 또다시 꿈에 나타나 '같이 살자'고 하자, 지금 만나고 있는 할아버지가 몽둥이를 들고 나타나 '고얀 놈. 어디 데려가려고 그래?' 하며 소리를 지르니, 줄행랑을 치더라는 것이다. 무속인의 말에 의하면, 귀신도 질투를 한다. 이야기를 마치며 이분은 "이런 걸 보면 귀신이 없다고 할 수 없는 것 같더라니까요." 하며 쓸쓸히 웃었다.

개미들의 흥남철수작전

한창 자고 있는데 허벅지가 가려웠다. 긁다 보니 이번에는 다른 부위가 또다시 가려웠다. '밤새 내 피를 빨았으면 됐지. 아직도?' 하면서 반쯤 뜬 눈으로 일어나 발밑을 보니, 하이고, 세상에나! 발끝 한쪽 구석에 로마 시저 군단처럼, 적벽대전을 앞둔 위나라 조조의 백만대군처럼 새까만 벌레들이 모여 있었다. 모기가 아니라, 개미 떼였는데 대부분 날개를 달고 있고, 얼마나 많은지 이 동네 개미가 다 모인 것 같았다.

개미는 부지런함으로 우리에게 교훈을 주는 벌레인데, 이런 곳에서 만나니 교훈이고 뭐고 징그럽기 짝이 없었다. 작년에는 이렇게 벌레로 곤욕을 치르지 않았는데 그게 이상하다. 도대체 어디서 이렇게 많은 개미가 들어오는지 알 수가 없었다. 그것도 낮에 들어오는 것이 아니라, 내가 완전히 잠든 한밤중에 나타나니 말이다.

그런데 나흘 동안 약을 뿌려도 소용이 없더니 집사람이 약을 된통 뿌리고 난 후에는 들어오지 않았다. 내가 약을 뿌릴 때는 비웃는 것처럼 나타나던 개미가, 집사람이 약을 뿌리고 나니 나타나지 않는 것도 신기했다. 어째서 모든 일이 내가 나서면 안 되고, 집사람이 나서면 기다렸다는 듯이 술술 잘 풀린단 말인가.

그런데 궁금증이 풀렸다. 집사람이 방충제를 뿌린 그다음 날부터 큰 장마가 졌기 때문이다. 그러니까 이 개미들이 살아남기 위해 장마가 지기 전에 '흥남철수작전'을 한 곳이 바로 이 절터였던 것이다. 그리고 부산이나 거제도라고 고른 곳이 바로 내 사랑방이었다. 이런 미물들의 삶의 감각을 배워야 하는데, 징그럽고 더럽다며 치부해 버린 것 같아서 미안한 마음이 든다.

언젠가 텔레비전을 보니, 외국 어느 지역에서 하늘이 까맣게 되도록 깔따구파리의 한 종류 떼들이, 꼭 토네이도처럼 하늘을 1km 가까이 날면서 비상과 난무를 하는 것이었다. 그 지역 사람들은 이 깔따구 떼를 잡아, 햄버거처럼 뭉쳐 프라이팬에서 요리해 먹는다고 한다.

모든 살아가는 생명의 목숨은 고귀한데 인간만이 고귀하다고 생각하는 것은 난센스다. 종족을 유지하고 번식시키려고 이렇게 개미들도 때를 알고 피난하는 것이다.

생각해보라. 누구나 자기의 생명보다 더 소중한 것이 어디에 있는가. 아무리 소중한 것이어도 내가 죽으면 다 그만 아닌가. 그래서 부처님은 '사람을 죽이지 말라'가 아니라, '산 생명을 죽이지 말라'는 것을 제1계명에 올려놓았다. 우주에 있는 모든 생명은 다 소중하고 고귀한 것이어늘.

견물생심 見物生心

우리가 H 보살이라고 부르는 동양화가가 해준 이야기이다. 이 분은 나보다 훨씬 재미난 이야깃거리를 많이 가지고 있는 사람이어서, 만나면 할 이야기가 어찌나 많은지 시간이 가는 줄을 모른다.

1990년 말, 이 사람 유성으로 온천욕을 하러 갔다. 목욕탕 이름은 '홍인장'이라고 나도 몇 번 가본 적이 있는, 유성에서는 널리 알려진 목욕탕이었다. 거기 가서 몸을 녹이려고 탕에 들어갔다고 한다.

욕탕의 한 귀퉁이에서 눈을 감고 가만히 있다가 몸을 씻으러 나오려는데, 어라! 뜨거운 물이 부글거리는 탕 가운데, 누런빛을 한 반지 같은 것이 하나 보이더라는 것이다. 그러니 이 여자분이 눈이 화들짝 커질 수밖에.

그래서 누가 보는 사람이 없나 하고 주위를 살피니, 아무도 관심을 쏟는 것 같지 않았다. 그래도 바로 가서 주우면 남들에게 알려질 것 같아 신중하게 그러나 자연스럽게 엉덩이를 그쪽으로 옮겼단다. 그리고 다리가 간신히 반지에 닿을 만한 거리에서, 하품하는 척하며 몸을 쭉 펴서 발로 그 반지를 몸쪽으로 끌어와 아무도 몰래 집었다.

그랬더니 묵직해서 까닭 모를 죄의식이 들며 숨이 가빠지더란다. 누가 내 것이라며 내놓으라고 할 것 같기도 해서 목욕도 하지 않고 몸에 물만 뿌리고 서둘러 집으로 돌아갔다고 한다. 집에 가서 살펴보니, 다섯 돈은 실히 될 금반지더라는 것이었다.

누군지도 모를 어떤 절대자에게 처음으로 자기에게 다가온 이 행운을 감사했는데, 그다음부터는 온 세상이 전부 다 활기차고 아름다워 보이고 없던 입맛까지도 살아나는 것 같았다.

다음날 '과부 사정 봐주다가 홀아비 가랑이 째진다'라는 말처럼 도저히 반지를 확인하지 않고는 못 배기겠더란다. 그래서 집에 있던 다른 금반지들을 꺼내어, 동네에서 멀리 떨어진 딴 동네 금방으로 갔다. 가까운 금방으로 가면 들킬 것 같은 마음이 들었던 모양이다.

그리고 딴 동네 금방에 가서 "이것들을 다 녹여서 목걸이를 만들려고 하는데 한 번 봐주세요. 돈이 얼마나 들겠습니까?" 하고 주인에게 물었다. 그런데 이 보석상 주인이 그 다섯 돈쯤 되는 금반지와 보살님을 힐끗 보더니 씩 웃었다. 그리고 그 반지만 따로 놔두고 나머지 반지 무게만 달더란다.

H 보살은 보석상 주인이 자기를 보고 씩 웃는 것을 본 순간 팔다리가 떨렸다. '큰일 났네. 반지가 장물로 신고가 됐는가 보다. 이제 이 망신을 어떻게 하나?' 하는 생각이 들었다. 그리고 '내가 왜 그런 짓을 했을까? 그때 바로 주인을 찾아 줬어야 하는 건데, 그리고 물어

볼 바에야 차라리 아무도 모르는 시골로 가서 물어볼걸' 하는 후회가 밀려왔다.

그러나 이미 엎질러진 물, 용기를 내어 "이 반지는 왜 빼고 계산 한 거지요?" 하고 물었다. 주인이 웃으며, "이건 금이 아닙니다. 도금한 것이죠." 하더란다. 그제야 '아하! 하이고 차라리 잘 됐다'라는 생각이 들면서, 모든 게 정상으로 보이더란다. 그래서 안도의 숨을 내쉬고 다음에 다시 들르겠다며 돌아왔다.

집에 와서 생각하니 누군가의 장난에 속은 것이 분하기도 하고, 목욕도 제대로 하지 못한 채 물만 뿌리고 도망치듯이 나온 것이 억울했다. 본전 생각마저 들더란다. 그래서 그다음 날, 그 다섯 돈짜리 금반지를 가지고 다시 홍인장에 갔다.

그리고 탕에 들어가자마자 그 금반지를 몰래 그 자리에 놓아두었다. 속은 게 분하기도 했고, 자기도 장난을 치고 싶었던 것이다. 그리고 눈을 감고 조는 척 가만히 주위를 살폈다. 이윽고 어떤 여자분이 눈이 커다래지면서 주위를 두리번거리더란다.

그리고 어제 자기가 했던 것처럼 엉덩이를 그곳으로 옮긴 후, 자기와 똑같은 동작으로 몸을 펴서 다리로 그 반지를 몸쪽으로 끌어다 줍더니 서둘러 몸에 물만 뿌리고 나갔다. 이 모습을 지켜본 보살님은 어찌나 고소(?)한지 속으로 우스워 죽겠더란다.

마침 그 시설, MBC에서 아침마다 여자 아나운서와 이웃들이 참가하는 프로그램이 있어서 이 얘기를 담은 글을 보냈다. 다들 재미있게 읽었는지, 이 글이 채택되어 기념품으로 시계를 하나 받았다고 한다.

그 이야기를 듣던 우리 일행 중에 누군가 "괜히 목욕만 못 했네요. 그런 걸 보고 헛 견물생심이라고 하는 거예요."라고 했다. 나는 "아니, 왜 반지를 버리지 않고 다시 갖다 놓고는 사람을 시험해요? 그것 참, 마음을 바로 쓰라니까." 하고 웃었다.

H 보살은 손주 바보이기도 하다. 한번은 초등학교 3학년인 손주 담임선생이, '반장 하고 싶은 사람 손들어 보세요!' 했다. H 보살의 손녀도 손을 들었다. 다른 아이들도 몇 명 손을 들었으므로 투표를 했는데 손녀를 지지하는 사람은 한 명뿐이었다. 그 한 표는 자기가 찍은 표였다.

반장선거에서 떨어지고 난 다음 해 이 손녀가 다시 출마했다. 손녀는 급우들 앞에서 '작년에 반장선거에서 떨어지는 아픔을 겪었는데 올해는 나를 꼭 찍어 달라.'고 했다. 그리고 학급 친구들을 위한 공약을 몇 가지 했더니 부반장이 되었다고 한다. H 보살은 '글쎄, 임명장을 내 앞에 가지고 왔더라니까요.' 하면서 자랑스레 웃었다. 이처럼 H 보살님은 재미있는 이야깃거리를 무궁무진하게 가지고 있다.

세상을 보는 다른 시각

———————— 이웃 사람들과 저녁 식사를 함께 할 기회가 있었다. 식사가 끝나갈 무렵, 일행 중 한 명이 며칠 전에 본 일이라며 얘기를 시작했다.

군청에서 볼일을 한참 보고 있는데 갑자기 누군가가 고래고래 소리를 지르더란다. 예순쯤 되어 보이는 사람이 '내가 누군지 알아?' 하더니, '군수가 내 동생이야, 내 동생! 그런데 이 일을 처리 못 한다고? 여러 말 할 것 없어. 이 달 **일 까지 처리해 줘.' 하면서 소리를 지르더란다. 그랬더니 그때까지 도도(?)하던 군청 직원이 그제야 '아, 예예!' 하면서 쩔쩔매더라는 것이었다.

나중에 알고 보니 그 사람은 군수보다 나이를 두어 살 더 먹은 선배였다고 한다. 선거운동하면서 군수가 한 표 부탁한 적이 있는 사람이라고 해서 다들 씁쓰름하게 웃었다.

어떤 이는 '그놈의 군수 빽 대단하네. 나는 그런 군수 동생도 없으니……'라고 말하기도 했고, 어떤 이는 '만약에 그 빽이 도지사였다면 사람 서넛 죽이는 것은 아무 일도 아니겠네'라고 하기도 했다.

아마도 선거기간에 이 군수가 '형님, 형님!' 하면서 한 표를 부탁했을 테고, 이 사람은 거드름을 피우면서 '알았어. 내가 자넬 찍어 줌세' 했을 것이다. '참, 별놈의 빽이 다 있네!' 하는 생각이 들었다.

그리고 얼마 후, 그 자리에 함께 있었던 스님과 이런저런 이야기를 할 기회가 있었다. 돌연 스님이 내게 그때 들었던 그 일을 어떻게 생각하느냐고 물었다.

나는 "그런 무식한 행동이 어디 있습니까? 군수의 선배면 법이 있어도 소용없는 것 아닙니까? 아니, 군수의 선배라는 사실이 그리도 대단합니까? 더구나 공무원을 아랫사람으로 생각해 부려먹고……. 우리나라는 그런 것 때문에 안돼요. 윗물이 맑을 것을 기다릴 게 아니라 그런 사람부터 단속해야 하는 겁니다. 왜 우리는 걸핏하면 이 사회가 흐린 것을 윗물만 탓합니까. 밑에서부터도 깨끗하게 사회를 만들면 안 됩니까?" 하고 평소에 생각해 두었던 대답을 자신 있게 했다.

그런데 스님은 이 말을 듣더니 한참 머뭇거린 후에, "나는 그렇게 생각하지 않아요. 공무원들이 얼마나 민원을 안 들어주었으면 그랬을까 하는 생각이 들지 않습디까? 생각해보세요. 우리 같은 서민 중에 동생이 군수라고 해서 군청에 찾아가 소리를 지를 자신이 있는 사람이 요즘 세상에 어디 있습니까? 선생님 같으면 그렇게 할 자신이 있습니까?" 하시면서 본인의 경험담을 들려주었다.

절을 지을 때 고생했던 얘기였다. 사사건건 트집을 잡으며 안된다고 해서 나중에는, "이게 안 된다는 게 법으로 정해졌다면 더는 거론

하지 않겠습니다. 그 안된다는 관계 법령이나 좀 보여주십시오." 했더니, 관계 법령은 없다면서 그냥 마구잡이로, '안된다'는 말만 하더라는 것이다. 그것도 제1선에서 일하는 젊디젊은 공무원이 말이다.

'왜 내가 이 짓을 해야 하나' 하는 생각이 들어 때려치우고 싶었다고 한다. 그런데 그 자리에 앉아 있던 사람이 바뀌니까, 그렇게 안되던 일이 쉽게 해결되더라는 것이다.

그 말을 듣고 그제야 '아하, 그렇겠구나. 그러면 그렇지. 그것도 모르고 윗물이 어떻고 아랫물이 어떻고 하면서 그 사람 욕이나 했으니….' 하며 다시 한번 나를 돌아보게 되었다.

역시 성직자들의 생각은 이렇게 다르다. 사람의 일은 여러 각도에서 보아야 하는 것 같다.

법정 스님에 관한 추억

1991년 수원 북중학교에 있을 때였다. 3학년을 맡아 학생들을 지도하다가 1992년도 2월 졸업식을 하는 날, '어떻게 하면 이 녀석들의 기억 속에 내가 남을 수 있을까' 생각하다가, 우리 반 모든 학생에게 법정 스님의 '무소유'를 사서 한 권씩 돌린 적이 있다.

그리고 17년이 지난 어느 날, 경기도 전곡중학교에 근무하는 데 전화가 걸려 왔다. 받아 보니 17년 전 우리 반 학생이었다. 이야기 끝에 그 녀석이 전곡에 오겠다고 해서 반가운 마음에 그러라고 했다.

그리고 만났더니, "졸업할 때 주신 책 잘 읽었습니다. 저희 어머니도 잘 읽고, 참으로 좋은 내용이라 하시고는 이 책을 주신 선생님께 가끔 연락이라도 드리는 거냐고 물어보십디다." 그리고 마지막으로 덧붙이는 말, "선생님! 저 주례 좀 서주십사 하고 부탁드리려고 왔습니다." 하는 것이었다.

그래서 주례를 서 주었는데, 나중에 그의 처와 인사를 하러 와서 그 책을 보여주며 내 사인도 보여주었다. 내가 준 책을 잊지 않고 가지고 있는 녀석의 정성이 고마웠고, 내가 했던 낯익은 사인도 반가웠다. 그렇게 시간은 또 흘러갔다.

그러던 어느 날, 법정 스님이 돌아가셨다는 걸 매스컴을 통해 알게 되었다. 뒤이어 '무소유' 1993년도 판이 백만 원에 팔렸다기에 '원! 단돈 천 원짜리가 백만 원에 팔리다니 이런 횡재가 다 있나.' 했다. 그리고 문득 일전에 주례를 서 준 그 제자가 생각났다.

그래서 바로 그 제자에게 전화해 "좋겠구먼. 그 책 1993년도 판이 백만 원에 팔렸다면서?" 하는 내 말에, "선생님 참 인연이 묘합니다. 저도 그 소릴 듣고 책 뒷면을 보니까 그 책이 1980 몇 년도 판이던데 값이 엄청나겠는걸요. 그렇다면 수지맞은 것 아닙니까?" 하며 껄껄 웃었다. 오래간만의 낭보(?)요 쾌거였다.

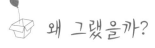

왜 그랬을까?

내가 다니는 절에 한 신도信徒가 있다. 늘씬하고 얼굴도 희고 그럴듯하게 잘 생긴 이 여자 신도는 그에 걸맞게 동양화를 잘 그리는 재주를 가지고 있다. 가끔 개인전도 하고 대한민국 미술대전국전에서 다수의 입상도 했고, 강의도 하는 등 지금도 활발하게 활동하고 있는데, 재미있는 이야기를 잘해주어 절에 올 때마다 신도들에게도 인기가 좋다.

이 분은 바깥분과 우연히 우리 스님의 법문을 듣게 되었는데 특히 바깥 분이 크게 깨달은 바가 있어서 '이쪽'으로 오게 되었다고 한다. 그 이야기는 다음과 같다.

옛날 어느 고을에 기생이 살았다. 새로운 사또가 부임하게 되자 관기官妓였던 이 기생이 사또를 모시게 되었다. 원래 기생 신분이었던 데다 나이도 들어, 사또 곁에는 가까이 가지 못하고 멀찍이서 모셨다고 한다.

그렇게 몇 년을 지내다가 사또가 그 고을을 떠나게 되었다. 그러자

이 기생이 사또를 찾아가 "저도 사또를 따라 서울로 가겠습니다."라고 했다. 사또는 "너는 관기의 몸이 아니냐. 네가 관기만 아니면 데려갈 수 있다만 관기라서 데려갈 수가 없느니라." 하고 말하고 그 고을을 떠났다.

그런데 얼마 후 이 관기가 사또를 찾아 왔다. 뜨거운 물에 데어 살가죽이 벗겨지고 머리카락은 빠져 볼품없는 모습을 하고 찾아온 그 관기는, "사또님이 저에게 베풀어주신 인간적인 은혜를 못 잊어 제가 이렇게 찾아왔습니다. 그저 멀찍이서 시중만이라도 들 수 있게 거두어 주시옵소서."라고 했다.

기생으로 지내면서 사또처럼 진심으로 인간답게 대해 주는 사람이 없었다고 했다. 그래서 사또가 떠난 후 끓는 물을 얼굴에 뒤집어쓰고 관기를 그만둘 수 있게 되자 자유로운 몸이 되어 이렇게 찾아왔다는 것이었다.

그러면서 스님은 '진심으로 인간을 대하는 것이 무엇인지, 사람과 사람 사이의 신의信義는 어떤 것인지, 인간의 도리를 다하는 것은 무엇인지, 또 하찮은 미물들에게도 인간적인 감정을 갖고 대하라'는 등의 말씀을 해주셔서, 이들 부부는 굉장히 감동하였다는 것이다.

그런데 몇 년 후 이 분의 친구인 K 씨가 자기 집안 이야기를 하는데, 들어보니 앞의 경우와 흡사한 이야기더란다. 원래 한약방은 어딜 가나 그 지역의 알부사로 알려져 있는데, K 씨는 인제읍에 있는 한약방 집 딸이었다고 한다. 아래 이야기는 K 씨의 이야기를 옮긴 것이다.

한약방을 하시던 아버지가 돌아가셨는데, 오빠가 아버지 무덤을 찾아갔더니 무덤에 꽃이 놓여있더라는 것이었다. 이게 웬 꽃인가 싶어 친지들에게 물어봤지만, 아무도 아는 사람이 없었다.

몇 달 후 K씨가 산소에 가보니 이번에는 커피가 놓여있었다. 이상하다 싶어서 무덤에서 가까운 곳에 사는 마을 사람들에게 물어보니, 그 동네 다방에 있는 아가씨가 갖다 놓더라는 것이었다.

혹시 우리 아버지가 바람을 피우셨나 하는 궁금증이 들어 식구들에게 이야기했더니 다들 '느지막이 젊은 여자가 좋았나 보다' 하는 분위기더란다. K 씨는 '괘씸한 것. 아무리 그랬다 하더라도 돌아가신 아버지와 집안 체면이 있는데 이럴 수가 있나?' 하는 생각이 들었다.

그래서 식구들의 만류에도 불구하고 다방에 갔다. 주인을 찾았더니 얼굴이 파리한 아가씨가 나오더란다. 그래서 무덤에 갖다 둔 커피 이야기를 하며 왜 거기다 커피를 갖다 놨느냐고 따지듯이 물었다.

그랬더니 이 아가씨 말이, "어르신이 손님이 왔다며 한약방으로 커피를 시켜서 배달을 갔는데 커피를 마시기 전에 내 얼굴을 한참 보시더니, '아가씨! 얼굴이 왜 이리 안 좋은가? 무슨 병이라도 있소?' 하고 물어보셨어요. 그래서 '모르겠어요. 이리저리 팔려 다니며 하기 싫어도 이렇게 커피 배달을 다녀야 하니 힘들어서 그런가 봐'라고 했더니, 어르신이 한약을 그냥 지어주시는데 어찌나 고맙던지요. 그 후 가끔 커피 배달을 시키셨어요. 제가 몸살이 날 정도로 바쁠 때면, 손님이 왔다고 커피를 몇 잔 시켜 저를 그 집에서 쉬게 해주시기도 하고요. 물론 커피 배달하는 시간만큼 돈으로 계산해 주셨어요. 그런데 아무것도 모르는 남들은, '저 영감 바람났다' 하더라니까요. 어쨌든 고맙기 그지없었는데 돌아가시기 한 달 전쯤이었어요. 저한테 '아가씨 빛이 얼마나 되나?' 하셔서 제가 말도 못 하게 많다며 안 가르쳐 드렸지요. 그랬더니 금붙이 등, 패물을 주시면서 '빛 갚는데 보태라'라며 꼭 친딸같이 챙겨주셨어요." 하더라는 것이다.

자기를 그렇게 사람 취급해 준 사람은 어르신이 처음이었다며 돌아가신 후에 매일 산소에 찾아가 꽃을 꽂아 놓기도 하고 평소에 좋아하시던 커피도 놓고 온다는 것이었다.

그 이야기를 들으니 가슴이 먹먹해져서 집에 돌아와 이야기했더니, 집안 식구들이 전부 '아하!' 하며 무릎을 쳤다는 것이다. 그리고 가족회의 끝에, 우리가 그 아가씨 빛도 갚아주고 서로 알고 지내자며 가족들이 돈을 모아 그 아가씨를 찾아갔다고 한다. 그런데 어디로 갔는지 이미 그곳을 떠난 뒤였다.

그 다방에 새로 온 사람에게 물어보니, "글쎄요. 어디 먼 섬으로 팔려갔는지도 모르지요." 하며 쓸쓸히 웃더라는 것이다.

그러면서 나에게 "이것이 바로 종교가 아닐까요. 선생님?" 하고 동의를 구했다. 그 말을 하는 사람이나 듣는 사람이나 가슴이 묵직해지는 것은 마찬가지였다. 그 후 이 신도 부부는 저쪽에서 이쪽으로 개종改宗했다.

신神의 민낯

계룡시 인구는 얼마 안 되는데, 그에 비해 교회와 절은 엄청나게 많다. 문제는, 교회에 다니는 사람 중에서 지나친 행동을 하는 사람들이 더러 있어서 말없이 교회에 다니는 사람들까지 욕을 먹게 한다는 점이다.

얼마 전에 절 뒤쪽 길을 산책하고 있는데 나이든 여자 노인네가 뒤에서 '안녕하세요!' 하고 인사를 하기에, 나도 인사를 마주했다. 그분은 나란히 산길을 걸으며 자기는 집이 어디라는 둥, 손자들이 몇 명이라는 둥 이야기를 재미나게 했다.

잠시 후 "아저씨는 하나님을 믿으세요?" 해서 "여호와 말씀이세요?" 하고 물었는데, "예, 여호와 하나님이요." 하기에, "그 여호와를 우리나라 말로 '하나님' 혹은 '하느님'이라 하는 거예요. 나는 하느님을 믿을 수 있을지는 몰라도, 남의 나라 민족 신인 여호와는 안 믿어요. 나는 절에 다닙니다." 했더니 '이건 또 무슨 소리인가? 여호와와 하나님이 다르다고?' 하는, 도대체 모르겠다는 표정을 짓더니 그다음부터는 두어 번 마주쳤는데도 모른 체하는 것이다.

절에서 제祭를 지내고 나면, 남은 음식을 신도들이 더러 가져가신다. 그런데 어느 보살님이 그냥 가시기에, "과일 가져다가 동네 노인분들한테 나눠드리세요." 했더니, "우리 동네 노인정에 나오는 사람들은 절 받은 음식은 재수 없다며 쳐다보지도 않아요." 하는 것이 아닌가. 어이가 없어서 "절 받은 음식이라고요?" 되물으니, "그 사람들은 사탄한테 절한 것이라고 합디다." 하며 껄껄 웃는 것이었다.

무척 존경하는, 연세가 드신 신도분의 며느리가 암으로 세상을 떠났을 때 일이다. 며느리의 친정은 교회에 다닌다고 했지만, 그는 며느리의 사십구재齋를 정성스레 지내주었다. 그런데 들리는 말에 의하면 며느리의 친정에서 이 신도분을 보고, '두고 봐라. 천벌을 받을 것이니까.'라고 하더라며 씁쓸해했다. 물론 이 분은 천벌을 받지 않고 행복하게 절에 잘 다니고 계시다. 그쪽 신의 힘이 아직은 이쪽에 미치지 못하는 모양이다.

지난여름 집을 지을 때였다. 공사를 하겠다고 한 사람이 오지 않아서 물어봤더니, '교회에 다니기 때문에 절집 공사는 할 수 없다.'라고 하더란다. 그 얘기를 듣고, 어느 분이 "젠장 할! 그럼 절에 다니는 사람도 교회 다니는 사람 집을 지으면 안 되겠네?" 하며 쓴웃음을 지었다. 하루 벌어 하루 먹는 사람도 일요일에는 교회를 가야 하므로 일을 하지 않는다고 한다.

여기서 잠깐, 남미의 경우를 보자. 유럽, 특히 스페인과 포르투갈, 영국인들이 아메리카대륙에 쳐들어가서 그곳 원주민들을 학살한 이유는 '저들은 여호와가 만든 사람이 아니고 인간의 탈을 쓴 악마들이 었기 때문'이라고 주장한 사실을 여러분도 잘 알고 있을 것이다.

그리하여 잉카, 아스텍, 마야제국 사람들은 멸망했고, 그들의 언어는 물론 문화도 사라지고 말았다. 그리고 일억오천 명이나 되는 인구도 사라져 버렸다. 이런 일은 오스트레일리아에서도 똑같이 벌어졌다. 사실 종교단체에서 상대의 문화를 없애거나 욕을 하는데 마귀사탄나 이단이라는 표현보다 더 효과적인 표현이 어디 있겠는가. 우리나라 사람들이 마음에 안 드는 사람이 있으면 '빨갱이' 혹은 '친일파'라고 부르듯이 말이다.

더 예를 들자면 우리가 옛날부터 책에서 보았던 고대 그리스의 부서진 조각상도 우상 척결을 핑계로 그렇게 되었으며, 우리나라 불상도 기독교가 우상이라고 여긴 탓에 엄청나게 많이 부서지게 되었다는 것을 여러분도 잘 알고 있을 것이다.

제사를 지내는 게 마귀한테 하는 의식이라며 그 음식을 먹지 말라고 주장하는 사람들에게 배운 대로 행동하는 사람들이, 바로 우리 이웃 사람들이라니 참으로 기가 막힌다.

제사의 의미가 뭔가. 죽은 이를 추모하고, 오랜만에 만난 어른들께 인사하며, 형제자매끼리 준비한 음식을 나눠 먹으며 세상 살아가는 이야기도 하고 모처럼 만난 조카들의 머리를 쓰다듬으며, 안부를 묻는 날 아닌가.

그런데 나는 이렇게 종교의 모순에 푹 빠진 사람들을 볼 때마다 아무것도 모르는 이 사람들이 불쌍한 게 아니라, 그렇게 하라고 가르치는 목회자들이 훨씬 더 딱하고 불쌍해 보인다. 그들은 최소한의 고뇌를 거치고 종교를 선택한 걸까? 종교가 뭐라고 자신이 믿지 않는 종교는 이단, 사이비, 재수 없는 귀신 종교라며 없애자고 하는 건가.

아니, 조상한테 절할 때 올린 음식을 사탄의 음식이라고 하면, 그럼 조상이 사탄 아닌가. 아니, 자기 조상이 사탄이라고? 그럼 우리 모두의 조상이 사탄? 그럼 앞으로는 나도 사탄이 될 것이고? 그렇다면 이들은 제사를 지내고, 안 지내는 것이 동서양의 문화의 차이라는 사실을 모른단 말인가.

스물두어 살 때쯤 되었을 때 대전에서 버스를 타고 원주에 가다가, 옆자리에 앉은 남자와 얘기를 나눈 적이 있다. 그는 '그날이 언제가 될지 아무도 모른다. 도둑처럼 올 수도 있고 당장 내일이 될 수도 있지 않으냐'고 했다. 그리고 비밀스러운 이야기를 나에게만 알려주는 척 아주 은밀하게 '그러니 그날을 준비하며 살아라'라며 성경 구절을 강조했다.

그런 사람들은 '그날'을 위해 살지만, 나는 내 의지대로 신의 눈치를 안 보고 사는 게 속이 편하다. 가수 최백호는 '나는 아직 신을 만난 적이 없고 설혹 신이 있다 하더라도 그에 기대어 살고 싶지 않다. 지금까지 내게 주어진 것만으로도 충분하다. 앞으로도 특별한 사건이나 신비한 현상을 직접 경험하기 전까지는 신의 존재를 믿지 않을 거다'라고 말하는 것을 들은 적이 있다. 나도 전적으로 동감한다.

요새는 좀 조용해졌지만 1970년대에는 안수기도라는 게 있어서, 맹장염을 고친다고 맹장을 끄집어내질 않나, 앉은뱅이를 일으켜 세

운다고 하질 않나, 손가락으로 암 덩어리를 끄집어낼 뿐만 아니라, 지옥에서 불타는 사람들의 모습을 찍은 비디오도 본 적이 있으며, 천당에 갔다 왔다고 말하는 사람도 있었다.

그런데 만병통치의 기적을 일으키던 목사들은 티브이에서 진실과 거짓을 밝히는 프로그램이 나오면서 도망치듯 슬그머니 사라졌다. 죽은 이의 영혼을 불러오는 사람들도 있었는데 추적자의 끈질긴 관찰로 전부 다 사기로 들통이 나고 말았다.

이 글을 읽는 사람 중에서도 기억하는 이가 있을 것이다. '내 앞에서 초능력을 보이는 사람에게는 백만 달러를 주겠다'라며, 각국의 텔레비전에 출연해 초능력이나 공중부양, 독심술 등을 부리는 사람들을 전부 두 손 들게 한 제임스 랜디 말이다.

1980년대에 널리 알려졌던 커퍼필드란 이도 있었다. 그는 숟가락을 염력으로 휘게 하고 독심술을 부리는 초능력자로 알려져 있었다. 그런데 제임스 랜디의 추적 끝에 재판에 져서 십이만 달러의 돈을 문 다음, 자기는 초능력자가 아니고 마술사였음을 고백했다. 미국의 어느 목사는 환자들을 일으켜 세우는 기적을 연출했는데 랜디라는 사람 앞에서 속임수가 들통 나서 파산 신청을 했다.

과학기술이 더욱더 발달한 요즈음도 암은 여전히 치료하기 어려운 병으로 남아 있다. 그런데 암을 그런 방법으로 고치는 사람들은 잘 찾아보기 힘들다. 어쩌면 그런 것도 유행을 타는 게 아닌가 싶기도 하다. 우리에게 죽는 것보다 더 큰 일은 없다.

아이티에 지진이 일어나 숱한 사람들이 죽었다. 그런데 피해를 보지 않은 어떤 어른이 자기 자식을 끌어안고, '신은 위대하다'라고 하는 것을 티브이에서 보았다. 누구는 살리고 누구는 죽이는 그런 신이 정말 위대한가.

신이 위대하면 그런 사태가 생기지 않도록 해야지 왜 지진을 일으키는가. 같은 해 가을 아이티에 콜레라가 창궐해 수십만 명이 죽었다. 그리고 해마다 산불과 허리케인이 끊이지 않아 몸살을 앓고 있다고 한다.

2016년 카이로에서 예배를 보다가 스물다섯 명이 죽고 서른여 명이 부상했다는 뉴스를 봤다. 같은 해 12월 초 태국으로 여행을 가서 YTN을 보니, 나이지리아에서 주교 서품 중 천장이 무너지면서 육십 명이 사망했다고 한다. 주교 서품을 받지 않았더라면, 예배를 보지 않거나 성당을 다니지 않았더라면, 죽지 않았을 것이 아닌가. 그렇게 죽는 것도 하느님의 뜻인 걸까.

1990년 무렵 휴거에 관한 관심이 고조되었던 적이 있다. 다 공중으로 들림을 당한다더니, 몇 명이 들려서 천당에 갔는지 알 수 없지만, 지금까지 조용한 걸 보면 천당으로 가긴 간(?) 모양이다.

그런데 휴거를 주장했던 이 목사는 천당 대신 교도소에 다녀왔다. 매스컴에 따르면 신도들이 휴거가 일어나는 마지막 순간까지, 그에게 헌금을 많이 했다고 한다. 생의 마지막 날 그따위 종잇조각이 무슨 소용이 있단 말인가. 마지막 날이라면서 헌금을 받은 그 목사의 마음은 어땠는지 도대체 알 수가 없다.

2016년 무렵, 강원도에서 교사 세 명이 수업 중에 개신교를 전파하다가 징계를 당했다는 것을 신문에서 보았다. '예수를 안 믿으면 화장실 갈 때 귀신이 나온다. 그러니까 예수님을 믿어라.' 이렇게 기독교를 포교하다가 징계를 당했다는 그들이 과연 기독교 신자였을까? 이런 뉴스를 볼 때마다 '예수님! 당신 제자들이 맞소?' 하고 묻고 싶다.

서울에 사는 친구에게 들은 얘기이다. 하루는 웬 중년 아주머니가 다가오더니, '우리 교회에 다니면서 좋은 말씀 좀 들으셔요.' 하더란다. 자신은 불교 신자였는데, 사람이 죽으면 어디로 가는지 의심이 들어 스님들에게 물어봤지만 끝내 답을 얻지 못했었단다.

그러다가 목사한테 드디어 답을 구했는데, 성경을 보니 답이 거기다 있더라는 것이다. 그래서 목사 부인이 됐다고 하면서 다른 종교는 미신이 아니면 사이비, 이단, 심지어 '악마의 종교'라고 말하더라는 것이었다. 대부분 길거리에서 한두 번 들어 본 이야기이다.

그 친구는, "저는 성당에 다닙니다. 가톨릭이나 개신교나 한 뿌리 아니겠습니까? 그러니 저한테 교회 다니라 하지 마시고 각자 열심히 믿읍시다." 했다고 한다. 그런데도 천만의 말씀이라며 자기 식대로 성경을 설명하더란다.

요즘도 신문 광고를 보면 이름깨나 알려진 김 아무개라는 어느 저명인사를 비롯하여 수십 명의 목사가 나온다. 그리고 신앙 간증이라는 이름으로 위와 비슷한 일들을 버젓이 선전하고 있다.

친구 부인이 "경상도 어딘가 절에 있는 불상이 부서져 있었는데, 나중에 범인을 잡고 보니까 교회에 다니는 사람이더래요. 그래서 그 교회 목사님이 절에 찾아가 사과하고 불상을 변상해주겠다니까, 절 쪽에서 '괜찮다'라고 했답니다. 그래서 그 교회 계통 신학대 교수가 깨어진 불상을 변상해주겠다고 했던 돈으로 가난한 이웃을 돕자며 모금을 했더니, 그 교수를 재단에서 파면시켰다데요." 하는 것이었다.

가끔 전화로 안부를 주고받는 제자가 있다. 이 녀석이 교회의 광신자인지 참신자인지는 모르지만 내가 이쪽에 몸을 담고 있는 것을 알면서도 '회개하라'라는 식의 문자를 보내는데, 그들의 그런 좁은 사고방식이 어이가 없다. 이들은 저급한 신앙을 가졌거나, 사이비 기독교인이 틀림없다는 것이 나의 판단이다.

젊은 날에 읽었던 러시아 소설이 생각난다. 선명히 기억나진 않지만, 예수가 재림再臨하는 것으로 시작하는데 내용은 대충 이렇다.

어느 날 예수가 도둑처럼 살짝 재림했다. 여기저기 구경하다 보니 사람들이 크게 떠드는 소리가 들렸다. 그래서 들어가 보니 웬 교회였다. '예수님이…' 하는 것을 보니 자기를 두고 이야기하는 것 같았다. 다른 곳에 가 보아도 비슷한 내용의 설교를 하고 있었다.

가관인 것은 그 많은 사람이 부르는 노래가 하나같이 군가를 연상시키는, 상대를 제압하는 노래였다. 게다가 자기가 말한 진리는 간 곳 없고, '예수를 믿으면 기적이 일어난다'라고 하거나 돈을 걷으며 '이 돈은 하나님 나라의 수첩에 기록됩니다' 하는 것이었다. 살아생전에 사랑만 강조했던 예수는 기가 막혔다.

예수는 어느 성직자를 찾아가서 '내가 당신들이 기다리던 예수요. 그런데 당신들이 한 말과 기적은 나와 상관이 없습니다'라고 하니까, 이 성직자가 '우리가 기다리던 예수가 맞긴 맞는구먼. 그런데 이렇게 오셔서 그런 소릴 하면 안 됩니다. 우리 사업에 방해가 되니 하늘나라에 다시 올라가시오.' 하는 내용이었던 것 같다.

얼마 전에 읽은 신문에 삼소회三笑會라는 불교, 천주교, 원불교 여자 성직자 모임에 관한 기사가 실려 있었다. 얼마나 확 트인 사람들인가. 16세기에 살았던 영국의 베이컨이라는 철학자는, '인간의 4대 우상'을 이야기하며, 한 가지 종교에 빠져 그것만이 진짜인 것으로만 알고 있는 것을 '극장의 우상'이라고 했다. 상식 중의 상식 아닌가.

철학, 문학, 예술, 문화, 건축, 종교 등 모든 것의 총체를 문화라고 하며, 이 문화는 인간이 만들어 낸 것이다. 그런데 유독 '저쪽'은 종교에서 문화가 만들어졌다고 강조하고 있다. 그렇다면 배꼽이 배보다 큰 격이고, 숟갈이 밥보다 먼저 만들어진 것 아닌가. 집이 지어진 다음에 인간들이 들어가서 사는 셈이다.

그들이 말하는 '구약성경'의 원전原典이 '수메르신화'라는 사실을 그들이 알고나 있는지 모르겠다. 독자 중에서도 궁금한 분은 인터넷에서 '수메르설화' 혹은 '수메르신화'를 지금 당장 확인해보시기 바란다.

기독교와 불교는 메시아와 미륵, 염주와 묵주, 빛과 소금, 예수 어머니 마리아와 석가모니의 어머니 마야, 부활, 십자가, 동방박사 등, 닮은 점이 많다.

그래도 못 믿겠으면, '법화경과 신약성서민희식 지음, 불일출판사'라는 책을 읽어 보라. 이 책에 의하면 신약성서의 많은 부분, 동정녀 탄생 설화, 마귀의 시험에 드는 장면, 물 위를 걷는 기적, 예수의 세례 장면, 오병이어의 기적, 갈릴리의 산상수훈, 탕자의 교훈, 우물가의 사

마리아 여인의 교훈, 내가 길이요 진리요 생명이니라, 나를 통하지 않고서는 구원받을 수 없다, 거짓 선지자의 출현, 엘리 엘리 라마 사막 다니 등, 엄청나게 많은 부분이 불경을 그대로 옮겨 놓은 것임을 알 수 있다.

말도 안 되는 소리 하지 말라고? 그럼 이화여대 교목실장이었던 조찬선 목사의 '기독교 죄악사'를 꼭 한번 읽어 보라. 여태껏 알지 못했던 경천동지驚天動地할 사실을 알 수 있을 것이다.

두말할 필요도 없이 중동지방에서 유행했던 '오리게네스 교'나 '디오니소스 교'의 신들도 동정녀의 몸에서 태어났으며, 물 위를 걸어 다녔고, 죽은 지 사흘 만에 부활했고, '미트라 종교'의 신인神人 축일은 12월 24일로 크리스마스와 날짜가 같다.

2017년 10월 뉴스를 보니, '세계최대 가톨릭 국가인 브라질 가톨릭 신도 급감急減' 운운하던데 이를 역사의 당연한 귀결이라 생각한다.

개신교 국가인 미국에서도 신교도의 숫자가 줄어들 뿐만 아니라, 전통적으로 해오던 '콜럼버스의 날'인가 하는 축제가 인디언들에 의해 저지되었다는 소식을 신문에서 보았다. '아메리카대륙의 발견'이라는 오류는, 인디언들이 만 몇 천 년 전부터 살아오던 땅에 콜럼버스가 가 본 것뿐 아닌가.

개신교에서 말하는 '타 종교'가 미신이 아니라, '기도하는 사람의 소원을 들어줄 능력도 없으면서 들어주는 척하는 종교를 믿는 것'이 미신이라고 생각한다. 그런 의미에서 볼 때, 무당이라든가 길거리에서 점을 치는 사람들도 미신은 아니라고 본다. 머리 식히는 셈 치고 신수 한번 보는데 만 원이나 이만 원 내는 것과 매주 한 번씩 가서 기도하고 십일조까지 내는 교회를 비교를 해보라.

요즘엔 기우제나 풍어제 같은 것이 다시 살아나고 있어서 다행이다. 그동안 서양종교의 시각으로, 못 배운 사람들이 하는 미신행위라고 부끄럽게 여긴 것이 아니었나 하는 생각이 든다.

우리 큰집 이야기를 좀 하려고 한다. 큰집에 쌍둥이 형제가 있고, 그 밑으로 나보다 한 살 더 적은 아들이 하나 있는데 그 사촌 동생 이야기이다.

종갓집 며느리인 큰어머님이 위로 딸을 줄줄이 셋을 낳자, 집안에서는 대代가 끊어지는 게 아닌가 하고 다들 걱정했다고 한다. 그래서 큰아버지와 어머니가 기림사라는 절에서 백일기도를 하기로 했단다. 기림사는 경주에서 감포 쪽으로 가다 보면 보이는데, 뒤쪽으로 폭포가 있어서 맑은 물이 흐른다.

역산逆算해 보면 형제들 생일이 음력 10월이니 한겨울에 얼음을 깨고 목욕재계沐浴齋戒를 했던 모양이다. 추운 겨울 새벽마다 정성껏 목욕하고 백일기도를 한 후 거짓말같이 태기胎氣가 있었다고 한다. 음력 시월에 쌍둥이 아들을 낳고 다시 4년 터울의 아이를 낳았는데 이번에도 아들이었다.

그럼, 이것은 애초에 뿌리가 다르니까 이단 종교는 아닐 테고 미신인가? 아니면 그들이 말하는 사이비 종교, 내지는 사탄 종교인가. 백일 간 새벽기도를 해서 아들을 낳은 것이, 정말 부처님이 도와서 그렇게 된 것이라고는 생각하지 않는다. 삼신할머니가 도왔는지 산신

령이 도왔는지, 아니면 하나님이나 여호와가 요술을 부렸는지도 모를 일이다.

어쨌든 인간들의 신은 인간을 닮았고, 백인들의 신은 백인을 닮았으며 흑인들의 신은 흑인을 닮았고, 개구리들의 신은 개구리를 닮았을 것이며, 침팬지들의 신은 침팬지를 닮았을 것이다. 흑인들의 성모 마리아는 흑인으로 만들어져 있다.

언젠가 신문을 보니 인간의 자존심을 허물어뜨린 3대 사건 곧, 신이 인간에게서 쫓겨난 세 가지 일로, 코페르니쿠스의 지동설, 다윈의 진화론, 프로이트의 정신 분석학을 들었다.

여기 하나를 더 추가하고 싶다. 주저할 것 없이 멘델의 유전 법칙이다. 그때까지 '모든 생명은 신이 주는 대로 받는 것'인 줄 알았는데 '그게 아니다'라며 완두콩에서 해답을 찾아 사람들에게 보여준 그는 얼마나 대단한 사람인가. '기존의 종교적 패러다임을 깨야만 진리에 더 가까이 다가갈 수 있다'라고 한 글이 생각난다.

이쪽에서는 저쪽 사람들을 함께 살아가는 이웃으로 여기는데, 그들은 그렇지 않은 것 같아서 마음이 아프다. 지난가을에는 우리 스님이 어느 신도의 부탁으로 상가喪家에 다녀오셨다. 그런데 염불을 하는 도중에 망자의 형제 중에 개신교 신자인 사람들에게 쫓겨나는 일이 있었다.

이런 유類의 이야기를 들을 때마다 다른 종교를 미워만 할 게 아니라 서로 인정하고 돕는다면 얼마나 좋을까 하는 생각이 든다. 스님과 신부, 목사는 신도들을 무명에서 밝은 곳으로 인도하는 동업자로 봐서 안 될 이유가 없지 않은가.

그런데 종교를 최종목적지로 보는 사람들이 내 주위에 아주 많다. 남의 종교를 이단이니 삼단이니 사이비, 또는 사탄 종교라고 서로 흉보는 그들의 정체성이 의심스럽다.

그리고 그들이 유대인들이 이집트를 빠져나온 날인 유월절이나 우리의 추석과 같은 추수감사절오순절 곧, 맥추절, 40년 동안 광야에서 오두막 생활을 한 초막절을 기념하는 것을 보면, '도대체 저들은 유대인인가? 아니면 한국 사람인가?' 하는 의심이 든다. 설령 그렇더라도 서로 흉보지 말고, 자기 갈 길이나 가면 좋겠다는 생각이 든다.

어느 철학자는, '모든 학문, 종교, 예술, 기예, 철학의 궁극적인 목적은 생명을 끌어안는 데 있다'라고 했다. 이 얼마나 당연한 이야기인가. 어느 책에서 보았듯이 나의 것과 너의 것을 '틀리다'가 아니라 '다르다'로 생각해야 한다.

'삶은 곧 고통이다'라고 말한 쇼펜하우어는 '종교가 신념이고 절대자에 대한 두려움을 통해 어떤 집단에서 통용되는 상식이라면, 진리가 종교보다 훨씬 큰 테두리 안에 있는 것이다'라고 했다.

'한 사람이 미치면 정신병자, 단체로 미치면 종교'라고 한 다른 어느 철학자의 말에 방점을 찍는다. '모든 것은 뿌린 대로 거두는 법이다'라는 말은 어느 종교에서나 통용되는 진리이다.

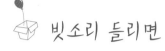

빗소리 들리면

2017년 봄은 너무 가물었다. 티브이나 신문을 보면 거북이 등처럼 쩍쩍 갈라져 있는 논바닥과 농부들의 애타는 심경을 겹쳐 보도했다. 전국이 그야말로 물 비상이다.

논산 쪽으로 가다 보면 굉장히 넓은 저수지가 있다. 가끔 바람을 쐬러 가는데 아무리 가물어도 끄떡없을 것 같던 그 저수지도, 물 깊이가 상당히 줄어들었다는 것을 금방 알 수 있었다.

농사를 짓지 않는 사람들도 비를 기다리는 마음은 농사를 짓는 사람들과 다르지 않을 것이다. 내가 아는 사람치고 비를 싫어하는 사람은 딱 한 사람뿐이다. 그 한 사람은, 비가 오려고 할 때마다 아픈 팔다리를 쥐어뜯는 우리 집사람이다.

그런데 언제부터인지 봄마다 이렇게 잔뜩 가문 것이 연례행사가 된 것 같다. 봄비 어쩌고… 하는 것은 노랫말 속에만 있을 뿐, 봄 가뭄이 심하지 않은 해가 있었는지 곰곰이 생각해 보라.

신문을 보니 어느 지방에서는 기우제를 지낸다고 한다. '그런다고 비가 올 리 있나? 지금이 어느 땐데, 참으로 어리석은 사람들 같으니….'라고 하는 사람들도 있을 것이다. 그러나 나는 그렇게 생각지 않는다. 하늘을 쳐다보며 원망만 할 게 아니라 하늘과 이야기하기도 하고 달래기도 하며 하늘 즉, 자연과 친화를 하는 모습이 좋아 보이기 때문이다.

그리고 '너는 너. 나는 나'가 아니라, 하늘을 인간보다 더 높은 곳에 놓고 '우리는 결국 하나'라는, 자연과 호흡하는 마음을 엿볼 수 있다. 비를 기다리며 음식을 준비해 나누어 먹으며 다 함께 풍요로운 축제로 승화시키는 모습을 통해 우리 민족의 가슴에 면면히 흐르는 여유와 어떤 영감靈感을 느끼게 된다.

문득 어릴 때 전국적으로 농촌에 양수기 사주기 운동을 전개하던 것이 생각난다. 어느새 논에 거머리가 있다는 이야기는 들은 지 오래되었지만, 그때는 거머리가 많아서 여자들이 신던 낡은 스타킹을 모아 시골에 보내기도 했다.

좌우지간 드디어 오늘 기다리고 기다리던 비가 왔다. 오후부터 하늘이 어둑어둑해지더니 초저녁이 되자 비를 뿌리기 시작했다. 지금은 새벽 2시가 넘었는데도 그칠 줄을 모른다. 오랜만에 듣는 빗소리가 반갑기 그지없다. 이렇게 사나흘 더 오면 좋겠다. 그러면 내일 화단과 채소밭에 물을 주지 않아도 되니, 늦잠을 자도 된다.

고등학교 때 국어 시간에 배운 '…… 어둔 새벽부터 시름없이 내리는 비 / 내일도 내리소서 연일 두고 오소서'라던 이병기 시인의 시조 '비'가 생각난다. 예나 지금이나 비는 마음속에 고요하고 잔잔한 감흥을 일으키나 보다.

이렇게 비가 오는 밤이면, 옛 친구들 생각이 난다. 친구들도 틀림없이 빗소리를 들으며 옛 생각을 하고 있을 것이다. 그래서 친구에게 전화를 걸어 '이렇게 비가 창문을 때릴 때 니가 옆에 있다면, 막걸리 한잔에다 바둑을 두며 얘기를 할 텐데…' 하며 한 시간이 넘게 횡설수설하다 전화를 끊었다.

그리고 지금은 자정을 훨씬 넘은 시각, 시계는 2시를 가리킨 지 이미 오래인데 다시 상념에 젖는다. 이렇게 산속에 앉아 빗소리를 들으니 신선이 따로 없다. 피리를 불기 위해 손이 나도 모르게 피리 쪽으로 간다. 오늘 같은 밤은 누가 듣거나 말거나 실컷 피리를 부는 것이 습관이 되어버렸다.

2부

천하태평

재취업再就業을 하라고요?

벌들의 전쟁

믿는 도끼에 발등 찍힌(?) 날

결혼식 날 국수 먹기

천하태평

어머니의 천하태평

취미 생활

글 잘 쓰는 사람

생명 탄생의 신비

핑계

어떤 도벽盜癖

고약한 버릇

자식이라는 실체

모전자전母傳子傳

잊고 싶은 순간

영리한 개犬

꼬맹이들의 거짓말

고스톱의 미학

식탐食貪

재취업再就業을 하라고요?

                몇 년 전에 신문에서 본 이야기이다. 어떤 사람이 현역에 있을 때 상당히 높은 자리에 있었지만, 젊은 날의 영광과 체면을 팽개치고 아파트 경비를 하고 있다고 한다. 직업에는 귀천이 없다는 것을 몸소 실천한다며, 사진까지 찍어가며 한껏 치켜세우는 것이었다.

이런 일이 얼마나 자주 있는지 모르지만, 몇 년 주기週期로(?) 신문에 나는 것 같다. 그중에는 교장 출신들도 더러 있는 것 같다. 얼마 전에 읽은 신문에서는, 구두닦기를 하는 사람이 교장 출신이라고 하는 것을 보았다.

내가 정년을 맞이하기 2, 3년 전부턴가? 만나는 사람마다 '선생님도 곧 정년 하시겠네요. 선생님은 정년을 맞이하면 뭐 하실 거예요? 하루아침에 할 일이 없어지면 사람이 빨리 늙는데요. 그러니 선생님도 그냥 계시지 말고 아무거나 한번 해보세요. 선생님은 바둑도 잘 두시고 기타에다가 음악도 잘 하시니까, 다시 학교에서 애들 가르치는 것도 괜찮지 않겠어요? 아니면 전공이 체육이시니까 축구 같은 것을 지도해도 되고.' 하며 인사처럼 말하는 것이었다.

우리 집사람도 '냅두셔! 저 양반은 게을러서 안 하겠지만, 놀기가 너무 심심하면 그런 거 말고라도 아파트 경비라도 해보던가 하겠지, 뭐' 하는 것이었다.

그런데 인간이 일해야 하는 진정한 이유는 생존하기 위해서가 아닌 가. 그리고 나도 '일 자체가 성스럽거나 숭배의 대상일 필요는 없다' 라는 말에 적극 동감이다. 결국 일이란, 인간의 진정한 권리인 행복 을 위해 잠시 필요했던 도구일 뿐이라는 생각에는 예나 지금이나 변 함이 없다.

어쨌든 나는 할 줄 아는 게 없어서이기도 하지만 심심풀이 삼이거 나 할 일이 없어서 한다는 재취업에는 전적으로 반대다. 주위에 빈곤 한 삶을 살아가는 사람들을 보아서도 옳지 않다고 생각한다.

생각해 보면 나보다 바둑이나 음악을 잘하는 사람들이 어디 한 둘 이냐 말이다. 내가 아는 몇몇 사람 중에 좋은 재능을 가진 사람들이 여러 명 있다. 그런데도 경제적으로 상당히 쪼들린다. 그들은 수입이 그야말로 쥐꼬리만큼이거나 아예 없다. 그래서 70살이 넘어서까지도 현장에서 일해야 할 사람들이다. 일을 더 하려고 해도 받아주는 데가 없어서 더 못하고 있을 뿐이다.

지금도 하루하루를 넘기기 위한 대책이 거의 없고 필요한 일자리도 늘 있는 게 아니어서 그야말로 속수무책일 뿐만 아니라, 국가의 혜 택을 못 받는 사람들도 있다. 이 친구들이 '그날, 곧 고독사하지 않을까?'가 제일 걱정이다.

그에 비하면 우리 같은 교사 출신들은 국가에서 주는 연금이 있어서 먹고 살기에 걱정이 없는 사람들이다. 아껴 쓰면 그걸로 외국 여행도 할 수 있고….

그런데도 말로는 '일자리 창출이 어쩌고…' 하면서 잘도 떠든다. 결국은 남의 일자리를 빼앗는 것 밖에 안 되는데, 그러니 그걸 그리 자랑스럽게 신문에까지 대문짝만하게 낼 일이 아니지 않은가 말이다.

물론 이렇게 재취업한 사람들이 월급을 받아, 그 돈을 가난한 이웃들을 위해 쓴다면 나도 찬성이다. 실제로 대학동창생 중에는 교직을 떠난 후 어느 공공기관에서 근무하는 덩치 큰 김○○가 있다. 그는 받은 월급 중에서 꼬박꼬박 백만 원씩 불우이웃돕기를 하는 존경할만한 친구이다.

키가 190cm 가까이 되고 허여멀쑥하게 생긴 그는 농구선수였는데, 잘 생긴 외모 덕에 대학 시절에 여학생들에게 인기가 있었다. 게다가 그야말로 '금수저'였는데 지금은 낮은 곳에 취직해 거기서 나오는 몇 푼 안 되는 월급을 받아, 전액을 불우한 이웃들에게 연탄이나 현금으로 보낸다.

재취업하는 이들이 전부 다 이러면 좋겠지만 나는 간肝이 작아 그 정도로 남을 위해 도울 능력이 없다. 그리고 40년 가까이 직장생활을 해왔다는 것을 핑계로, 더는 틀에 짜인 생활을 하고 싶지 않은 것이다. 그래서 한 달에 한 번 만나는 친구들의 정기적인 모임도, 그 '틀'이 싫어서 안 나간다. 보고 싶을 때 보고, 만나고 싶을 때 만나는 것이 훨씬 더 좋다.

거기다가 나는 남들이 잘 보는 티브이 연속극도 전혀 안 본다. 매일 똑같은 시간에 앉아있어야 하는 것이 싫기 때문이다. 그리고 애당초 나는 '심심'이란 단어의 뜻을 잘 모른다. 심심하다고? 그러면 낮잠을 자거나 책을 읽어 보라. 그러면 심심이란 단어는 저만큼 물러가고 말 테니까.

나와 함께 교직에 있던 친구들은, '30여 년간 일한 그대, 이제 편히 쉴 자격이 있느니라. 그러니 편히 쉬기를!' 하는 말을 들을 자격이 충분히 있다고 생각한다. '오늘의 나'가 되기 위해 얼마나 고생을 했는가 말이다. 나는 내일도 모레도 이십 년 후에도 이렇게 게으름을 피우며 편히 쉴 것이다.

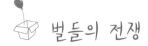 벌들의 전쟁

지금 내가 사는 이곳 계룡산자락에는 양봉하는 집이 절 뒤에 있어서 종일 벌들이 잉잉거리며 날아다닌다.

고등학생 때 외웠던 '이니스프리의 호도'라는 시詩에서 '꿀벌이 잉잉거릴 때…' 하는 구절을 기억해 내며, '옳다. 은퇴하게 되면 이렇게 한가하게 벌이나 키우며 살아야지' 하는 마음을 품은 적이 있다.

그런데 양봉하는 이들을 가까이서 보며, 벌은 한가한 놀이를 하듯이 키울 수 있는 것이 아니라는 것을 비로소 알게 되었다. 시도 때도 없이 움직여야 하고 한겨울에도 챙겨 줘야 하니, '나처럼 게으른 사람은 이 짓도 못해 먹겠구나.' 하고 결론을 내린 것이다.

벌이라는 녀석들은 꽃 피는 향기로운 계절에 자기들이 알아서 꿀을 나르는 그런 녀석들이 아니었다. 그리 깨끗하지도 않았다. 날아다니면서 얼마나 똥을 싸는지 마당에 차를 세워놓으면 누런 똥을 뒤집어 쓰기 일쑤다. 맑은 날 바깥에 있다 보면 얼굴에 빗방울이 떨어지는 것 같은 차가움을 느낄 때가 있다. 그건 대개 벌이 똥을 싼 것이었다.

벌을 키우는 사람들은 겨울에도 매일 벌을 돌봐야 한다. 한겨울에도 벌들은 몹시 추운 날을 제외하고는 꿀을 채취해오기 때문이다. 어쨌든 나는 이런저런 이유로 벌을 키워보겠다는 꿈을 버린 지 오래다. 그런데 양봉이 토종벌보다 힘이 세고 기르기도 편하다고 한다.

초등학교 5, 6학년 무렵 가을이었다. 20리㎞쯤 되는 곳인데 차가 없던 시절이라 걸어서 소풍을 갔다. 온종일 재미있게 놀고, 저녁때쯤 집에 가려고 전부 다 모인 자리에서 선생님이 종례하려는 찰나였다. 갑자기 어떤 녀석이 길길이 날뛰면서 우는 것이었다.

알고 보니 이 녀석이 땅벌 떼를 건드렸는지, 조그마한 벌이 하필이면 녀석의 귓구멍으로 들어가 돌아다닌 것이었다. 졸업앨범에도, '벌에게 쏘인 곳이 지금도 아프다'라고 되어있어서 당시를 회상하며 웃은 적이 있다.

서울 한구석에 사는 친구에게 벌 이야기를 했더니 그 친구가, "내가 사는 이 동네에 우리 또래 친구가 하나 있어. 그런데 그 친구가 어릴 때 얘기를 하는데, 그때는 이곳이 아주 시골이었대. 하루는 이 친구가 산에 가서 놀다가 뒤가 급해진 모양이라. 그러니 별수 있나? 아무 데나 좀 움푹하게 파인 곳을 찾아 아랫도리를 까고 똥을 누는데, 갑자기 벌 떼들 수십수백? 마리가 이 녀석 엉덩이를 비롯해 몸 전체를 집중공격하는 바람에, 똥을 누다가 말고 기겁해서 마구 울면서 집으로 도망을 갔다 그러더라고. 결국 병원 신세까지 졌대. 하필이면 똥 눈 데가 벌집 위였다니까. 벌한테 엉덩이를 비롯해 여기저기 수십 군데 쏘여서 병원 간 사람은 그 친구 하나뿐일 거라." 하는 말을 듣고 한참이나 웃었다.

그리고 또다시 이상한 생각이 드는 것이다. 만약 그 벌에 쏘인 사람이 여자였으면 어쩔 뻔했느냐 하는 것이었다. 그렇다면 병원에도 못 갔거나, 갔더라도 산부인과로 가지 않았을까?

그런데 꿀벌만 있는 것이 아니다. 해마다 가을이면 신문이나 티브이에서 어린아이 손가락 두어 마디 정도 되는 말벌이 있어서, 이놈들이 가끔 사람들을 죽게 하는 모양이라고 한다. 시골에 사는 우리는 조심, 또 조심해야 한다.

그놈들은 생긴 것도 얼룩덜룩 한 것이 흡사 얼룩말처럼 생겼다. 날아다니는 소리도 제법 웅장하고 우리가 어릴 때 보았던 전투 비행기 팬텀기를 닮아 용감해 보인다.

올봄에도 송홧가루에, 벌 똥에, 먼지까지 엎치고 덮쳐 내 차를 누렇게 만들어버렸다. 차는 뿌연 상태로 지금도 마당 한쪽 구석에 처박혀 있다.

믿는 도끼에 발등 찍힌(?) 날

한 친구의 모친상 중에 가까운 친구들을 만났다.

"어때? 우리 정선에서 한 번 보는 게? 아, 생각해 봐라. 우리가 앞으로 살면 얼마나 더 살겠다고 이렇게 계속 바둥거려야 하는 거냔 말이야. 이제 남들처럼 슬슬 놀러도 다니고 누구 차던지 차 한 대 가지고 오면, 거기 다 같이 타고 강원도 바닷가에서부터 저 밑에 땅끝을 지나 전국 일주나 다니면서 시간을 보내 보자니까. 해가 갈수록 힘은 더 없어질 테고 몇 번 더 못 보고 죽을 수도 있다고!" 하고 내가 말했다.

그랬더니 한 친구가, "그건 좋은데 아직 돈을 더 벌어야 하니까 몇 년만 더·참아." 한다. 또 다른 친구도, "2, 3년 지난 다음에 하자. 나도 돈 더 벌어야 해." 하면서 계획을 수정하자고 한다. 사실 나도 그렇게 한가하게 놀러 다닐 정도로 형편이 좋지는 않고, 흰소리하듯이 한 말이었으므로 "그럼 이번에는 정선에서 1박 2일로 모이는 거로 하자."며 선심 쓰듯이 결정했다.

앞만 보고 살아온 세월이었고, 자식들 가르치랴 결혼시키랴 보낸

세월이었으므로 그렇게 이루어진 약속이었다.

나이가 육십 중반을 지나고 있고, 요 몇 년 전부터는 친구들이 보고 싶어 전화하는 횟수도 늘어 간다. 젊었을 때부터 좋아했던 가수 겸, 저술가인 한대수 씨가 어느 신문에 쓴 글이 생각난다.

'늙는 데는 인종차별도 없고 빈부격차도 없다. 그것은 정신적 육체적 기능이 하나씩 사라지는 과정이다. 그런 뒤에 천당의 대문을 두드리게 된다. 늙어 간다는 것은 친구를 잃어 간다는 것이다. 이용가치가 없으니 찾아오는 사람도 없다. 늙어서 보약은 친구 한두 명이다. 추억을 되새기고 젊었을 때 실수담을 하며 한바탕 웃고, 옛 여자 친구를 생각하며 와! 그 여자 몸매 죽여 줬는데… 하며 떠들어댈 수 있는 친구가 필요하다.'라는 글 말이다.

그런데 정선으로 떠나기로 한 전날 저녁, 경남 창원에 사는 녀석의 문자가 떴다. '친구들아, 피치 못할 사정으로 참석을 못 하게 돼 미안한 마음 금할 수 없다.……' 하더니 뒤이어 부천에 사는 녀석도 '약속을 지키지 못해 미안하게 되었다'라는 내용의 문자를 보냈다.

할 수 없이 정선에 있는 친구에게 전화를 걸어, "야, 다 못 간단다. 나도 다음에 갈게. 어떻게 이것들이 약속을 못 지키느냐 말이여. 지난번에 만나서는 꼭 간다고 하잖았어." 하고 투덜댔다. 그리고 마지막으로 평택에 사는 녀석에게 전후 사정을 이야기했더니, 그러면 집사람과 절 구경도 할 겸 우리 집으로 오겠디는 것이다.

다음날 창원에 사는 녀석은, '그새 고마웠다. 잘 살아라.'라는 알쏭달쏭한 문자 이외에 연락 두절이었다. 정선에 사는 친구에게 그 사실을 말해 줬더니, "어, 내가 한 번 알아볼게." 하더니 소식이 없다.

부천에 사는 친구는, '술 먹은 김에 젊은 녀석들이 담배를 피우기에 뺨을 올려붙였다가, 파출소에서 지금 벌금을 내고 풀려나왔다'라는 것이다. 기가 막혔다. 세상에 뺨을 때리다니! 다행히 평택에 사는 친구가 "응, 갈게!" 하며 흔쾌히 대답했다.

점심때가 좀 지났을까? 평택에 사는 친구의 차가 들어오는데 그의 처는 없고 혼자였다. 그래서 함께 절 구경도 하고, 약수터와 내가 거처하는 방도 보여주고, 스님이 계신 곳에 가서 차를 마시며 이야기도 나누었다. 그런데 친구 표정이 좀 이상했다. 모래밭에 알을 숨겨둔 거북이처럼 불안해 보이는 거다.

그러더니 밖에 나와서 갑자기 차에 타라고 했다. 차를 타고 데려간 곳은 어느 식당이었다. "야! 이 친구야, 밥은 우리 집에서 먹으면 될 텐데 왜 여기서 먹을라고 그래?" 하니, "야, 그래도 그렇지. 처음부터 밥을 얻어먹으면 어떡하냐." 하며 따라 들어오라고 한다.

따라 들어가니, 아니, '그새 고마웠다. 잘 살아라'라고 했던 창원에 사는 친구와, '젊은 놈들 뺨을 때려서 오늘 풀려 나왔다'라는 친구가 '으하하!' 하고 웃었다. 그러더니 "야, 인마. 너를 속이려고 우리가 얼마나 비밀유지를 했는지 아냐?" 하며 나를 맞았다.

"너를 속이려고 이렇게 모자까지 쓰고 왔다. 저기 앉아서 어떻게 하는지 보고 있으려다가 니 놈 인생이 불쌍해서 이렇게 모여 앉은 거여. 일루와 인마! 우선 술부터 한잔해." 하는 것이 아닌가.

그 순간 머리를 강타당한 느낌이 형언할 수 없을 정도의 기쁨으로 바뀌었다. 그 자리에 함께하지 못한 정선에 사는 친구에게 전화했다. "늙은이를 이렇게 희롱하다니, 죽일 거여, 이 씨×늄!" 했더니, 그 친구 왈, "야! 난 게네들이 시키는 대로 했을 뿐이니까 아무 죄도 읎어." 하며 점잖게 시침을 뗐다.

친구들은 이구동성으로, "야! 너 평소에 늘 우리한테 거짓말하고 골탕 먹였지? 어때, 니가 직접 당해 보니까. 앞으로 또 거짓말하면 그땐 더 혼날 줄 알아. 알았어?" 하며 종주먹을 쥐고 내 눈앞에서 을러대는 것이었다. 내가 그렇게 속게 될 줄은 꿈에도 몰랐다. 이렇게 장난치는 불알친구들이 있다는 것은, 그야말로 더없이 소중한 재산이다.

그리고 위에서 언급한 한대수 씨의 글을 다시 한번 생각해 보았다. '늙어 간다는 것은 친구를 잃어 간다는 것이다. 이용가치가 없으니 찾아오는 사람도 없다. 늙어서 가장 큰 보약은 친구 한두 명이다.'라는 말에 적극적으로 동의한다.

게다가 나는 친구 한두 명이 아니잖은가. 생각만 나면 만날 수 있는 친구들과 여전히 아웅다웅하며 서로의 건강을 챙겨주고 지낼 수 있다는 것은 큰 복이다.

그날 저녁, 이제는 내 몸에 독이 될 수도 있는 술을 몇 잔 들이켰다. 그러나 친구라는 보약을 먹어서 그런지 몰라도 아주 실컷 잘 잤다. 믿는 도끼에 멋지게 발등을 찍힌 날이었다.

결혼식 날 국수 먹기

내가 어릴 때인 1960년대 이쪽저쪽으로는 자가용을 보기 어려웠다. 결혼식을 하면 당시 최고의 대중교통 수단인 '새나라 택시'를 이용했다. 웬만큼 사는 집에서는 택시를 서너 대쯤 빌렸고, 여섯 대 빌릴 정도면 아주 잘 사는 집안의 결혼이었다. 신혼여행이라는 단어는 아예 없었다.

손님들에게 짜장면을 대접하는 집은 거의 드물었다. 결혼식이 끝나면 오색 색종이를 차 앞뒤에 두르고, 집에서 가까운 온천장이나 관광지로 신혼여행을 가는 것은, 그로부터 십여 년이 지난 다음부터의 일이었다.

그 무렵 나라에서는 '과소비를 줄이라'는 엄한 분부를 내려 하객들에게 음식을 대접하지 못하게 했다. 그래서 그즈음 막 생기기 시작한 예식장에서는 케이크나 떡, 아니면 밥그릇이나 수저 같은 것을 결혼식 답례품으로 대신했다.

그러다가 내가 결혼식을 할 즈음에는 집에서 음식을 만들어 갈비탕

집으로 가지고 가서 갈비탕과 함께 하객들에게 대접했다. 요즈음에는 뷔페가 그 자리를 대신하고 있다.

1960년 무렵 우리처럼 가난한 동네거나, 도심지에서 한 발자국만 들어가면 농촌이었던 곳에서는 결혼식을 집에서 올리기도 했다. 누나도 집에서 결혼식을 올렸다.

그때는 각설이 패거리들이 많아 결혼식이나 환갑 집, 초상집을 잘도 찾아다녔다. 학교 운동회가 있는 날이면 떼거리로 모여 밥을 구걸했다. 누나 결혼식 날도 어떻게 알고 왔는지 한 떼로 몰려왔다. 그리고는 어머니가 정성껏 차려 내놓는 음식과 국수를 먹었다.

보기 싫을 정도로 국수를 매일 먹던 시절이었다. 그런데도 결혼식이나 생일날 저녁이면 또 국수를 먹었다. 우리가 투덜거리며 음식 투정을 하면 어른들 말씀은 한결같았다. '결혼식이나 생일에는 국수를 먹어야 해. 그래야 국수 가락처럼 오래 사는 거여!' 그 말이 맞는 것 같아서 국수를 먹을 수밖에 없었다.

그런데 점차 자라면서 그게 아닐 것이라는 생각이 들기 시작했다. 이종사촌 누나는 결혼식을 우리 집 마당에서 한 다음, 매형이 빌려온 고물 트럭을 타고 문막으로 갔다.

여기서 한 번 생각해 보자. 간신히 남의 트럭을 빌려 누나를 태우고 간, 소작농이었던 사촌 매형이 그 많은 손님에게 쌀밥과 고깃국을 어떻게 대접할 수 있었을까. 몇십 명씩 쳐들어온 가설이들에게도 밥을 먹여야 했는데, 밥을 차리려면 반찬이 한두 가지만 필요한 게 아니다. 쌀밥에 소고기로 국을 끓여야 했는데, 쌀값도 지금과는 비교가 되지 않을 정도로 비쌌다. 잘 사는 집에서나 먹을 수 있었던 게 쌀밥이었다.

생일 저녁에 먹던 국수도 그렇다. 생일 아침에는 쌀밥을 '머슴 밥그릇'이라는 커다란 주발에 고봉高峰으로 담아 내왔다. 그 밥을 먹을 때는 좋지만, 축난 쌀은 어떻게 보충해야 하는가. 그러니 그날 저녁에는 값싸고 흔한 밀가루로 만든 국수로 때우는 방법밖에 없었을 거다. 그러니 생일날 국수를 내어놓는 현실이 슬퍼, 오래 살려면 운운… 했던 것은 아닐까.

좀 다른 경우이긴 하지만, 얼마 전에 친구 딸내미 결혼식에 갔다. 그 뒤풀이 자리에서 안동에서 고기를 꼬치에 꽂아 먹는 데 관한 얘기를 친구들과 나누게 되었다. 중건이라는 친구는 고기를 꼬치에 꽂아 먹으니 그 음식을 많은 인원이 먹을 수 있더라고 했다.

그의 말에 '아하!' 하고 무릎을 쳤다. 한술 더 떠 이 친구는 '고수레'라던가 '사잣밥'이라는 것도 크게 보면 그런 의미가 아니겠는가 하고 말했다. 놀랄 정도의 혜안이었다.

요즈음에는 '많이 먹어라', '많이 먹었냐?' 하는 대신에 '맛있게 먹어라', '맛있게 먹었냐?' 하며 인사하는데 참 좋은 현상이라고 본다.

천하태평

결혼하던 해였던가. 첫아이를 임신한 집사람이 입덧을 얼마나 심하게 했는지 모른다. 먹는 대로 토하는 바람에 몸이 빠짝 마르고 움직일 수 없어서 내가 집안 살림을 대충 도와주던 무렵이었다.

그럴 때는 이상하게 꼭 겹치는 일이 생긴다. 첫 근무지인 진도에서 같이 근무했던 M 선생 결혼식이 있는 날이었기 때문이다. 그래서 장흥長興에서 열리는 결혼식에 참석하기 위해, 집사람이 아프고 힘이 빠진 것은 까맣게 잊고 사실은 '나 몰라라' 하고 서둘러 결혼식장으로 갔다.

그곳에 가면 친하게 지냈던 동료 선생들을 만날 수 있을 것이고, 그새 궁금했던 안부와 근황도 물어볼 것이며, 갓 결혼해서 행복하게 사는 모습들을 볼 수 있을 터였다.

예상대로 옛 동료들은 한히 웃음을 지으며 건강한 모습으로 나타났다. 갓 결혼해 신접살림을 차린 동료들은 여전히 처녀티가 나는 여자들을 데리고 와서 인사를 나누었다. 시간 가는 줄 모를 정도로 반가웠다. 앞으로 우리 모임의 새로운 구성원이 될 새색시를 보는 것도 즐거웠다. 결혼식이 어떻게 끝났는지 모를 정도로 그날은 우리의 아름다운 축젯날이었다.

결혼식이 끝난 후 신혼부부는 신랑의 집이 있는 유치면으로 가서 하룻밤을 지냈다. 친구들이 몇몇 따라가서 술을 마시며 함께 밤을 지낸 것은 물론이다. 그 마을에는 각종 농악기가 준비되어 있었다.

다음날 점심까지 얻어먹고 입에서 술 냄새를 풀풀 풍기며 집에 돌아왔다. 집사람 얼굴이 눈에 띄자 그제야 미안하다는 생각이 들었다. 집사람이 "가지 말고 내 곁에 있어 달라고 했더니, 지금이 몇 신데 이제 와요?" 하는 것이 이미 모든 것을 달관(?)한 눈치였다.

그리고 3년 후, 집사람이 둘째 아이를 가져 배가 남산같이 부풀어 있을 때였다. 이번에도 입덧을 심하게 하는 바람에 아무것도 먹지 못해 살이 빠질 대로 빠져 있었다.

그 무렵 내 또래 선생들이 토요일을 맞아 낚시를 가자고 했다. 내가 그런 데를 빠질 리가 있나. 그런데 집사람이, "저렇게 별난 애와 당신도 있어 봐서 알잖아요. 얼마나 힘이 드는지…. 그러니 가지 말고 옆에 좀 있어 줘요, 네?" 하고 말했다.

그런데도 나는 나대로 "금방 올 거여…." 하면서 아이에게 과자를 한 봉지 안겨주고는 또다시 씩씩하게(?) 집을 나섰다. 아니나 다를까. 낚시터에서 밤을 홀딱 새우고 그다음 날 털레털레 집으로 들어갔다.

이제 두 돌이 갓 지난 아들 녀석은 과자를 다 먹었는지, 장난감을 가지고 놀다가 '아부지!' 하며 쪼르르 달려와 반갑게 내 품에 안기는 것이었는데, 집사람은 그런 나를 '아이고! 이 한심한 인간아.' 하듯이 기가 막혀 쳐다보고 있었다.

지금도 그때 이야기만 나오면 집사람은 갑자기 미간이 좁아진 도끼눈에다가 입에 게거품을 물고 남들에게 말한다.

"아니, 들어보세요. 둘째 애는 오늘 낳을까, 내일 낳을까 하는데 몸은 무거워서 움직일 수가 없지, 큰 애는 또 좀 별나요? 그래서 낚시하러 가지 말고 집에 있으라 해도 기어이 가야 한다는 거예요. 뭐, 자기가 없으면 팀이 꾸려지질 않는다나? 그리고 돌아와서는 피곤한지 곧바로 쓰러져 코를 골며 자더라니까요. 기가 막혀서……'

그런데 말이다. 나의 결혼관은 '나한테 너무 신경을 쓰지 말지어다. 나도 당신 개인 생활에는 터치를 안 할 테니까.'였던 것 같다. 이게 얼마나 코페르니쿠스적(?)인 위대한 발상인가.

영혼이 새털같이 자유롭고 아무 데도 메이지 않는 야생마 같은 성격이어서, 어디 놀러 가고 싶으면 놀러 가고, 남의 집에 놀러 가도 눈치 보지 않고 실컷 놀다 오고, 졸리면 한낮이라도 실컷 자고, 안 졸리면 밤을 새우는 건 보통이니, 그야말로 몇십 년을 앞서간 선지식이 아니냐 말이다.

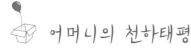# 어머니의 천하태평

지금도 나의 천하태평은 계속되고 있지만 어머니에게는 감히 견줄 수가 없다. 천하태평 중의 천하태평인 사람은 바로 우리 어머니이기 때문이다. 어머니는 천지가 무너져도 눈 하나 깜빡 않을 사람이었다.

고등학교 여름방학 때던가? 하루는 경주에 사는 시집간 누나에게서 전보電報가 왔다. 알다시피 이 전보라는 것은 전화가 없던 시절에 급히 전할 일을 짧은 문장으로 구성해 한밤중이라도 우체부가 배달하는 아주 급한 편지이다. 그때도 기억이 잘 나진 않지만, 아마 '몸이 아프니 빨리 좀 와서 병원으로 같이 가자'는 그런 내용이었을 것이다.

원래 이 전보라는 게 웬만큼 급하지 않으면 보내지 않는 것이라 전보를 받은 집은 놀라서 펄쩍 뛰게 마련이다. 그렇게 온 전보인데, 어머니는 전보의 내용을 듣더니 "그러면 언제쯤 가노?" 하다가 아버지가 "뭘 물어보노. 급하게 온 전본 거 몰라가 그라나? 마, 아무 소리 말고 낼 아침 기차로 당장 가거라." 하는 소리를 듣고 그러마 했다.

그때만 해도 중앙선은 하루에 차가 오전 아홉 시 반쯤인가 하고 오후하고 두 번밖에 없을 때였다. 내가 살던 동네는 산 위 동네로, 멀리서 보면 기차에서 울리는 기적 소리가 아스라이 들려오며, 희고 검은 연기를 뿜는 기차가 역으로 들어오는 모습이 보였다.

그러니 역까지 4km는 되니 어른 걸음으로 아무리 빨리 걸어도 한 시간은 걸린다. 다음 날 아침 어머니가 밥을 해 먹고 설거지를 하는데 아홉 시가 다 되어 가고 있었다. 우리가, "엄마. 아홉 시가 다 되어 가는데 빨리 안가고 뭐하노. 빨리 가소. 기차 놓칠라." 하니까 "아홉 시 반 차제? 걱정하지 마라. 기차가 연착할 낀데 뭐!" 하는 것이었다.

사실 그때는 기차가 제시간보다 늦게 도착하는 '연착'을 자주 하긴 했다. 그래서 아홉 시 좀 넘어 동생과 역으로 가더니 역시 기차를 놓쳤다. 역 근처에 직장이 있던 아버지는 기차가 떠나는 걸 보고 '저 차로 갔겠구나' 싶었단다.

어쨌든 그 날 저녁때 퇴근해 집에 들어오신 아버지에게 태연히, "일이 쫌 있어가 늦게 갔디 기차가 갔습디더." 하는 것이었다. 그러니 평소에 어머니의 '태평'을 잘 알고 있던 아버지는 "뭐가 어째? 일이 있어가 늦었다꼬? 내 그럴 줄 알았다. 밤차로 가거레이." 했다.

그러나 오전에 가는 기차는 완행이어서 온종일 가는 것이었고, 밤차는 보급보통 급행이어서 삯이 약간 비쌌다. 그래서 다음날 가기로 했고, 아버지는 "낼은 빨리 가거래이." 하며 화를 삭였다.

그다음 날 역으로 출발하는 어머니가 설거지를 일찍 끝내고 출발한 시간이 아홉 시쯤이었다. 그런데 어른 발걸음으로도 한 시각은 족히

걸리는 거리를 아낙네 발걸음으로 30분 만에 갈 수가 없는 건 당연한 이치 아닌가?

아버지의 급한 성질을 알고 있는 우리는 속이 타서 어머니를 재촉했다. 역시 '연착'을 예상하고 또 늦게 갔던 어머니는, 역으로 가는 도중에 기차가 출발하는 모습을 볼 수밖에 없었다. 이번에도 동생과 같이 털레털레 집으로 오는 것이었는데 짐을 들고 들어오는 동생의 얼굴이 땀으로 흠뻑 젖어 있었다.

다시 그날 저녁, 집으로 퇴근하신 아버지는 얼굴에 노기를 띠며, "와 못 갔노. 이번엔 또 무슨 일이 생기다? 지게미 떡으랄 꺼. 올해 안에 경주 가능가 두고 보자." 하더니, 한 삼십 분 정도 저주를 퍼부었다. 어머니는 당신 잘못이 있으니 아무 말도 못 했다.

다시 아버지가 하는 말. "느그 누나한테 전보 쳐라. 느그 엄마 게을러가 몬 간다꼬." 아무 말도 못 하고 잠을 잔 어머니는 그다음 날 일어나서 서둘러 밥을 지어 아버지를 출근시키고 다시 동생과 역으로 출발했다. 이번에는 어제보다 좀 빨리 출발을 하긴 했다. 그런데 '좀 빨리'라는 게 8시 40분쯤이었는데 기차가 연착을 하지 않은 바람에 눈앞에서 또 기차를 놓쳤다는 동생의 말이었다.

아버지의 급한 성질을 익히 알고 있는 어머니는 그제사 크게 낙심을 하며, 동생한테, "야야. 이거 어야노? 큰일 났대이. 느거 아버지한테는 경주 갔다 캐라. 내가 나무남의 집에 가가 쉬었다가 밤차로 갈란다." 하더라는 것이었다. 그렇게 동생과 짜고 오는 길목에 아버지의 직장이 있었다.

동생이 "엄마, 그러니까 역에 빨리 가야 된다 그랬잖아. 그런데 자꾸 엄마가 쫌 늦어도 된다메." 하면서 오고 있었다는데, 갑자기 천둥 치는 것 같은 소리가 들리더란다. "와 오노! 이번엔 기차 바꾸가 빵꾸나가서 안 간다 카다?" 하면서 벼락같이 아버지가 소리를 질러 동생과 어머니가 혼비백산했다고 한다.

아버지가 직장에서 일하다 보니, 어머니같이 생긴 여자가 어떤 사내아이와 무슨 말을 주고받으며 집 쪽으로, 즉 아버지의 직장 쪽으로 오고 있는 모습이 보이더라는 것이었다. 그래서 '이상타. 똑같은 사람이 있는가?' 싶더라는 것이었는데, 나가보니 어머니와 동생이 작전을 짜며 오는 중이었다는 것이다.

어쨌든 그다음 날, 즉 나흘 만에 간 경주 누나 집에서는 '이제나 오려나 저제나 오려나.' 하고 어머니를 기다리다 지쳐 병원에 다녀온 뒤끝이었다고 한다. 화가 날 대로 난 아버지가 도끼로 항아리 등 집 안의 기물들을 때려 부수다가 동네 사람이 말리는 바람에 그만둔 기억이 지금도 난다.

어머니는 굉장히 게으른 편이었다. 밥풀떼기가 붙어 있는 밥그릇을 보면 "와 이래 밥풀이 마이 붙어 있노. 깨끗이 먹어야 설거지하기가 펜체." 하면서 아주 깨끗하게 그릇을 비우길 바랐다. 그래서 밖에서 놀다가 식사가 끝난 다음에 들어가면 그날 저녁은 거르는 것이 더 편할 정도로 잔소리를 해서, 먹고 들어 왔다며 저녁을 서른 적도 있었다. 그런데 나도 그런 어머니의 성질을 조금은 닮은 것 같다.

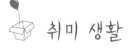 취미 생활

                 나는 젊어서 매우 다양한 취미 생활을 했다. 요즈음에는 사회적으로도 개인들의 취미를 살려 주기 위해, '**교실, **대학, **동아리 활동' 등 많은 기회를 국가적인 차원으로 제공하는데, 나는 이미 그것들을 옛날에 거의 다 섭렵했다. 더구나 전공과목이 체육인지라 탁구나 테니스, 농구와 축구 야구 등, 일찍 배운 취미 생활을 교과목에 접목하기도 했다.

고등학교 때는 여학생을 꼬시려고 기타를 배우기도 했는데, 얼마나 재미가 있는지 나중에는 삼매경에 빠져 밤을 새워 연습하기도 했다. 끝내는 악보를 그리는 것에도 재미를 붙여, 지금도 '어떤 노래' 하고 제목만 대면 눈을 감고도 악보를 그릴 수 있다. 물론 음악을 전공한 사람으로서는 우습겠지만 말이다.

대학교에 다닐 때는 친구들 몇 명이, 그때 한창 유행하던 보컬 그룹을 조직해, 단과대학 축제마다 쫓아다니며 곡을 연주해 주고 술을 얻어먹기도 했다. 덕분에 그때 유행하던 팝송과 포크송을 제법 많이 알게 되었다. 지금도 심심하면 혼자 그 곡들을 연주하곤 한다.

음악 실력이 어느 정도 수준에 오르게 되면, 예를 들면 기타를 어느 정도 칠 줄 알아 노래 연주를 하다 보면 그것도 시시해지는 게, 뭔가 더 필요해진다. 내 경우는 팝송 경음악이라던가 옛날 노래 전주곡 같은 것이었다. 그래서 며칠이고 밤을 새워 연습하곤 했다.

뒤늦게 색소폰을 배우기도 했는데 생각보다 악기 다루기가 단순해 집어치우고 말았다. 요즈음에는 플루트를 불고 있다. 악기가 작아서 들고 다니기 편할 뿐만 아니라, 음색이 맑고 청아해서 좋다.

이뿐만이 아니다. 중학교 때는 바둑 두는 것이 신기해서, 형과 함께 바둑을 두다가 아버지에게 크게 혼이 난 적이 있다. 초보자일 때는 바둑이 재미있었지만, 알게 될수록 더 어려웠다. 한참 그렇게 형과 두다가, 어느 날 남들과 두어 보면 이기는 것이 좋아 더 열심히 바둑을 두었다.

고등학생 때는 몇 명이 어울려 바둑을 두었다. 지금 생각하면 부끄러운 실력이었지만, 당시에는 전교全校 최고수(?)들의 경연장이었다. 방학을 하면 한 친구 집에 모여 밤을 새워 며칠 밤을 두었다. 배가 고프면 친구 집 옆 건물의 식품창고를 털어, 며칠이고 라면을 끓여 먹던 기억도 난다.

친구 중의 한 명이 바둑을 고등학교 때부터 나에게 배웠다. 처음에는 열 석 점을 깔고도 지던 녀석이 나중에는 실력이 하루가 다르게 급상승했다. 급기야 내가 밀리는 형국이 되었다. 그러니 체면이 말이 아니었다. 이 친구가 바둑을 얼마나 날카롭게 두는지 모른다.

그래서 다음부터는 바둑판을 보면 내가 먼저 치워버리곤 했다. 그런데 하루 이틀 만날 것도 아니고 한두 달 만날 것도 아니고, 그렇다고 일이 년 만날 것도 아닌 사이에 그렇게 치운다고 될 일이 아니었다.

그래서 고민을 하던 중에 일본의 어느 명인名人인지 본인방本因坊인지 지은 책, '맥脈·속임수 비결秘訣'이라는 제목의 한 권이 내 손에 들어왔다. 그 책을 보니, 쉽게 표현하자면 날카롭게 보이는 상대의 수手도 그보다 더 고수高手의 측면에서 보면, 형편없는 악수惡手이거나 속임수인 것이 대부분이라는 것이 요점이었다.

어쨌든 그 책을 열심히 보니, 아니, 이건 나 정도면 다 아는 수手들이 아닌가. 그런데도 이런 수手들을 못 찾고 쩔쩔맨 것이었다. 그제야 내 바둑이 하수下手 중의 하수下手라는 것을 알았다. 어쨌든 '어떤 수手든지 또 다른 각도로 보면 더 좋은 수가 있다'라는 결론을 얻었다.

나에게 한없이 날카롭던 그 친구의 바둑도, 사실은 헛수虛數에 지나지 않는다는 것을 깨닫게 된 것이다. 그래서 다시 마음을 다잡고 바둑을 두어 보니, 과연 다시 앞서나가기 시작했는데, 언제부터인지 모르게 또다시 그 친구와 실력이 박빙薄氷이 되었다.

이렇게 실력은 서로를 시소처럼 끌어 올린다. 내가 성질이 아주 급한 편인데, 이 성질을 다스리기에도 다시 없는 게 바둑이다. 바둑을 두다가 보면 유리해질 때가 있는데, 그럴 때면 기분이 풀리고 약간은 기고만장하기 마련이다. 그런데 바로 그 순간이 위험한 순간이다. 즉 유리할 때가 오는데 바로 그 순간을 잘 이겨내야 한다.

바둑을 둘 때마다 무엇인가를 손에 들고 두는 게 습관이 되었는데,

이 손에 든 물건이 승리를 지켜주는 부적符籍 역할을 한다. 아아! 그리고 한판의 바둑을 이겼을 때의 통쾌함이란…!

참고로 고등학교 1학년 때의 실력이 7, 8급이었는데 3학년 때는 4, 5급으로 뛰었고, 대학교 들어가서는 2, 3급을 두다가 지금은 얼마인지 잘 모른다. 확실한 건 이웃 중에서는 적수를 찾기가 힘든 편이다.

바둑에는 수천 년의 역사가 있고 오늘의 현실이 있으며, 그 속에는 천년의 왕조가 있고 한낮 그늘 밑에서 쪼그리고 자는 게으름뱅이의 낮잠이 있다. 전국을 휩쓰는 일촉즉발의 세계대전이 있고, 싸우다가 서로 화해하고 마는 조그만 국지전局地戰도 있다.

넓은 관조觀照의 세계가 있고 현실적인 인간관계도 있으며, 교만함에 대한 일침과 준엄한 패배, 여유와 낭만이 있고 웃음과 비애가, 착실함과 끈기가 바둑판 위에 있다.

때로는 바둑판 위의 독재자가 되어서 전 판을 호령하기도 하고, 상대의 말발굽 소리에 촉을 못 쓰고 먼지 구덩이에서 눈치만 보는 거렁뱅이 신세가 되기도 한다. 제갈량의 팔진도八陣圖가 나타나는가 하면, 관운장의 장팔 사모가 번뜩여 상대의 목을 한칼에 떨어뜨리는 호쾌함과 조조의 간교함이 있다.

물결처럼 잔잔히 흐르다가 판 위에 갑자기 번개와 지진이 생기기도 하고, 전全 판을 휘몰아치는 광풍 같은 전운戰雲이 감돌기도 하며, 뜨내기 시장의 잡상인 같은 뒷거래가 공존하기도 한다. 고달프고 두려운 주먹세계가 있고 상대를 현혹하는 무림계의 내공 즉, 최상승 무공인 '교탈조화'와 '음풍장'이 숨어 있다.

바둑을 두는 사람치고 치매에 걸린 사람이 드물다고 한다. 나는 여태껏 바둑보다 더 재미있는 경기를 본 적이 없는데, 아마 앞으로도 그럴 것이라고 감히 장담한다.

얼마나 긴장감이 있으면 바둑 한판에 수억 원씩의 상금이 걸린 세계대회가 있으며, 오죽하면 나 같은 경우 지금도 신문에 나오는 손바닥만 한 바둑기사를 오려놓고 혼자 밤새기를 밥 먹듯이 하며, 어디서 얻어 온 바둑판 몇 개를 보물처럼 간직하고 있겠는가.

그리고 진짜 취미 중의 취미가 하나 더 있다. 그것은 이렇게 깊은 겨울밤이면 막걸리를 마시는 것이다. 그윽한 밤에 친구와 둘이 앉아 바둑판을 가운데 두고 막걸리를 마시며 바둑을 두는 멋은, 세상사를 모두 잊게 한다.

티브이나 책을 통해 보면, 잘나가는 선비와 한량閑良들에게는 시詩와 기생과 술酒이 빠지지 않는 취미 생활이었다고 한다. 나는 감히 이제는 '술과 바둑'이라고 말하고 싶다. 그리고 바둑판 앞에서는 술 중에서도 막걸리가 제격이다. 여러분도 취미를 가지려면 다른 취미보다 이 막걸리와 바둑을 취미로 갖기 바란다. 그리고 바둑을 둘 때는 승패를 떠나 바둑을 즐기시라.

공자가 '중용'에 〈知之者 不如 好之者, 好之者 不如 樂之者〉 즉, '아는 사람은 좋아하는 사람을 못 이기고 좋아하는 사람은 즐기는 사람을 못 이긴다.'라고 했다. 이 말의 뜻을 새삼 되새기며 바둑을 둘 일이다. 아마도 그것은 지금 당장 여러분의 무료함을 달래 줄 것이다.

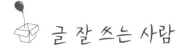

글 잘 쓰는 사람

한동안 '책 잘 읽었습니다. 재미있게 잘 쓰셨대요. 어떻게 그렇게 옛날 일을 잊지 않고 쓰셨어요? 선생님은 기억력도 좋으십니다.' 하고 인사를 하는 사람들이 있었다.

그럴 때마다 속으로는 '어험! 당연히 잘 썼지. 그게 그리 쉬운 줄 아셔?' 하고 하면서도 겉으로는, '에이 뭘요. 그런 건 누구나 다 쓸 수 있는 것 아니겠습니까.' 하고 겸손의 말을 했다. 그런데 시간이 지나가면 갈수록 '내 글은 잘 쓰는 글과 상관이 없는 것이었구나.'라는 생각이 든다. 그리고 그런 인사를 하는 사람들의 본심은 '그게 아니었겠구나.' 하고 생각을 하게 되었다.

내가 최고로 치는 작가는 이문열 씨인데, 그는 글의 깊이가 열 길도 더 되게 깊다. 그리고 그가 쓴 '변경'이나 '영웅시대'라는 책을 읽어 보면, 각 지방 사투리에다기 특히 경상도 사투리가 어릴 때 들던 부모님의 억양과 표정까지 고스란히 생각나게 한다.

또 한 분 꼽고 싶은 작가는 조정래 씨이다. 전라도에서 십 년 가까이 근무한 경력이 이 분의 책을 읽고 이해하는 데 큰 영향을 끼쳤다. 그쪽에서 살아본 경험이 없는 사람은 도저히 이해하지 못할 것이다.

특히 '태백산맥'을 재미나게 읽었는데, 그 책 내용 중 염상구의 '쫄깃거리는 것만이 아니라 옴죽거리는' 외서댁이 감창질을 치다가 엉덩이를 사정없이 뒤로 빼니, '흐흑!' 하며 염상구의 숨이 멎는 장면에서는 나도 모르게 침을 꼴깍 넘기며 반복해서 읽을 수밖에 없었다.

어쨌든 그렇게 외서댁을 죽이는(?) 장면'과, '정 갈라면 요것 띠 놓고 가씨요' 하던 하대치의 장터댁이 죽어(?)가면서 '워매, 워매! 워메메 나 죽겠다. 워메메. 미치겠다' 하며 손짓 발짓을 허공에 휘저으며 감탕질을 치는 장면은 우리 음탕(?) 문학의 최고 경지라 생각한다.

그리고 '야 이년아, 헛뱅뱅이다!'는 우리나라 해학소설의 최고봉이었다. 전라도에서 근무한 적이 있거나 그쪽 사람들과 말을 몇 마디 나누어 본 적이 있는 사람이라면 내 말을 충분히 이해하고도 남을 것이다.

박경리 씨의 소설도 읽다가 글의 깊이에 매료되었다. 이들의 공통점은, 사라져 가는 사투리를 되살린 것이 아닐까 하는 생각이 든다. 어쨌든 그분들의 책을 읽다 보면 사투리 쓴 것을 다시 보기만 해도 본전은 충분히 빼고도 남을 것이다.

그리고 최인호 씨의 '별들의 고향'을 십 대 후반에 읽었는데 그 글을 읽고 얼마나 슬펐는지 모른다. 인생이 왜 그리 허무한지 말이다.

마침 교사로서 첫 번째의 발령지가 전라남도였는데, 한승원, 이청준, 송기숙, 이문구 씨 등이 숨 쉬고 있는 동네道에서 산다는 게 행복했다. '좋은 작가로 태어나려면 이렇게 지방 출신이어야 하는 것 아닐까?' 하는 생각이 드는 건 당연했다.

한강의 '채식주의자'는 그 후에 읽었는데 위에서 말 한 세 분의 깊이를 따라가기에는 아직 무리라는 생각이 든다. 좀 더 나이가 들고 많은 책을 낸 다음에야 제대로 된 평가가 가능할 것으로 생각한다.

그리고 문학가는 아니지만, 글을 기가 막히게 잘 쓰는 사람은 최재천 교수를 꼽을 수 있을 것이다. 이 분의 '생명이 있는 것은 다 아름답다'라는 책을 읽고 그의 글에 매료되었다. 이 분은 문학을 전공하지 않았나 싶을 정도로 글을 잘 쓴다.

전 분야에 걸쳐 해박한 지식을 갖고 있으며, 정치나 경제, 각국의 역사와 문화면까지 두루 섭렵하며 글을 쓰고 있다. 그리고 마지막에는 반드시 독자들의 양해를 구하며 자기의 생명존중 사상에 동참을 시키는 것을 보면, 그 감칠맛 나는 표현에다 섬세한 감각에 감탄사가 절로 나온다. 그래서 이 분이 쓴 글이 눈에 뜨이면 꼭 읽어 본다.

그와 비슷한 사람은 유홍준 교수일 것이다. '나의 문화유산 답사기'를 읽고, 이분의 지식과 매력에 푹 빠져 버렸다. 그 후로 어디를 가서 문화재를 보게 되면 나도, '여기 이것은 어디가 다르게 생겼는가' 하고 유심히 보는 버릇이 생겼다.

나야 책을 그리 많이 읽는 사람은 아니지만, 문학과는 길이 다른 분들이 쓴 글이 이렇게 감동을 준다는 것이 새삼스럽다는 생각이다.

생명 탄생의 신비

내가 어릴 때, 어느 책에서 읽었는지 신문에서 봤는지 기억은 나지 않는다. 그런데 그 글에 비가 오는 날, 특히 소나기가 올 때 비와 함께 물고기들이 같이 떨어져 내리는 경우가 있다는 것을 읽은 적이 있다. 이 글을 읽고 하도 신기해서 나의 아버지한테 물어본 적이 있다.

'아버지, 비가 오면 정말 이런 일이 있나요?' 하니까 아버지도, '응. 내도 한 번 본 적이 있지러. 내가 쪼끄마할 땐데 그때 큰물^{장마}이 들었거덩? 그런데 내가 사는 동네는 산동네였는데 우리 마당에 미꾸라지가 여기저기 비하고 같이 떨어져 가 막 헤엄을 치고 다니는 거라. 그 참 희얺다라. 그래가 우리 동네 아아들 하고 마구 잡았던 기억이 있제. 와 그기 하늘에서 떨어 졌능고.' 하시며 '정말 하늘나라가 있능가도 몰라.' 하면서 제법 자연의 신비에 매료된 듯 보였다.

하지만 워낙 뚱딴지같은, 하도 이해가 안 가는 얘기라 그냥 가슴속에 묻어 두었다. 그런데 성인이 된 후에 친한 친구에게 그 얘기를 했더니 그 친구의 말이, "내가 다니는 성당 신부님이 그러는데 어느 나라 사막인지는 잘 모르겠지만 사막으로 관광을 가게 되었다는 거여. 그런데 운이 좋았는지 마침 그때 비가 오더래. 그런데 물도 없는 사막에 그 비와 함께 우렁이가 막 떨어지더라는 거여. 그런데 그 부족 사람들은 전에도 이런 경험이 있는지 그걸 다 줍지 않고 좀 남겨 놓더라대? 다 주우면 아마도 다음부터는 신이 더는 안 준다고 생각했나 보지? 아, 생각해 봐. 우리도 옛날에 닭이 달걀을 낳으면 두어 개는 밑 알이라고 남겨두고 주워 온 적이 있었잖아." 하며, 아버지가 했던 비슷한 말을 자기도 들었다는 것이었다.

그리고 또 한 번은 중동에 있는 사막 어디쯤인데, 이곳에서는 일년 내내 사막이다가 비가 한번 와서 물이 고여 호수가 되면, 어디서 나타났는지 각종 물고기에다가 개구리와 뱀 같은 그것이 서식하는데, 이것을 과학적으로 어떻게 설명을 할 수가 없을까? 하고 신문에 난 것을 보고, '그럼 조건만 되면 저절로 생기는 것이 아닐까?' 하고 생각을 한 적이 있다.

그러나 여전히 어릴 때 들은 아버님의 말씀에서 헤어나지 못했다. '그럴 리가 있나? 아니 하늘에서 개구리나 미꾸라지의 알을 떨어뜨린다면 그래도 이해나 가지. 하나님이 만들어서 보내 주는 거라고, 그런데 그렇게 다 큰 고기를 떨어뜨리면 그럼 하늘에서 고기를 키운 담에 떨어뜨렸다는 거여? 그러면 고기는 뭘 먹고 컸어. 거기도 벌레들이 살고 커다란 강이 있는가 보구만.' 하며 믿지 못했다.

그런데 얼마 전에 최재천 교수생물학 박사가 신문에 쓴 글을 읽고 의

문이 풀렸다. 최 교수님이 쓴 글에 의하면, 젊을 때 유학을 갔는데, 실험용 비행기를 타고 하늘을 올라가 보게 하더라는 것이다. 하늘에 올라가 보니, 각종 물고기, 개구리, 식물 등 작은 수중생물들이 이리저리, 마치 헤엄을 치듯이 바람에 쓸려 둥둥 떠다니더라는 것이었다. 그 글을 읽고 '아하!' 하며 내 생각이 짧았다는 것을 알았다.

그 수중생물들이 물과 함께 회오리바람에 휩쓸려 하늘까지 빨려 올라갔을 것이고, 그래서 다른 지역에 떨어지거나, 바람의 힘이 약해지고 수증기와 만날 때 비가 되어, 방금 말 한 것 같은 현상이 생겼을 것이다. 집채까지 뽑아내고 차까지 뒤집는 거대한 위력을 가진 바람이 그 원인이었다는 사실을, 뒤늦게 깨달은 것이다. 참으로 신기하고 오묘한 데가 바로 이 세상이다.

핑계

　　　　　　　　　　　　여러분도 이런 이야기를 들은 적이 있을 것이다. 옛날 어느 감옥의 간수가 한 죄수에게 물었다.

"얀마! 무슨 잘못을 해서 여기 들어오게 됐어?"

"난 아무 잘못도 없어요. 어느 날 뒷산에 새끼줄이 있길래 그걸 들고 왔더니, 나를 이 감옥에다 처넣잖아요."

"그럴 리가 있나. 그 새끼줄이 뭐라고 이렇게 감옥에 처넣어. 그 새끼줄밖에 아무것도 없었어?"

그 죄수가 "나중에 보니까 그 새끼줄 끝에 소 한 마리가 매달려 있습디다." 하고 머리를 긁적이며 대답하더란다.

그다음에 또 다른 죄수를 보고,

"이 봐! 넌 어떻게 하다가 이렇게 들어오게 됐냐?"

"글쎄 말이오. 나야말로 아무런 잘못이 없는데 이렇게 잡혀 왔다니까요. 정말 억울해서 못 살겠수다. 아! 엎어져서 잠을 잤다고 일루 잡어 오더라니까요."

"아니, 엎어져서 잠을 잤는데 잡아와? 그거 이상하네. 아니 어디서 엎어져 잤는데?"

"그런데 엎어져서 자다가 보니까 밑에 웬 처녀가 깔렸더라니 까요." 하는 것이었다.

둘의 이야기를 들어보고 기가 막힌 간수가 마지막으로 또 다른 죄수를 보고 물었다.

"넌 왜 여기 잡혀 들어왔어?"

"나야말로 억울해서 못살겠수다. 길을 가는데 내 앞에 돈이 놓여있길래 주워다가 노름도 하고 계집질도 했소. 이것도 잘못이오?"

"주운 돈으로 했다고? 그런데 잡아넣었다? 그게 어디였는데?" 하고 물어보니, 그 죄수가 잠시 멈칫거리다가, "우시장牛市長 옆에 있는 술집이었다오." 하는 것이었다.

이처럼 우리 주위를 둘러보면 자기 잘못을 남의 탓으로 돌리는 사람들을 많이 볼 수 있다. 그런데 그런 사람들은 자기 잘못을 정말 모르고 있는 건지, 아니면 잘못을 알면서 억지로 남의 탓으로 돌리고 있는 것인지 잘 모르겠다.

고교동창이 한 명 있다. 이 동창의 어머니가 옛날에 밀수를 했으므로 먹고 사는 것은 걱정이 없었다. 자식들한테도 번듯한 과외에다가, 가끔 학교에 찾아가 담임선생 등 선생들과도 자주 만나며 좌우지간 교육도 그럴듯하게 시켰다.

이 동창생 집에는 온갖 진기한 볼거리들이 가득 했고, 집도 무척 넓었다. 그런데 이웃의 누군가 그 집의 행태를 보고 신고를 하는 바람에, 밀수품을 모조리 압수당하고 나중에는 물건을 대 준 사람과 재판정에 섰다.

그런데 재판이 끝나자마자 그 사람과 머리채를 잡고 드잡이를 하더라는 것이었다. 동네 사람들이 보는 앞에서 '니가 이런 걸 팔아도 아무런 탈이 안 난다면서?' 하면서……. 동네 사람들에게 자기는 결백하다는 것을 증명하듯이 말이다.

또 한 사람은 부산 어디쯤에서 납품 공장 경비 일을 했는데, 한밤중에 트럭에 물건을 실어 주다가 들켜 직장을 잘렸고, 결국 재판까지 받고 실업자가 되었다.

그런데 그 사람 왈, "나는 잘못한 게 없어. 아니, 그놈들이 트럭에 물건을 실어 달라기에 도와준 것밖에 없는데 나중에 알고 보니까 장물이라잖아. 그런데 내가 장물인지 아닌지 어떻게 알아. 나야말로 억울한 사람이여!" 하고 말했다.

그 말을 듣고 사람들이 대부분 '안됐다'라고 했지만, 나는 그렇게 생각하지 않는다. 아니, 자기 근무시간이 끝난 서너 시간 후까지 남아 있다가 남이 보지 않는 새벽에 거저 짐을 실어 줄 사람이 어디에 있겠는가.

잘 아는 동네 선배가 있었다. 맨날 술을 먹고 허구한 날 마누라만 패는 놈이었는데 친구들이 말리면, "야! 나도 괴로워. 우리 마누라가 바람만 안 피우면 내가 이렇게 술이나 먹고 하겠냐, 이 ×××아?" 하는 것이었다.

그의 마누라가 제법 표독스럽게 "내가 언제 바람피웠어요? 누가 그

럽디까. 말 좀 해 보세요." 하면, 그럴 때마다 그 녀석은 "내가 들은 말이 있어. 너, 나한테는 할 말 없을걸?" 하는 것이었다. 그의 마누라는 허구한 날 술을 마시고 그렇게 지랄을 떠는 남편을 위해, 정성을 다하는 힘없는 여편네였는데 말이다.

그런데 이런 수법이 남자들에게는 유행인 모양이다. 고등학교 후배 녀석 하나가 허구한 날 노름하는 것이 일이었다. 그래서 결국 이혼을 하게 되었는데, 이 녀석이 주위 사람들에게 "이놈의 여편네가 하도 바람을 피워서 이혼하게 됐다."라고 하더라는 것이다. 하지만 그 처의 됨됨이와 그의 행실을 아는 우리는 그 말을 듣고 고소苦笑를 금치 못했다.

마지막으로 하나만 더 이야기하려 한다. 이번에는 그리 멀지 않은 내 친구의 경우다. 이 친구의 형이 부모 집을 팔아 혼자 싹 다 챙긴 것이다. 바로 밑의 동생인 내 친구는 '평생 부모를 모시고 살았으니 집을 나눌 때 형제간에 무슨 얘기가 있겠지. 그러면 그 남은 돈으로 부모님을 모셔야겠다.'라고 생각했었단다. 그런데 결국 돌아온 건 집이 팔린 다음에 내야 할 세금뿐이었다. 그 이야기를 들은 우리는 기가 막힐 뿐이었다.

어느 정도 세상을 살고 보니, 이런 얘기들을 주위에서 많이 듣게된다. 대부분 형제 관계에서 많이 벌어지는데 서너 집 건너 한 건씩은 있는 것 같다. 우리 속담에 '핑계 없는 무덤은 없다.'라는 말이 있다. 이런 세상에서 그런 모습들을 보며 그저 웃을 수밖에.

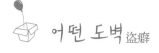

어떤 도벽 盜癖

여기 계룡시에서 논산 쪽으로 가다가 보면 '연산'이라는 마을이 있다. 어느 날 그쪽으로 일을 보러 나갔다가 어느 가게에서 청국장 한 덩어리를 들고 온 적이 있다.

집사람이 "웬 거유?' 하고 묻기에 '응? 먹고 싶어서 돈 주고 사온 거여.' 하고 대답을 했는데 사실은 그냥 슬쩍 들고 온, 더 쉽게 말하자면 '훔친 물건'이었던 것이다.

이런 것은, 훔쳐 오더라도 비싸 봤자 1천 원~2천 원 안쪽이어야 하고, 반드시 다음에 거기를 들르는 기회가 있으면 훔친 값 이상이 남을 수 있는 물건을 팔아 주거나 그 가게를 주로 애용한다. 하지만 현장을 들켰을 때는 꼼짝없는 현행범이 되는 법인데, 고등학교 2학년 이후로는 한 번도 들킨 적이 없다.

나에게는 이런 습관적인 도벽盜癖이 있다. 차를 가지고 어디를 가다가도 사람이 살지 않는 빈집이 보이면, 그 집으로 들어간다. 그리고 터를 보는듯한 풍수 전문가의 자세를 하고 부엌은 물론 뒤뜰까지 자세히 들여다본다. 그때도 내 눈은 '이 집에 가져갈 것은 없나?' 하고 샅샅이 훑어보느라고 바쁘다.

옛날에는 가져갈 것이 있는 집이 더러 보이더니 요즈음에는 일당(?)도 못하는 경우가 많다. 아마도 나 같은 도벽을 가진 이들이 많이 생겨서 그런 게 아닌지 모르겠다. 그런 집에는 맷돌이나 오래된 절구통 같은 것이 있는데 맷돌을 가져다가 남들에게 나누어 준 것이 몇 개나 된다.

선생 노릇을 한 지 십 년쯤 되었을 때였던 것 같다. 경기도 어느 학교로 발령을 받아 갔는데 우연히 그 학교 창고에 들어갔다가, 잘 그려진 커다란 동양화 한 폭이 창고의 한쪽 구석에서 먼지를 뒤집어쓰고 있는 것을 보았다.

누가 언제 가져다 놓은 그림인지는 모르지만, 꽤 오랫동안 거기에 그렇게 세워져 있던 것인 것 같았다. 겨울방학이 끝나고 다시 여름방학이 끝나도 계속 그 자리에 있으니 그 주인이 누구겠는가. 결국, 그 다음 방학 때 집에 가져다 놓고 보니, 전지全紙에 모란, 감, 찔레꽃, 매화, 국화 등 예닐곱 가지가 그려져 있는 아주 잘 그려진 수작秀作 중의 수작이었다.

여태 본 그림 중에서 제일 잘 그린 듯한 그 그림을 아우에게 선물했다. 아우는 모를 것이다. 이 그림이 이 형님의 대담한 행동 덕분에 구제받은(?) 작품이라는 것을…

그 후 2010년 무렵 포천에 있는 산정 호숫가에 정 모某라는 고교 때 친구가 있어 놀러 간 적이 있다. 거기에는 당시 인기가 있었던 연속

극 촬영 세트장으로 지어진 작은 건물이 있었다.

구경삼아 들어가 보니 나처럼 구경하는 사람들이 몇이나 있었는
데, 그런데 허물어져 가는 집 한쪽에 동양화 두 폭이 걸려있었는데,
내 눈에는 '괜찮게 그려졌다' 싶었다. 그런데 이 버려진 집에 걸려있
는 그림의 주인이 어디 있는가. 그냥 누구라도 가져가면 주인이 아닌
가. 더구나 티브이에 쓰였던 소품으로 그려진 그림이라면 괜찮은 수
준의 작품일 것이다. 기념품 수준에서라도 갖고 있을 만했다.

그래서 이 그림은 지금 내 서재에서 잘 쉬고 있다. 지금 우리 집에
있는 것 중에서 적지 않은 작품(?)들이 이렇게 다 발품(?)을 들여 장만
한 것들이다.

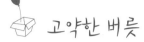

고약한 버릇

나는 주사도 없고, 편식하거나 담배를 피우지도 않으며, 말이 많거나 남을 욕하지도 않을 뿐만 아니라 그냥 좀 게으른 편이다. 아는 것이 별로 없으니 주적주적 나서지도 않고, 설령 나와 관계가 있어 좀 아는 이야기가 나와도 말을 하기보다는 남의 말을 잘 듣는 편이다. 그렇다고 제비족들처럼 다른 여자들을 기웃거리거나, 휴대전화도 그저 친구하고 할 뿐 감출 것이 딱히 없다.

아우가 원주 어디쯤에서 캐왔다며 하얀 민들레를 줘서, 우리 집 뜨락에 수십 포기나 되게 심었다. 드디어 지난봄에는 꽃이 하얗게 피어 제법 장관을 이루었다. 이 민들레는 꽃이 다 진 다음에 흡사 솜사탕같이, 아니면 우산같이 방사상형태로 된 낙하산 주머니를 만든다. 그리고 봄바람에 씨앗을 태워 멀리멀리 시집을 보낸다.

이렇게 낙하산을 타고 하늘에 둥둥 떠서 날아가는 모습은 보기 좋을 뿐만 아니라, 어느 가수가 부른 '나 어릴 땐 철부지로 자랐지만…… 돌아오지 않아요, 민들레처럼……' 하는 노랫말처럼 다소 철학적이고 의미가 깊어 보인다. 그래서 아주 좋아하는 꽃이기도 하다.

다들 아시겠지만, 이 민들레꽃도 두 가지가 있다. 흰 꽃이 피는 민들레가 재래종인데 요즘에는 보기 쉽지 않다. 그래서 사람들이 어렵사리 캐어와서 마당에 심는 모양이다. 한편 우리가 흔히 보는 노란 민들레는 외국 종자이므로 뽑아내어도 괜찮다고 한다. 그 말을 듣고 비로소 민들레도 흰색이냐 노란색이냐에 따라 차별을 받는다는 것을 알게 되었다.

올봄에 뜨락을 무심코 바라보다가 민들레가 잔뜩 자라고 있기에 아무런 생각 없이 민들레를 뽑아 주었다. 그런데 집사람이 어디에 갔다 오더니, 민들레가 깨끗하게 뽑혀 있는 것을 보고 기겁했다.

"흰 민들레를 뽑으면 어떻게 해요. 다음부터는 꽃밭 쪽에 난 풀은 절대 뽑지 마세요. 당신이 도와주지 않아도 아무 말 하지 않을 테니까." 하며 구박하는 바람에 그다음부터는 그쪽에 얼씬거리지 않는다.

그런데 또다시 무심코 화단을 돌보다가 쑥이 잔뜩 기세 좋게 자라고 있는 것을 보고 쑥들을 다 뽑아 주었다. 이번에도 외출했다가 돌아온 아내가 또 펄쩍 뛰면서 "당신이 여기 국화 뽑았어요?" 했다.

칭찬을 들을 줄 알고 은근히 기대하고 있다가, 또다시 아내의 질책을 듣고 말았다. 알고 보니 쑥이랑 국화가 생긴 게 비슷해서, 이번에는 국화가 전멸 직전까지 간 셈이다. 우리 속담에 '숙맥寂麥 같은 사람'이라는 말이 있다. 나야말로 쑥과 국화를 구분 못 하는 숙맥 같은, 즉 '쑥국寂菊 같은 사람'이었던 것이다.

이십 년도 더 된 1990년대 초반이었다. 퇴근길에 술을 한 잔 마시고 요즘 같으면 언감생심 꿈도 꾸지 못할 일이지만, 가까운 거리에 있는 동료를 데려다주기 위해 함께 차를 타고 나가려다가 왼쪽 큰길에서 오는 차와 스치듯이 접촉사고가 난 적이 있다.

기가 막히게도 왼쪽에서 달려오던 그 차에는 빗자루로 쓴 흔적처럼 자세히 보아야 알 정도로 살짝 표시만 났다. 잠시 후 운전사가 내렸다. "술 먹었소? 운전을 이렇게 하면 어떻게 합니까? 똑바로 하시오!" 하면서 언성을 높이더니 그냥 가버렸다. 지금 생각해도 하늘이 도운 날이었다.

그런데 정말 하늘이 도운 사건이 한 번 더 있었다. 내가 퇴직을 하던 2015년 오월이던가, 유월이던가. 연천 어느 산골짜기에 보라색 붓꽃이 온 산에 흐드러지게 피어 있는 곳이 있다. 두어 달 있으면 퇴직을 하게 되므로 이 붓꽃을 좀 캐다가 집에 가지고 올 요량으로, 삽과 곡괭이와 꽃을 담을 수 있는 커다란 상자를 싣고, 산속에 들어갔다.

잘 보아둔 산 중턱에 차를 세워놓고 삽질을 한창 하고 있는데, 산 밑에서 사람들의 소리가 들렸다. 아마도 봄나들이를 나온 사람들 같아 보였다. 서너 명쯤 되는 사람들이 내가 있는 쪽으로 올라오는지 재잘대는 소리가 점차 가까워지고 있었다.

그런데 잘 서 있던 내 차가 갑자기 그 소리에 어떤 흡인력이 있는 것처럼 경사진 길을 따라 그쪽으로 굴러가기 시작했다. 그 사람들은 차 속에 사람이 타고 있는 줄 알았단다. 처음에는 천천히 미끄러져 내려가던 차가 그 사람들 앞에서 맹렬히 속도를 내기 시작했다. 사람들은 '어마나! 어머! 어머!' 하고 비명을 질렀다. 그 순간 차는 기적처럼 그 사람들 바로 옆에 서 있던 나무를 박더니 계곡으로 처박혔다.

내가 중립에 기어를 놓고 브레이크를 채워놓지 않은 채 작업을 하고 있었던 거다. 브레이크를 채우거나 손잡이를 'Parking'에 두는 게 뭐 그리 힘든 일이라고 이 지경이 되도록 한 건지……. 좌우지간 견인비용만 이백만 원이 넘게 들었고, 차 수리비까지 보험으로 처리했다.

만약 인명사고가 났다면, 근무지 이탈에다가 인명피해까지 덮어써서 퇴직금은 물론, 지금 받는 연금도 한 푼 못 받는 신세가 될 뻔했음은 물론이다. 지금도 그때 일을 생각하면, 이렇게 발을 뻗고 자는 것도 천만다행이라는 생각이 든다.

이 차는 바로 손아랫동서가 산 지 석 달 만에 마음에 들지 않는다고 다른 차로 바꾸는 바람에 내게 오게 된 차였다. 그리고 어쩌다 보니 내 앞으로 명의이전을 하기 전에 타고 다니게 되었다. 그런데 수시로 과속을 하는 바람에 벌과금 딱지가 처제 앞으로 다 나왔다. 나중에 들은 바로는 벌과금이 보험금보다 훨씬 높게 나왔다고 한다.

그래서 요즈음에는 딱지가 끊긴 고지서를 좌석 옆자리에 놓아두고, 운전할 때마다 마음에 되새긴다. 흡사 '와신상담臥薪嘗膽'을 하듯이……. 그런데 어느새 새로 나온 고지서가 석 장이나 윗목의 책갈피에 꽂혀 있다.

일전에는 평소에 잘 아는 신도 부부가 내가 머무는 절에 놀러 왔다. 마침 그때 나는 쓰레기를 치우는 중이었다. 그런데 쓰레기를 옮기다가, 이 신도분의 차 꽁무니에 조그만 흠집을 내고 말았다. 물어준다고 해봐야 받아 줄 것 같지도 않고 해서, 그냥 미안한 마음에 바보처럼 벙어리처럼 머리만 긁고 있을 수밖에 없었다. 왜 나에게만 이런 일이 일어나는지 아무리 생각해도 알 수가 없고 기가 막힐 뿐이다. 지금도 그 신도를 생각하면 미안한 마음뿐이다.

그뿐인가? 쓰레기를 치우는 것을 거들던 스님 눈언저리를 철사로 찔러 조그만 상처를 입히는 바람에, 스님이 약을 바르려고 방으로 들어간 사이 이 일을 벌인 것이다. 이런 일이 일어날 때는 이처럼 시리즈로 일어난다.

얼마 후 차를 타고 가까운 곳에 나갔다가 남의 차 진로를 방해하는 바람에 가벼운 접촉사고가 났다. 어떡하나. 차를 정비업소에 맡길 수밖에…….

그리고 드디어 차를 찾아오는 날이었다. 운전석에 앉아 옆에 서 있는 다른 차를 보니, 내 차가 시동도 걸지 않았는데 갑자기 뒤로 굴러가는 것이 아닌가. 황급히 백미러를 보니, 다른 차 한 대가 내 차 뒤쪽으로 다가오고 있었다. '어, 어!' 하고 놀라면서 브레이크를 밟았지만, 전혀 먹히지 않았다. 그럴 수밖에. 차에 시동을 걸지도 않았으니 말이다.

'이런 일이 있나. 또 남의 차를 박게 생겼구나.' 하면서 눈을 질끈 감았다. 그런데 한참 있어도 '쿵' 소리가 나지 않는 것이다. 웬일인가 하며 가만히 뒤를 돌아봤다. 내 차는 애당초 제자리에 그냥 서 있고, 내가 보고 있던 옆 차가 앞으로 나간 것이었다. 그런데 그 차는 서 있는데, 내 차가 뒤로 굴러가는 것으로 순간 착각한 것이었다. 아무리 생각해도 기가 막히고 한심하다.

얼마 전에는 누가 담배를 주기에 한 대 피웠다. 그런데 손에 물기가 묻어서인지, 담뱃불이 붙은 쪽을 빨아 버리는 바람에 입술이 담뱃불에 데어 그날은 저녁도 못 먹었다.

요즈음에도 물건을 사고 잔돈도 받지 않은 채 돌아 나오거나, 현금인출기에서 돈을 뽑아 놓고는 카드만 챙겨 나오는 버릇이 있는데, 아무리 고치려고 해도 잘되지 않는다. 옛날에는 남에게 돈을 빌려준 다음 빌려주었다는 사실을 잊어버리는 경우가 많았다.

성격이 모질지 못하고 물에 물 탄 듯 술에 술 탄 듯, 흡사 '뜨물에 × 담근 것' 같은 뜨뜻미지근한 성격에 행동 또한 그렇게 하는 탓이다. 좌우지간 벌써 치매기가 있는 게 아닌지 의심스럽기만 하다.

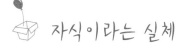 자식이라는 실체

대여섯 살 때쯤이었던 것 같다. 아버지를 따라 바로 위의 형과 함께 본가本家가 있는 경주에 갔었다. 경주는 부모님의 고향이었으며 우리 형제들의 고향이었다. 지금도 그곳에는 친가와 외가 문중이 있는데, 아버지의 형제분들과 이모님들은 다 돌아가시고, 작은어머니 한 분만 살아 계시다.

원주로 이사를 온 후 경상도 사투리를 심하게 쓰는 바람에, 동네 아이들한테 놀림을 받던 기억이 난다. 지금도 어색하기만 한 경상도 사투리를 즐겨 쓰는 이유는, 내 머릿속이 온통 옛날 기억으로 꽉 차 있어서 그런 것 같다.

지금도 어렴풋이 기억나는 것은, 둘째 형이 밖에 나갔다가 경주 본가에 돌아오는 길을 잃어버렸는데, 그날 저녁에 셋째 아들인 아버지 앞에서 막내인 넷째 작은아버지가 형 뺨을 때리며 혼내는 모습이다.

그런데 그때 다섯 살이었던 나는 그것이 이해가 잘되지 않았다. 아니, 아버지가 작은아버지보다 더 계급(?)이 높지 않은가? 아까 보니 아버지 보고 '형님!' 하면서, 하도 반가워 펄쩍 뛰다시피 할 땐 언제고……. 그런데 아버지 앞에서 형 뺨을 때려? 아버지는 그것을 모른 척하고만 있고?

더 이상한 건 큰아버지들의 행동이었다. 이분들은 작은아버지가 하는 행동을 말리지는 않고, '마, 그만 혼 내키거라. 그러이 아아들 아이가?' 하고 달래(?)는 것이었다.

가만있자, 그렇다면 저 작은 아버지가 우리 집안에서 싸움을 제일 잘한단 말이야? 그러고 보니 아버지 형제 중에서 덩치도 제일 큰 것 같았다. 나이가 들어 거의 성년이 되었을 때도, 그 기억 때문에 작은 아버지가 어렵기 짝이 없었다.

그리고 또 세월이 흘러 형들이 장가를 갔다. 누구나 그렇겠지만 어린 조카들이 그렇게 귀여울 수가 없었다. 큰 형은 아들만 둘을 낳고 둘째 형은 딸만 둘을 낳았는데, 아무리 마음에 안 드는 짓을 해도 귀여워 죽을 정도였다.

그런데 이 녀석들이 가끔 다투기도 하는데, 그때 이 녀석들을 혼내고 군기(?)를 잡는 것은 다 내 몫이었다. 그리고 형들도 나의 그런 행동을 모르는 척하는 것이었다. 그제야 작은아버지가 형을 때리던 것이 '아하! 바로 이것이었구나!' 하며, 내가 조카들의 삼촌임을 실감했다. 그리고 형들과 나, 조카들과 우리 가족 모두의 실체를 느끼게 되었다. 일종의 아우라 같은 게 아닌가 싶다.

언젠가 박완서 선생이 쓴 어느 책에서, '나는 자식을 낳으면 때려 주고 싶다. 미워서가 아니라 자식과 나의 실체를 느끼고 싶어서이다'

하고 쓴 글이 생각났다.

그리고 내가 결혼했다. 그런데 아들들에게서는 가족이라는 실체를 느끼기가 너무나 힘들었다. 어찌 그리 우리 말을 안 듣는지, 도대체 부모 노릇을 어떻게 해야 하는지 자신이 없었다. 내 친구들 역시 제대로 부모 노릇 하기가 만만찮은지 자식들을 키우느라 정신이 없어 보였다. 친구들도 나처럼 자식들에게서 아우라는 느끼고 있는 것 같았지만, 쩔쩔매는 것은 나와 별로 다르지 않았다.

원래 제 자식들은 다 키우기 힘든 것인가. 지금도 알쏭달쏭하다. 그리고 돌아가신 작은아버지가 몹시 그리워지는 것이다.

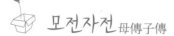

모전자전 母傳子傳

결혼한 지 몇 년 안 되었을 무렵, 방학이라 고향에 갔을 때다. 그날따라 두 노인네가 사는 집이 왜 그리 좁아 보이는지 숨이 막힐 것 같았다. 집안을 둘러보니 쓸데없는 짐들이 많았다. 그래서 리어카를 빌려와 정리를 시작했는데, 하면 할수록 온통 쓰레기 천지였다. 마루 밑을 보니, 떨어진 고무신에 구두가 열댓 켤레, 뒤축이 찢어진 털신에 슬리퍼가 서너 켤레였다.

방안을 보니, 책은 책대로 수북이 쌓여 있고, 이쪽저쪽 구석에 놓인 비닐봉지 속에는 무언가 가득 담겨 있었다. 장롱 옆과 뒤에 천장까지 높이 쌓인 물건은 어머니가, 노인네들을 대상으로 건강식품 같은 것을 파는 곳에 구경 갔다가 받아 온 화장지 같은 것들이었다.

어디서 얻어 왔는지 갖가지 수건에다 안 입는 옷은 왜 그리 많은지…, 그릇은 어머니가 젊었을 때부터 계契를 들어 모아 놓은 것들이고, 쓰지도 않고 보관해 둔 숟가락만 해도 수십 벌이 넘었다.

우리가 어릴 때 원주 봉천내 쌍다리 밑에서 떠돌이 약장수들이 공연을 자주 했다. 어머니는 그런 구경을 다니는데 천부적(?)인 소질이 있는 편이어서 그것 때문에 집안이 시끄러웠다. 아침 일찍 집안일을 대충 끝낸 어머니는 퇴근하는 아버지 저녁 밥상을 차려 주는 것도 잊어버린 채 밤늦게까지 구경을 하는 바람에 아버지가 살림살이를 도끼로 때려 부순 적도 있었다.

그날 치운, 거의 쓰레기에 가까운 물건들이 리어카 세 대 분량이었다. 끝내 버리지 못한 것은, 어머니가 시집올 때 입고 왔을 색동치마 저고리 몇 벌에다가 신발 몇 켤레와 옷 잔뜩, 쓰지도 않은 그릇들과 숟가락 따위였다. 지난번에도 버리려다가 어머니의 반대에 부딪혀 다시 장롱으로 들어간 것들이었다.

그런데 버리지 못하는 어머니의 버릇이 내게로 옮아온 것 같다. 얼마 전에 책을 정리하다 보니, 총각 때 사두고 읽지 못한 책이 여러 권이었다. 1979년 5월에 나온 김형석 수필집 '이성의 피안'이라는 책과 1980년 11월에 나온 '안병욱 인생론'이었다. 그리고 키에르케고르의 '죽음에 이르는 병'은, 읽다가 보니 무슨 소린지 알 수 없어서 다음에 다시 읽겠다며 책꽂이에 꽂아 둔 것이었다.

그러니까 총각 때 읽겠다고 사두었던 책을 읽고 나서 버리려고 모아 뒀는데, 그게 한두 권이 아닌 몇십 권이었다. 이번에도 집안을 정리할 때 나온 책을 또 옛날처럼 버리지 못하고, 다시 책장에 꽂아 놓았다. 이게 몇 번째인지 모를 정도다. 참으로 기가 막힐 일이다.

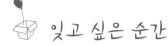

잊고 싶은 순간

집안 이야기를 하려니 좀 창피스럽다. 나는 위로 형이 둘 있었다. 그러나 아직 그들이 살아있으니 '둘 있었다'가 아니라, '둘 있다'가 바른 표현일 것이다. 그러나 워낙 그들의 행동이 고약하고 결혼 후에는 형들과 그들의 처妻가 먼저 벽을 쌓는 바람에, 나와 내 동생은 끈 떨어진 연鳶 꼴이 되어 둘이 서로 위로하며 살고 있다.

결혼을 통해 들어오게 된 우리 집안 여자들은 어째서 시집 식구와 멀리 지내려 하는지, 왜 자기 부부들끼리만 무엇을 하려고 하는지 이해가 되지 않는다.

내가 원래 머리가 둔했는지, 어릴 때 큰형에게 주먹으로 맞아가며, 그것도 공부랍시고 글씨 쓰는 것부터 배웠다. 글을 배울 때는 '기역, 니은'부터 배우는 것이 아닌가. 그런데 형은 짧은 문장이긴 하지만, 처음부터 문장을 쓰는 것부터 가르쳤다. 큰 형은 내가 글씨를 삐뚤삐뚤하게 잘못 쓴다고 엄청 때렸다. 그것도 회초리가 아니라 수박을 깨트리기에 더없이 좋을 듯한 큰 주먹으로 말이다.

지금 생각해 보면 처음 연필을 잡고 글을 배우게 된 초등학교 1학년 학생이 글씨를 잘못 쓰는 것은 너무나 당연한 일이었다.

그러나 형은 내가 글씨를 조금이라도 자기 마음에 들지 않게 썼거나, 자기 글씨와 다른 필체로 쓰면 주먹을 쥐고 힘껏 내 머리를 때렸다. 맞다가, 맞다가 도저히 참을 수가 없어서 울면서 대든 적이 있다.

대들었으니 그다음엔 어떻게 되었겠는가. 초주검이 되었던 내 모습은 이 글을 읽는 사람의 상상에 맡기겠다. 그런데 더 웃기는 것은, 이 형이라는 작자는 원래 공부하기를 싫어해서 초등학교만 졸업하고 말았다. 성질 또한 포악해서 부모님은 일찌감치 형이 아들 노릇을 할 것이라는 기대를 반쯤 포기했다. 그런 사람이 내 선생 노릇을 했으니 그 포악성이 어땠겠는가.

이와 비슷한 말이 있는데, '아내에게 운전을 가르칠 수 있는 남편은 없다'라는 것과 '아무리 실력이 뛰어난 선생이라 하더라도 아들에게 공부를 가르칠 수 없다'라는 것이다. 아내에게 운전을 가르치거나 아들에게 공부를 가르쳐본 사람 중에서, 이 말이 진리라고 생각하지 않는 사람은 없을 것이다.

이 형이란 작자가 일찍이 이발 기술을 배우기 위해 학교 옆에 있는 이발소에서 일했다. 마침 그 학교 1학년이었던 나는 등교할 때 이 작자의 자전거 뒷자리 짐 싣는 곳에 앉아서 간 적이 있다. 그때 원주 시내의 모든 길이 울퉁불퉁한 비포장도로였는데, 학교에 가는 신작로도 마찬가지였다. 여기저기 풍풍 패인 데다가 길옆에는 시커먼 수챗물이 늘 흘렀다.

그날 출근 시간이 늦었는지 어땠는지 모르지만, 하도 빨리 달리는 바람에, 나는 자전거에서 떨어지고 말았다. 수챗물 냄새가 가득한 도랑에 쑤셔 박힌 것이다. 울면서 도랑에서 기어 나온 나는 그날도 등굣길에서 무차별 폭격을 당했다. 이유는, '손을 놓고 자전거를 타니까 떨어졌잖아, 이 병신 새끼야!'였다.

더운 여름이면 가끔 가서 목욕하던, 봉천내川 가는 길 우牛시장 옆에서 이 작자가 야매 이발소를 한 적이 있다. 부모님은 꼭 거기 가서 머리를 깎으라며 머리 깎을 돈을 주지 않았다.

그래서 거기로 갈 수밖에 없었는데, 한번은 머리를 반쯤 깎다가 내가 앉아있는 태도가 마음에 안 들었는지, 주먹으로 그 유명한 '수박 깨기'를 또 한 초식招式 시전示展하는 것이었다. 나는 맞다가 죽을 것 같아서 머리를 반쯤 깎다 말고 집으로 울면서 도망왔다.

지금도 나는 이발소에 가면 정면만 바라보며 말없이 얌전히 앉아있다. 이발사 처지에서 보면, 좋은 태도를 가진 손님이라고 할 것이다. 그게 '머리 깎기 트라우마'라는 걸 그들이 알 리가 없다.

어느 정도 자란 후 공부를 하다가, '내 머리가 그리 좋은 편이 아니구나' 하고 깨달았다. 그리고 그 이유가 이 '수박 깨기 전법戰法 탓이 아닐까 하고 생각해 보았다.

어쨌든 이렇게 맞는 것을 숙명인 줄 알고 자란 나는, 초등학교 3학년이 되어서야 드디어 맞지 않게 되었다. 학년이 올라갈수록 이 작자가 나를 가르치기 힘겨웠기 때문이었다. 초등학교만 졸업했을 뿐이니, 한글의 '읽기와 쓰기' 산수의 '더하기와 빼기' 말고는 가르칠 수 있는 게 없었다. 3, 4학년이 되면 곱하기와 나누기가 나오고 분수 같은 것이 나온다. 성적이 나보다 좋지 않았던 형의 처지에서 더는 가르칠 수 없었던 것이 확실했다.

이 작자는 열여섯 살 때 술을 배웠는데, 술만 먹었다 하면 동네 사람 누구에게나, 특히 아주머니들에게 반말을 해서 부모님 얼굴에 흙칠을 했다. 창피한 이야기지만 동네 유부녀들에게 수작을 걸다가 미수에 그쳐, 남들 앞에서 수모를 당하는 것도 여러 번 보았다.

어떨 때는 술에 떡이 되어 길거리에서 쓰러지기 일쑤였다. 그러다가 나이가 들어서는 자기보다 훨씬 어린 젊은이들에게 시비를 걸다가, 초주검이 되게 맞아 길거리에 쓰러졌다. 어쩌다가 집으로 용케 들어왔다 하더라도, 이번에는 말에 토씨를 달며 '때릴 테면 때려 보라'는 식으로 아버지에게 시비를 걸며 도저히 잠을 자지 않았다.

이에 비하면 둘째 형이란 작자는, 그런 식으로 속을 썩이지는 않았다. 첫째 형보다 한 수 위라, 우리 집 재산이 공중에서 완전분해 되는데 더없이 크게 협조를 했다.

나는 대학생 초년 시절에 이 작자가 부모님이 전해준 생활비를 내게 전해주지 않아, 두 번씩이나 밥을 연속 다섯 끼 끓여 먹지 못한 적도 있었다. 그렇게 2년을 보냈다.

객지에서 그렇게 동생을 고생시킬 정도면 다른 부분은 말을 하지 않아도 알만할 것이다. 그런데 정작 본인의 신혼여행은 대절한 택시에 운전사까지 불러 일주일 동안 초호화판으로 다녀왔다.

그때는 신혼여행이라는 말 자체가 흔치 않을 때였다. 설령 간다 하더라도 아주 잘 사는 집에서나 '2박' 내지는 '3박 4일'동안 버스로 하는 신혼여행밖에 없던 절대빈곤의 시절이었는데 말이다.

그리고 십여 년이 지나 아우가 결혼했다. 지금은 뷔페로 하객들 식사를 해결하지만, 그때는 결혼식을 하면 음식은 집에서 만든 다음 결혼식장 옆에 있는 식당에서 갈비탕이나 설렁탕을 주문해 함께 먹었다.

음식을 다 만들어 놓은 결혼 전날 자정이 되어 나타난 형은 결혼식이 끝난 다음에도 설거지는 물론, 그릇 하나 걷어주지 않고 하객처럼 식사만 하고 바쁘다며 홀짝 사라졌다.

그 시대 모든 부모님이 다 그랬듯이, '자식을 가르치는 것이 노후보험'이었던 부모님은 형에게 든 보험이 '지급연기支給延期'되다가, '일방 취소' 된 사실을 까맣게 모르고 돌아가셨다.

그리고 그는 재혼했는데, 재혼한 여자 속을 썩일 대로 썩이고 있는 것 같다. 그리고 첫째 형과 둘째 형 사이는 견원지간犬猿之間이라고 할 정도로 사이가 나쁘다. 참으로 콩가루 집안이 따로 없다.

그런데 성년이 되고 이렇게 나이가 들게 되자 친구들이나 남의 집안 이야기를 자주 듣게 되었다. 그리고 이 정도까지는 아니지만, 어느 집안을 막론하고, 집안에 이런 크고 작은 말 못 할 사정이 있는 것 같아서 새삼 놀랐다. 참으로 슬픈 현실이다.

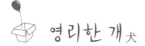

영리한 개犬

우리 절에 개가 한 마리 있다. 이 녀석이 털 색깔이 표범 무늬를 띄고 있어서 '호피虎皮'라는 영광스러운 이름을 붙여 주었지만, 지금은 그냥 '호야虎耶'라고 부른다.

스님과 아내는 귀도 섰고 꼬리도 위로 올라갔으니 진돗개가 아니냐고 하는데, 스님과 아내가 뭘 모르고 하는 얘기다. 내가 초년교사 시절 진도에서 3년 동안 근무했던 사람 아닌가. 그때 진돗개를 원주까지 근 스무 마리를 날라다 줬던 터라, 이 개는 진돗개가 아닌 다른 종자이거나 똥개에 불과하다는 것이 내 생각이다.

그런데 줄을 묶어 놓은 상태에서는 내가 보이기만 해도 반갑게 짖어대며 덤벼든다. 그것도 아주 그럴듯(?)하게 적극적인 척한다. 묶인 줄을 풀어 달라는 것 같은데, 그리 생각하면 영리하기는 한 셈이다.

절 곁에 우리가 살 집, 요사채를 지을 때의 일이다. 지금 우리 집 거실이 된 방을 만들고 있었는데, 이 호야라는 녀석이 들어와 간식을 먹고 있는 일꾼들 사이에 서서 혓바닥을 날름거리는 것이었다.

그래서 "안 나가? 이 새끼얏?" 하면서, 일부러 큰 소리에 과장 된 몸짓으로 발을 굴러대며 쫓아가는 시늉을 했다. 그랬더니, 개가 얼마나 다급했는지 도망을 가다가, 바닥에 쭐떡 미끄러져 한쪽 구석에 '콰당!' 하고 처박히고 말았다. 그것을 보고 있던 일꾼들이 전부 다 우습다며 박장대소를 했다.

다시 일어나 도망가던 멍청하기 짝이 없는 개가 '멍멍멍!!!' 하며 하늘을 보며 짖어댔다. 죽을 것 같아 다급해서 소리를 질렀는지, 내가 따라올까 봐 겁이 나서 짖었는지는 모르겠다. 평소에는 안 짖기로 유명한 개인데 말이다.

이 개가 짖는 소리가 들릴 때는 틀림없이 절을 지나가는 사람이 우리 절 신도가 아닐 때이다. 처음 오는 사람인데도 신도일 때는 기가 막히게 알고, 짖지 않는다.

어쨌든 이 개가 절 식구 중에서 나를 제일 멀리하는 편이다. 그런데도 새끼를 낳고 난 다음 줄을 풀어주었더니, 내가 문밖으로 나서기만 하면 일정한 거리를 두고 나만 졸졸 따라다닌다. 아마 내가 나갈 때마다 이 녀석의 환심을 사기 위해 떡이나 빵 쪼가리를 던져주기 때문인 것 같다.

이 개가 새끼를 낳고 며칠 지나지 않았을 때다. 밤새도록 '끼잉! 낑!' 하고 우는 것이었다. 다음 날 아침 스님께서 담 너머에 있는 나무에 줄이 엉키어 울고 있더라며 엉킨 줄을 풀어주셨다고 했다.

그런데 줄을 풀어 준 다음에 '어디 보자. 새끼들은 잘 있나?' 싶어 개집을 들여다보니, 새끼 네 마리가 있어야 할 곳에, 두 마리만 있고 두 마리는 보이지 않는 것이다. 그제야, '아하! 그래서 이놈이 밤새도록 운 것이었구나. 그것도 모르고 줄이 엉킨 것만 생각했으니.' 하면서 우리 인간들의 무관심을 탓했다고 한다. 고양이가 돌아다니는 것도 본 적이 있는 터라, 고양이가 물어 간 것이 틀림없다는 생각이 들더라는 것이었다.

절집에 가끔 놀러 오는 전직前職 교사인 친구 부부가 두 팀 있다. 친구들 부인들도 오랜만에 왔다가 이 얘기를 듣고 개집을 들여다보더니, "아이고! 불쌍해라. 호야! 새끼가 없어져서 밤새 울었다며?" 하고, 꼭 시집간 자식에게 말하듯이 딱하게 생각하며 어루만져줬다.

그랬더니 개가 다소곳이 앉아 숨을 헐떡거렸다. '이제 어쩌겠습니까. 나머지라도 잘 길러야지요' 하는 것 같았다. 그걸 보고 이렇게 불쌍한 개의 목줄을 풀어주자는 의견이 나와, 목줄을 풀어줬다.

그다음 날 저녁때였다. 개가 우리가 앉아있는 절 앞을 왔다 갔다 하는 것이었다. 눈에 생기가 도는 것이 의젓해 보이기도 하고, '에헴!' 하는 듯한 모양새였다. 가만히 보니 꼭 '나를 따라와 보세요' 하는 것 같았다.

이상스럽게 느껴져서 다른 사람들은 그냥 앉아있고, 두 여자가 개를 앞장세우고 따라갔다. 개가 개집 앞으로 가더니 따라간 두 여자를 흘끔흘끔 보는 것이었다. 꼭 '집안을 한번 들여다보세요. 뭐가 있나?' 하는 모양새여서 안을 들여다봤다. 그랬더니 어디서 찾아왔는지, 잃어버린 강아지 한 마리를 데려다 놓았더라는 것이다. '자, 내 새끼를 찾아왔으니 보시오. 어떻소. 내 실력이!' 하듯이 말이다.

그제야 다들 '아하! 영리한 개구나. 사람보다 낫다'며, 요즘 뉴스에서 본 사람들의 행동을 한참 떠올렸다. 끝내 한 마리는 고양이 밥이 되었는지 모르지만, 그래도 세 마리면 어디냐는 마음에 그나마 다행이라고 생각하지 않을 수 없었다.

그리고 그 일을 잊고 있었는데, 일하던 사람 하나가 다음 날 저녁 때 "아니, 개가 웬 강아질 물고 다녀? 아까 보니까 어디서 누런 강아질 물고 들어오더라니까요." 하는 거다. 아내가 "누런 강아지라고요? 없어진 강아지 색깔이 누런색이었는데, 그럴 리가?" 하며 가 봤다.

그랬더니 영 잃어버린 줄 알았던 또 한 마리 강아지를 어디서 찾았는지 마저 데려다 놓은 것이었다. 참으로 영리한, 사람보다 나은 강아지가 아닌가.

그리고 몇 달이 지난 후, 이 개가 다시 새끼를 세 마리 낳았다. 그래서 두 달쯤 지나 젖을 뗄 때가 된 강아지 두 마리를 어미 개 몰래 어디로 보내 버렸다. 그랬더니 이 개가 한 마리 남은 새끼를 사람들이 보지 못하도록 감추는 것이었다. 그리고 그 날 저녁에도 밤새도록 '끼잉! 낑!' 하고 울었다. 개들은 다 이렇게 영리한가? 웬만한 사람보다 낫다는 생각이 절로 들었다.

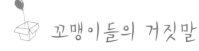

꼬맹이들의 거짓말

2016년쯤인 것으로 기억한다. 친구 H 선생 부인이 우리 집에 놀러 와서 "요새 애들 참 맹랑해요. 다섯 살짜리가 벌써 거짓말을 하더라니까요. 딸네 집에 갔다가 다섯 살 먹은 손주 녀석을 데리고 어딜 나가려는데 요 녀석이 방귀를 뀌지 않겠어요? 그래서 '너 지금 방귀 뀌었지?' 하며 웃으니까, 이 녀석이 도리어 나를 처다보며 '할머니가 뀌었잖아요?' 정색하고 말하는데 옆에서 그 말을 들으면 누구 말을 믿겠어요? 참, 내 기가 막혀서."라고 했다. 그러면서 애들은 몇 살 때부터 거짓말을 하게 되는지 궁금해하는 것이었다.

중학교에 다닐 무렵이었다. 우리 옆방에 한 가족이 세 들어 와 살고 있었다. 어느 해 설날 오전이었다. 옆방에 사는 아주머니의 아들인, 서너 살 밖에 안 된 꼬마가 우리 방으로 놀러 왔다.

아버지가 "○○이 왔나? 아이고! 이노마 참 참하게 생겼데이." 하면서 백 원짜리를 한 장 손에 쥐여 주었다. 그 돈을 받은 녀석은 좋아서 아무 말도 하지 않고 자기 집으로 팔짝팔짝 뛰어갔다.

그런데 떠드는 사람이 없어서 조용한 데다 바로 옆방이라 조금만 크게 말해도 다 들리는 집이라, 그 집에서 나누는 말소리가 다 들렸다. 아주머니가 그 꼬마에게 "안 놀고 왜 왔어. 응?" 하자 그 꼬마 녀석이 하는 말, "아저씨가 가래."라고 하는 게 아닌가. 그 말을 듣고 아주머니는, "아저씨가 가라 그러더라고?" 하며 서운해했다.

우리 작은 아이가 늦게까지 야뇨증이 있었다. 서너 살쯤 되었을 때인데, 제 어미 팔을 베고 자다가 깬 이 녀석이 불쑥 "오줌도 안 싸고." 하더란다. 못 들은 척 아무 말도 안 했더니, 또다시 "오줌도 안 싸고." 하기에, "누가?" 하고 물었더니 "내가" 하더라는 것이다. 그래서 웃은 적이 있다. 이 녀석은 군대에 갔다가 휴가를 나와서도 오줌을 싼 적이 있다.

초등학교에 입학한 뒤에도 몇 번 더 오줌을 쌌는데 그걸 처리해주는 것이 집사람의 또 다른 할 일이었다. 이 녀석이 일곱 살이 될 때까지 일회용 기저귀를 채워주었다. 기저귀를 이 녀석에게 사 오라고 심부름을 시키면, 자신의 전과前科 때문에 어쩔 수 없이 꼼짝 못 하고 사 오곤 했다.

하루는 이 녀석이 제 어미가 시킨 기저귀를 사 와서 이렇게 말하더란다. "엄마, 가게에 가서 아저씨한테, '아저씨, 기저귀 하나만 주세요.' 하니까 아저씨가, '니 동생이 몇 살인데?' 하길래 '네 살이요.' 했더니, '그래?' 하면서 기저귀를 주길래 갖고 왔어요."

그래서 기저귀를 보니 당연히 치수가 작아 이 녀석에게 안 맞더라는

것이다. 이처럼 거짓말도 진화학적으로 볼 때는 사회적인 생존 수단
으로 발달했다는 생각이 든다. 어쨌든 아이들의 거짓말이 때로는 어
른들을 유쾌하게 만드는 수단임에는 틀림이 없는 것 같다.

고스톱의 미학

1950년대에 태어난 우리 또래들은 어릴 때 '딱지 치기'라는 놀이를 많이 했다. 그 당시에는 각종各種 '치기먹기'가 유행했다. 딱지치기 외에도 엽전 치기, 구슬치기에 여자아이들은 머리에 꽂는 삔침 따먹기에다가 옷핀까지 '치기'가 있었다. 승리한 아이들은 그렇게 딴 것들을 훈장처럼 주렁주렁 달고(?) 다녔다.

언젠가 서울 강서구에 있는 친구 집에 놀러 갔다가, 땅에 동그란 구멍을 파고 구슬로 던지고 노는 장면을 돌로 재현한 석상을 보고, 옛날에 그렇게 놀던 장면이 생각나서 퍽 반가웠다.

특히 남자아이들은 딱지치기나 구슬치기가 생활의 일부분이라고 할 정도로 필수과목(?)이었다. 딱지에는 못 쓰는 책이라든가 공책이나 신문 등으로 직접 만들어 접거나, 가게에서 파는 물감으로 여러 그림이 그려진 딱지가 있었다.

그런데 이런 '따먹기' 놀이를 우리가 학교에 다니던 그 당시에는 '범汎 학교' 적으로 금지했다. 그리고 그런 놀이도구를 소지한 아이들에게서 압수했다. 지금 생각해 보면, 그것을 그리 못하게 할 필요가 있었을까 싶다.

그때를 뒤돌아보라. 어려운 숫자 공부를 익힐 때, 친구를 사귀는 것을 통해 사회성을 기를 때, 상대방의 마음을 읽는 훈련이 필요할 때, 거기다가 수입과 지출을 계산해야 하는 '가계부 쓰기'를 동시에 익힐 수 있는 것이 딱지놀이가 아닌가.

이 딱지만큼이나 뇌를 발달시킬 수 있는 놀이가 얼마나 있을까. 그야말로 딱지놀이는 어린아이들이 놀면서 숫자 익히기와 사교성, 거기다가 독심술讀心術과 가사家事를 동시에 익힐 수 있는 공부였다.

가장 쉬운 딱지 먹기의 예를 들면, 상대편이 손에 접은감춘 딱지가 홀수냐 짝수냐를 맞추면, 맞춘 사람이 가지고 오는 '홀짝 맞추기'가 있는데, 이 놀이도 상대를 속이기 위해 고도의 심리전을 벌이며 확률놀이를 해야 한다.

다시 말해 상대편이 못 알아맞히게 하려고, 딱지를 접는감추는 아이는 또 다른 심리전을 펼쳐야 하는데, 어쨌든 둘 중의 한 명은 반드시 경기에 이기게 된다.

딱지를 잃은 아이는 억울하고 분하겠지만, 재기(?)를 하기 위해서는 딱지의 밑천이 조금이라도 남은 상태에서 그만두어야 한다. 이런 행위가 오늘날의 경제 논리 공부와 다를 게 무엇인가. 매일 티브이에 나오는 주식 투자와 무엇이 다르냐는 말이다.

그다음에는 '가위바위보'를 해서 진 아이가 딱지를 땅에 먼저 놓으면, 이긴 아이는 자기의 딱지로 상대편의 딱지를 쳐서, 뒤집으면 딱지를 가져올 수 있는 놀이인 '딱지치기'라는 게 있다. 이 놀이도 공평에 입각한 민주적인 놀이인데, 각종 구기경기에서도 이와 비슷한 식으로 공격권이나 자기 진영을 정한다.

또 상대의 딱지를 넘기려면 있는 힘껏 딱지를 쳐야 해서 웬만큼 팔심이 세지 않고는 경기에 이길 수가 없다. 야구라던가 턱걸이 같은 운동을 잘 하기 위한, 체력 기르기의 보조 운동으로 다시없이 좋은 놀이라는 게 나의 견해다.

또 다른 놀이로 구슬치기가 있었다. 우리는 '다마먹기'라고 불렀다. 넓은 마당에서 양쪽 구슬을 서로 교대로 한 번씩 발로 굴리다가, 상대의 구슬에 내 구슬을 굴린 것이 손을 쫙 편 뼘 안에 들어오거나 그 구슬을 맞히면, 그 구슬은 내 것이 된다.

이 놀이도 전신의 힘을 조절해 구슬을 정확히 보내야 하는데, 신체의 전 기관을 동원해 몸의 균형을 맞추는 의미에서 볼 때 틀림없는 스포츠의 일종이다. 굳이 비유하자면 온 정신을 집중한다고 볼 때 사격이나 볼링, 아니면 요즈음 인기종목인 골프와 아주 가깝다.

작가 홍세화 씨 책에도 나오지만, 제기차기도 재미있는 놀이였다. 그것은 훗날 내가 대학교에서 축구 시간에 익히던 리프팅Lifting과 똑같은 것이다. 제기를 잘 차려면 부단한 연습이 필요했다. 이런 놀이야말로 전신운동이다. 매스컴을 통해 보면, 요즘 학생들이 허약해졌다고 한다. 그래서 학교마다 체육 시간을 늘리고 있다. 이렇게 각종 '먹기'를 하던 옛날이 그립다.

이십 년 전에 시골 어느 초등학교에 가니 아이들이 수업시간에 옛날에 우리가 하던 놀이를 하고 있었다. 전 학급 학생이 교사의 지도로 그렇게 노는 것을 보고, '저 교사는 사라져 가는 전통놀이를 되살리고 있구나!' 하는 생각에 가슴이 뭉클했다. 예전에 왜 이런 놀이를 범 학교 적 범국가적 차원에서 못하게 했는지, 이해가 되지 않는다.

언젠가 신문을 보니, 화투라는 것은 흉내 내기를 좋아하는 일본사람들이 외국 사람들이 하는 트럼프 놀이를 모방하여 간편하게 만든 것이라고 했다.

우리가 처음 공직에 들어오던 1980년대에는 물론 그 전과 후로도, '고스톱'은 사람들에게 인기가 상한가였다. 이 노름은 피박, 광박, 고도리, 되박, 되되박 같은 것들로 놀이를 하는 사람들의 흥미를 유발하면서 '놀음'이 '노름'으로 바뀌는 광풍이 전국적으로 불었다.

그리고 그 전에 있던 '민화투'라던가 '육백', 가끔 가세가 기울 정도로 노름을 하여 신문에 자주 나던, 전라남도 일원에서 많이 하던 '삼봉' 내지는 '나이롱뽕'이라는 놀이문화를 대체代替했다.

어떤 남자가 길거리 한쪽에서 노상 방뇨를 하다가 마침 경찰한테 그 장면을 들켰다. 그때 벌금이 삼만 원이었다. 경찰이 '아저씨, 죄송합니다. 벌금이 나왔습니다.'라며 금액을 두 배로 부풀려서 말하더란다.

안 그래도 걸려서 벌금을 내는 게 언짢아진 이 남자는, '아까 웬 아주머니한테는 삼만 원 받더니 왜 나한테는 두 배로 받는 거요?' 하니까 그 경찰이 웃으면서 '아저씨는 흔들었잖아요.' 했다던가. 이 중에 '나이롱뽕'은 친구들이 몇 명만 모이면 술내기나 점심이나 저녁내기로 가끔 했다.

그런데 수업시간에 레크리에이션을 설명할 때마다, 그 당시의 교육관에 따라 화투는 레크리에이션이 아니니 절대 하면 안 된다고 가르쳤다. 지금 생각하면 꼭 그럴 것도 아니었다는 생각이 든다.

고스톱은 상대의 화투를 잘 보면서 내가 '고'를 할 것인지 '스톱'을 할 것인지 결정해야 한다. 좋은 기회에 '고'를 안 했다가는 더 많은 돈을 딸 기회를 잃거나, 상대편에게 도리어 돈을 빼앗기는 결과가 되기 때문이다. 그야말로 '고스톱'은 팔운동에다 상대의 패佩를 여러모로 분석해야 하는, 최고(?)의 두뇌 운동이었다.

우리 절에 오는 동양화를 잘 그리는 H 보살은 고스톱 이야기가 나오니 이 이야기를 들려주었다. 인사동으로 전시회를 보러 갔는데 많은 작품 중에 '고스톱'이라는 제목의 작품이 있더란다. 죽은 사람의 영정 밑에 화투짝이 그려져 있는 작품이었다.

별 의미 없이 보고 나와서 며칠 후에 서점을 들렀다고 한다. 그런데 우연히 어느 책을 보니 전시회에서 보았던 그 그림이 책에 소개되어 있었다. 그래서 반가운 마음에 그 그림 해설을 보니, '나는 죽어서 이렇게 관속에 누워 있는데 너희들은 친구 죽음을 배웅하러 와서 고스톱을 하니, 그럼 도대체 나를 가라고 하는 것이냐, 가지 말라고 하는 것이냐' 하고 토를 달았더란다. H 보살은 그 사람의 철학적이고 해학적인 재치에 고개를 끄떡였다고 한다.

나이가 잔뜩 든 노인들이 경로당이나, 아니면 따로 모여 고스톱을 하곤 한다. 그 이유는 치매에 더없이 좋은 것이라는 이유 때문이다. 그뿐이랴. 모처럼 명절 때 집에 모인 식구들도 화투놀이를 하여 즐겁고 보람찬 하루를 보낸다.

　그러나 젊은 세대는 하는 이가 별로 없다. 그 대신에 어른이나 아이 할 것 없이 버스에서든 지하철에서든 기차 칸이고 간에, 전부 다 스마트폰을 들여다보고 있다. 이렇게 세상이 변하고 있다.

 식탐食貪

한때 '목구멍에 때 벗긴다'라는 말이 유행한 적이 있다. '오랜만에 맛있는 음식을 실컷 먹는다'라는 뜻인데, 거기서 더 나아가 '이빨에 땀 나게 먹었다'는 말도 있었다.

우리가 어릴 때는 '많이 드세요' 내지는, '밥 많이 먹었느냐'가 인사였다. 그런데, 요즈음에는 '맛있게 드세요' 하고 인사한다. 정말 금석지감이란 것을 느낄 수밖에 없다.

논산훈련소에 입대했던 1970년대 중반이었다. 훈련병인 우리에게 조교들은 식사시간마다 '조국과 부모님의 은혜에 감사하며 잘 먹겠습니다.'라고 큰소리로 인사를 하라고 시켰다.

입소한 첫날, 남들은 냄새가 난다며 손도 대지 않고 버리는 갈칫국을, 나는 싹싹 긁어먹을 정도로 식욕에는 자신이 있었다. 그런데 냄새가 나서 안 먹고 버리던 밥과 국을 이틀 정도만 지나면 조금이라도 더 먹으려고 다들 난리였다. 어떤 훈련병은 밥을 조금 더 먹으려고 줄을 다시 섰다가 걸려서 된통 얻어맞아 코피가 난 적도 있다.

밥을 타서 먹는 것配食도 큰일 중의 큰일이었다. 하루에 세 번씩 줄을 서서 순서를 기다리는데, 기다리는 동안 군가를 크게 부르라고 했다. 악을 쓰며 노래를 부르는 까닭은, 그렇게 악을 쓰지 않았다가는 밥을 제일 늦게 먹을 수가 있기 때문이었다.

메뉴는 매일 바뀌었다. 군대, 특히 훈련소 밥은 씻지도 않았는지 시커먼 보리가 섞인 밥에다가, 가끔 나오는 고깃국이라는 것은 기름만 떠 있는 데도 밥때가 되면 얼마나 먹고 싶었는지 모른다.

한 번은 일요일이었는데 밥을 마음 놓고 먹을 수 있다는 선전에 속아, 옆 부대에 가서 일을 해주기로 했다.使役 점심밥에 고추장을 대두유大豆油 한 숟갈과 함께 떠서 비벼 먹었더니 그 맛이 얼마나 좋은지 정말 기가 막혔다. 콩기름과 고추장만으로도 그런 맛이 나온다는 것을 그때 처음 알았다.

그러나 똥 누러 갈 때 마음과 올 때 마음이 다르다고 결국, 점심을 먹자마자 눈치를 보다가 감시가 느슨한 틈을 타 우리 부대로 도망을 오고 말았다. 그런데 지금도 그 콩기름과 고추장 맛을 잊을 수가 없다.

요즈음에는 먹는 것이 그렇게 중요하지 않은 듯하나, 옛날에는 먹는 게 중요했다. 그리고 한 번 먹을 때 많이 기왕이면 배부르게 먹어 둬야 마음부터 든든해졌다. 그런 분위기가 달라지게 되자, '많이 드세요' 대신 '맛있게 드세요' 하고 인사를 하게 된 것이 아닌가 하는 생각이 든다.

얼마 전에 지인이 저녁을 걸판지게 산다고 해서 갔다. 그런데 지인 대부분이 생각보다 소식小食을 했다. 그리고 다들 '옛날에는 우리도 엄청나게 먹었지. 그런데 요샌 어딜 가도 그렇게 먹히지 않는다니까. 아마 이런 음식을 자주 먹을 수 있기 때문일 거여.'라고 말하는 것이었다. 나도 그 말에 전적으로 동의를 한다.

거기 하나 더 보태자면, 나이가 들어감에 따라 식사량이 줄기도 한다는 점이다. 그러나 여전히 음식을 보면 배부르게 잔뜩 먹어야 한다는 생각이다. 나에게 당뇨가 생긴 것은 이런 지나친 식탐이 원인이 된 것 같다.

대학 1학년 때인 스무 살이 넘어 짜장면을 처음 먹어 보았는데, 그 맛의 기억이 지금도 생생하다. 그리고 1960년대 원주 시내의 통닭구이 집에서 가느다란 쇠창살에 끼어 빙빙 돌던, 기름이 좌르르 흐르던 전기구이 통닭의 모습을 잊을 수가 없다. 전투경찰대로 서울 성동경찰서에서 근무할 때, 십여 명쯤 되는 전 대원들에게 한 마리씩 돌아온 통닭 중에서, 가장 큰 놈을 들고 그 자리에서 다 먹어 치운 역사적인 기록도 갖고 있다.

어디 그뿐인가. 재수생 시절에 친구 집에 놀러 가서, 복숭아를 한자리에서 스물세 개나 먹어치운 기록(?)이 자랑스럽게 남아 있다. 나야말로 목구멍에 때를 실컷 벗긴 살아있는 증인인 셈이다.

나의 식탐은 끝이 없었다. 그런데 그런 나도 예순이 훨씬 넘다 보니 짜장면 한 그릇을 먹는 것도 그리 녹록지 않다. 라면도 한 개를 간신히 먹는다. 세월의 무상함과 나이 들어가는 것을 이렇게 식욕과 입맛에서부터 알게 된 것 같다.

3부

갈 수 없는 나라

내 기억 속의 그 자리
갈 수 없는 나라
우리를 슬프게 했던 사람
죽음과 마주할 때
사라진 추억
그 시절에는
배고팠던 시절, 그 맛
지옥문 앞에서
뚱뚱 그지
가장 황홀한 직업
친구
이별의 미학

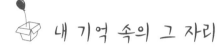# 내 기억 속의 그 자리

어린 시절, 그러니까 내가 중학생이던 1960년 후반기에는 학교마다 '송충이 잡기'라는 게 있었다. 그래서 해마다 봄이면 각자가 집에서 만든 집게와 깡통을 들고 송충이를 잡으러 갔다. 송충이를 모아 놓고 보면, 많기도 많았지만, 손가락 굵기만 한 것이 크기도 엄청났다. 게다가 울긋불긋 한 것이 얼마나 징그러웠는지……

그런데 자라면서 '송충이를 어디 가서 잡긴 잡았는데 그게 어딘지?' 통 기억이 나지 않는 것이었다. '그곳이 어디였더라?' 하면서도 그곳은 기억 속에서 희미하게 사라졌다. 높지 않은 산에 나무는 몇 그루 없었지만 야트막한 구릉丘陵에 밭이 딸린 초가집도 서너 채 있었고, 여기저기 할미꽃과 진달래꽃이 피었던 것도 같고, 복숭아꽃 살구꽃이 피어서 퍽 아름답기도 하여, 가끔 꿈속에서 간 석이 있는 그곳이 말이다.

그때는 일 년에 한 번씩 토끼사냥을 가기도 했었다. 학년이 다 끝나가는 초겨울이면 몽둥이를 하나씩 쥐고, 학교 간부 학생 몇몇은 교기校旗까지 들고, 치악산으로 전교생이 소풍을 가는 마음으로 갔다. 한번은 이웃 학교에서 삵을 잡았는데, 원주 시내에는 호랑이를 잡았다고 소문이 났다. 어린 마음에 '와! 호랑이를 잡다니 대단한 학교다!' 하며 그다음부터는 그 학교 학생들을 경탄의 눈초리로 바라본 적도 있었다.

그때는 학교에서 '하자'는 것이나 '해 오라'는 것이 많던 시절이었다. 학교 간 체육대회도 해마다 있었다. 커다란 공설운동장에서 각 학교가 모여 시합을 했는데, 전교생이 몇십일씩 나무로 만든 '짝짝이' 등을 치며 연습한 다음, 일제히 일사불란하게 응원하던 기억이 지금도 남아 있다.

세월이 훌쩍 지나 1990년도에 경기도 연천의 공설운동장에서 학교 대항 육상경기를 하는데 어느 학교 선생이, '… 플레이~ 플레이 ~ ○○○…, 빅토리, 빅토리…. 브이 아이 시 티 ○○○~, 잘~한다, ○○○…'에 율동과 리듬을 곁들인 기차 박수에 손뼉도 치고, 얼씨구 절씨구…' 하며 눈부시게 눈에 익은 응원을 하는 것이었다.

한 선생이 그렇게 응원을 하니 다른 학교 선생들도 덩달아 그렇게 하기 시작했다. 다들 나이가 쉰 살을 훌쩍 넘은 선생들만……. 젊은 선생들은, 잘 훈련된 그들의 응원하는 모습이 신기한지 구경만 했다.

그런데 이 모습은 어느 해이던가. 아시안게임 때 한국에서 했던 북한 여자응원단의 응원하던 모습과 아주 흡사했다. 그렇게 응원하는 모습을 2018년 평창의 동계올림픽에서 다시 또 보았다.

한번은 학교에서 '파리를 잡아 오라'고 해서 파리를 잡아 성냥갑에 담아서 간 적이 있다. 이처럼 '뗏장을 한 장씩 가지고 와라'라고 하거나, '아카시아 씨앗, 그다음에는 코스모스 씨앗을 가져와라'라며 학교에서 어린 학생들을 교실 바깥으로 내몰기 일쑤였다. 파리가 얼마나 많았으면 범 학교적으로 파리를 잡아야 했겠는가.

학교 뜰에 떼를 입히려고 잔디를 가져오라고도 했다. 그랬다가 임자 있는 묘지가 머리를 깎다가 만 꼴이 된 것을 보고서야 비로소 그런 일들이 없어진 것이 아닌가 하는 생각이 든다.

토끼사냥도 그렇다. 나중에 자연보호니 생명의 존엄성이니 하는 말들이 나오면서 토끼사냥도 없어지게 되었다. 그렇지만 토끼사냥을 가는 날은 하루를 재끼는 날이어서 학생들도 담임선생들도 은근히 그날을 기다리는 눈치였다.

한 번은 동창생 한 명이 그렇게 토끼를 잡으러 갔다 오다가 차에 치이는 불상사가 일어나기도 했었다. 그런데도 우리는 '올해는 언제쯤이나 토끼사냥을 가는 거여?' 하며 기다리기까지 했다.

그 후 삼십 년쯤 지나, 연천의 한 중학교에 있을 때였다. 오십 대 중반쯤 되는 어느 나이 많은 선생이 농업 시간에 고추 지주대를 하나씩 가져오라고 학생들에게 시킨 적이 있었다. 암만 생각해도 말이 안 되는 '고춧대 숙제'였다.

그런데 어느 학생 한 명이 일을 저지르고 말았다. 남의 고추밭에서 고춧대를 뽑아다가 그 선생에게 제출(?)한 것이다. 밭 주인이 자기 밭의 고춧대가 뽑혀 나간 것을 보고 학교로 찾아와 학생들을 혼냈다.

그 과정에서 학생들 사이에서 왕따를 당하게 된 그 학생이 자기 집에 있는 제초제를 마시고 자살을 시도했다. 마침 그 학생 집에서는 제초제 병 속에 들어있던 제초제를 다 써버리는 바람에, 남아있던 농약들을 다 모아서 그 병 속에 따라 두었다고 한다. 그 학생은 농약을 제초제인 줄 알고 마신 것이다. 덕분에(?) 죽음 직전까지 갔던 그 학생은 입에서 게거품을 게워내고 며칠 만에 구사일생으로 살아났다.

제초제를 마시면 누구나 예외 없이 입에서 거품을 토하다가 서서히 죽는다는 것을 그때 알았다. 그리고 농약도 종류에 따라 약한 것을 마시면 다행히 살아난다는 것을 그 과정을 통해 알게 되었다.

학생이 살아남아 그 농업 선생에게 보은(?)한 셈이 되었다. 천당 문턱까지 갔다가 살아온 녀석이 졸업식 때 한결 씩씩한 모습으로 교사들에게 인사를 드렸다. 모두 혀를 휘휘 내둘렀다.

아버지가 돌아가신 이틀 후, 교외 화장장에 갔을 때다. '이상하다. 이 풍경은 언제 한 번 와 본 적이 있는 것 같은데 언제 봤더라……? 저기 저 길은 저렇게 고개 너머로 가면서 아스라이 사라지고, 여기 이쪽으로는 지금은 차가 다니지만, 원래는 비포장도로가 있어서 마이크로버스가 다녔는데, 이게 바로 데자뷔라는 건가?' 하다가 퍼뜩 내 뇌리를 스치는 것이 있었다. '아하!' 하며 무릎을 쳤다.

그곳이 바로 중학교 때 송충이 잡기를 하던 곳이었다. 가끔 꿈속에서 가보았던 할미꽃과 진달래꽃이 피고 또 복숭아꽃과 살구꽃이 피어 가슴속에 남아 있던 바로 그곳. 정말 인생이 묘하다는 생각밖에 들지 않았다. 그곳이 바로 아버지를 화장한 장소 부근이었다니! 그래서 다시 한번 무릎을 쳤다.

이렇듯이 가끔은 시집간 아낙네가 친정집을 찾듯이 마음속의 '그곳'을 찾아가는 경향이 있는 듯하다. 우리네 인생은 돌고 돌며, 죽어도 살아도 마음속의 그곳 가까이 있는 것 같다.

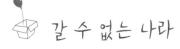

갈 수 없는 나라

작년엔가 고향에 간 김에 어렸을 때 살던 동네에 가본 적이 있다. 우리 불알친구들이 '원동 골짜기'라고 부르던 그곳은, 앞으로는 원주 시내가 보여 밤이면 멀리서 깜빡이는 불빛이 장관을 이루었고, 뒤로는 남부시장을 넘어가는 길이 있는데, 저 멀리 우뚝 솟은 치악산이 보였다.

지금은 동네였던 흔적이 거의 없어졌고, 야트막한 산들도 다 까는 바람에 뭉개져 있었다. 이제는 티브이 속에서나 볼 수 있을 것 같은 옛집들도 도시의 현대화계획에 의해 사라진 지 오래된 것 같았다. 집터들도 불도저로 밀어 시민들의 산책코스로 만들어져 있었다.

그 골짜기는 내 유년시대의 놀이터였고 청소년기의 보물창고였다. 무한한 동화童話의 세계였고, 상상력의 세계였다. 그 뒷동산에는 각종 벌레가 많았다. 그중에서도 도마뱀은 다 어디로 갔을까.

표독스럽게 생긴 얼굴 모습과는 달리, 사람만 보면 숨는 도마뱀을 잡아 손바닥 위에 올려놓고 놀았다. 그러다가 죽으면 그 녀석을 살리겠다며 거꾸로 눕혀 놓고, 강아지풀 잎사귀를 뜯어 배 위에 열십자+字로 놓은 다음에 침을 세 번 뱉어 놓았다. 그러나 그 도마뱀이 살아서 도망간 적은 한 번도 없었다. 어쨌든 우리는 그렇게 하면 죽은 도마뱀이 살아난다고 믿었다.

이렇게 우리의 손바닥에서 죽은 놈 중에 청개구리, 잠자리, 여치, 메뚜기, 풍뎅이 등 별별 놈들이 다 있었다. 조금 더 자라 개구쟁이가 된 즈음에는, 죽은 개구리 허리를 잘라 사람들이 다니는 길 가운데에 세워놓고 버둥거리는 그것을 보며 '헤헤!' 거리기도 했었다.

지금도 생각난다. 풍뎅이를 잡아 다리 모두를 몽땅 부러뜨린 다음 목을 비틀어 놓으면, 이놈이 제자리에서 날갯짓하며 맴돈다. 우리가 '앞마당 쓸어라. 뒷마당 쓸어라…….' 하고 노래를 부르면 그 녀석은 장단에 맞춰 마당을 쓸었다. 우리는 손바닥으로 땅바닥을 치며 박자를 맞췄다.

방아깨비는 우리 손가락 사이에서 방아를 얼마나 잘 찧는지…… 잡은 잠자리는 '알 낳아라. 꽁꽁, 알 낳아라. 꽁꽁!' 하는 노래에 맞춰 노란 알들을 많이도 낳았다.

요즈음은 잘 볼 수가 없는 댑싸리로 만든 빗자루가 그때 우리에게는 필수품이었다. 철삿줄로 동그랗게 거미 채를 만들어, 그것으로 추녀 끝이나 나뭇가지 사이에 있는 거미줄을 걷어 잠자리나 메뚜기 등을 잡기도 했다. 어떤 경우에는 숫제 왕거미를 잡아 손에 들고 다니며 거미줄을 쳐, 왕거미의 똥구멍을 학대(?)한 적도 있다.

더운 여름밤이면 봉천내 개울가에 가서 목욕하다가, 개똥벌레를 잡아 침을 발라 얼굴에 붙이고 여학생들을 놀려줬다. 가을이면 놀다가 지친 우리는 무실리로 메뚜기를 잡으러 갔다. 잔뜩 잡아서 커다란 됫병에 담아 오기도 하고, 병이 없으면 강아지풀에 메뚜기 목을 끼워 전리품처럼 들고 왔다.

날씨가 서늘해지면 그 산은 조무래기들의 연날리기와 불장난 장소로 바뀌었다. 가끔 다 큰 고등학생이 와서 멋쩍게 웃으며 놀던 기억도 난다. 나보다 나이가 한 살 많은 석근이는 번고수(?)를 잘 맞춰 연鳶을 날려 부러움을 샀다. 그 번고수라는 게 무엇을 말하는지 지금도 잘 모르겠다.

해수는 불장난의 선구자(?)였다. 중건이는 잘 마른 소똥을 주워 깡통에 담아 돌리다가, 다른 동네 아이들과 싸움을 벌이기도 했다. 동네 싸움은 우리의 연중행사였다. 한 번은 산에서 불장난을 하는데, 땅에 구멍이 나 있어 불을 그리로 때니, 한 30m쯤 떨어진 저쪽에서 연기가 나왔다. 그런데 잠시 후 거기서 무언가 들썩거렸다. '어럽쇼? 이것 봐라?' 하고 기다렸더니 들쥐가 한 마리 나오기에 때려잡은 적이 있다.

산비탈 길은 우리 썰매터였다. 겨울이면 스케이트를 만드느라 창문틀이나 학교 출입구 레일이 남아 남는 게 없었다. 아아! 추억이 추억으로 끝없이 이어지는 옛 동네여!

그러나 요새는 어딜 가나 이런 벌레들의 모습을 볼 수가 없다. 그 원인이 농약 때문이라고 하는데 농약을 안 치는 산에도 벌레가 없는 걸 보면 참 이상하다. 벌레들이 없으니 그것을 잡아먹고 사는 도마뱀도 사라졌다.

몇 년 전에 우리 아들 녀석과 잡았던 도마뱀은 꼬리가 끊어지지 않고 대롱대롱 매달렸다. 도마뱀이라고 다 꼬리가 끊어지는 게 아닌 모양이다. 자세히 보니 생김새도 다르고 빛깔도 좀 붉은 것이, 옛날에 본 도마뱀과 좀 달랐다.

이렇게 세월 따라 놀이도 변하고 놀잇거리도 변하고 놀이 내용도 달라지고 있다. 요즈음에는 초등학교에도 들어가지 않은 아이가 비싼 스마트폰을 가지고 논다. 더 기가 막힌 것은, 절 뒷산에 등산 겸 산책을 할라치면 스마트폰을 사용하고 있는 군인들과 종종 마주치게 된다는 점이다.

그것도 졸병인 의무군인들이, 그것도 작전시간에 말이다. 군대에 왔으면 일정 기간 사회와 격리되어 있어야 하는 것 아닌가. 아마도 상관 몰래 쓰는 것일 텐데, 이건 아니라는 생각이 드는 것은 어쩔 수 없다. 세상이 참 급속히 변하고 있다.

우리를 슬프게 했던 사람

중학교 2학년 때의 일이다. 1960년대 내가 어렸던 그 시절에는 사람들이 골고루 못살아서 하루에 밥을 두 끼만 먹는 집이 많았다. 게다가 우리는 너나 나나 학교에 월납금등록금을 제때 내지 못했던 절대 빈곤한 가정이었다.

그때 우리나라 인구가 삼천만 명이었는데 60% 이상이 손바닥만 한 땅을 가진 농사꾼이었다. 그리고 특수 작물을 재배하거나 오늘날처럼 회사에 다니거나 공무원 부모를 둔 사람은, 학급을 다 뒤져봐도 몇 명 되지 않았다.

요즘 티비를 보면 예순이 넘은 사람 중에서 초등학교밖에 안 나왔다거나, 학교 문턱도 못 밟아본 사람들이 가끔 나와 우리를 안타깝게 하는 경우가 있다.

그 옛날에는 초등학교도 말로만 의무교육이었지 교과서와 등록금 등, 100%가 학생들의 부담이었다. 그래서 가방과 공책, 교복과 단추, 모자에 다는 모표와 학년 뺏지 등도 전부 다 우리가 사야 했다.

새 학년으로 접어드는 2월이면 교과서와 뺏지, 모표 등 헌 물건들을 사려고 전교생에게 비상이 걸렸다. 그때는 헌 교과서를 취급하는 서점들이 많았다. 내가 자라던 원주만 하더라도 학교 밑으로 개운동 쪽에 '스쿨서점' 등을 비롯한 헌책방들이 많이 있었다. 그래서 새로운 학기가 시작되는 때쯤이면 헌책을 사려고 그런 곳을 들렀다가, 사귀고 있는 여학생을 만나 얼굴을 붉히는 경우도 더러 있었다.

등록금도 처음에는 '사친 회비'에서 출발해 그다음에는 '기성회비'로, 다음에는 또 '월납금'으로 바뀌더니 다시 '육성회비'를 거쳐 그 후로는 '등록금'으로 통일이 되었다.

그때 계집아이들이 고무줄놀이하면서 부르던 노래 가사를 보면, '아버지 사친 회비 주세요. 어머니 사친 회비 주세요. 영식이 영한이 초등학교 5, 6학년' '인도 인도 인도사이다' 하는 것이 있었다. 이제는 고무줄놀이하는 풍경도 볼 수가 없다. 고무줄도 추억 속의 물건이 되어 이제는 장場에서도 찾아보기 힘들다.

예나 지금이나 기가 막히게도 월납금 내는 날짜는 꼬박꼬박 없는 집에 제사 돌아오듯이 그렇게 돌아왔다. 나는 중학교 2학년 때 담임을 했던, 지금은 고인이 되었을지도 모르는 '임 아무개' 선생을 평생 잊지 못한다.

이 선생은 당시 원주에서 제일 큰 여관을 하고 있었다. 그 여관이 있던 자리에 지금은 관광호텔이 들어섰다. 그때는 호텔이라는 것은 물론이거니와 여관이라는 곳이 원주에 두어 개밖에 없어서 독과점처럼 여관이 번창했다.

그런데 이 선생이 사람 때리는 게 취미인지, 목적인지 종례를 아주 길게 했다. 물론 종례시간 대부분은 매질로 시작해 매질로 끝났다. 시험을 보면 성적이 나쁘다고, 아니면 등록금을 늦게 낸다고 합법적 (?)인 체벌을 하는 것이었다. 시험을 본 다음에 평균점수가 떨어졌거나 아니면 등수가 떨어졌다고 우리에게 회초리를 휘둘렀는데 아무리 공부를 잘해도 이 양반의 매질을 피하는 방법이 없었다.

생각해 보라. 학급 등수나 평균점수는 오르기도 하고 내리기도 하는 살아있는 생명체가 아닌가? 그런데 이 선생은 '모범학급이…' 하면서 성적이 나올 때마다 떨어진 점수나 등수만큼 회초리질을 했다.

한 발쯤이나 되는 싸리나무 회초리를 머리끝까지 치켜들었다가 걷은 종아리에다가 있는 힘껏 휘두르면 '획' 소리와 함께 종아리에 핏자국이 검붉게 생겼다. 종아리를 맞고 있는 학생보다 맞을 순서를 기다리는 친구들의 공포에 질린 눈동자를 지금도 잊지 못한다. 게다가 그 모멸감이란……. 지금도 옛 친구들을 만나면 그때 이야기를 빼놓지 않고 한다.

언젠가 교장으로 은퇴한 후 원주에 사는 친구를 만났는데, "생각해 봐라, 야! 한번은 등수는 똑같은데 평균점수가 떨어졌다고 때리는데 몇 대 맞으니까 도저히 그냥 못 서 있겠더라니까." 하면서 투덜거렸다. 그 친구는 성적이 좋아서 등수가 더 오를 데가 없는 친구였다.

등록금을 제때 내지 못했을 때도 종례는 끝나지 않았다. "등록금 안 낸 놈들 나왓!" 하고서는 앞에 나온 학생을 갖은 자세를 다 잡아가며, 손바닥을 쫙 편 장권掌拳으로 턱주가리를 있는 힘껏 후려 갈겨

댔다. 어린 나로서는 그렇게 아플 수가 없었다. 한 대를 맞으면 '윙–'
하고 벌들이 날아다니는 소리가 나고 머릿속이 아득해져 똑바로 서
려고 해도 도저히 서 있을 수가 없었다.

그러면 "일루 와, 이 쌔끼야. 어디서 엄살이야. 왜 돈 안 내는 거
야!" 하면서 또 때렸다. 아니, 누가 돈을 쌓아 놓고 안 가져오는 것도
아니고, 일부러 안 가져오는 것도 아니고, 없어서 안 주는 돈을 어떻
게 가져온단 말인가? 그것도 하루 지날 때마다 한 대씩 늘어났다. 단
골 중의 단골은 단 한 번도 예외 없이 바로 나였다.

이 선생은 말도 거칠었다. "야, 이 쌔끼들아! 그래, 공부도 외상으
로 하는 놈들이 있냐? 엉?' 하며, 등록금을 안 낸 학생들을 청소까지
시켰다. 그러고도 부모들까지 호출 약속을 받아 놓고야 풀어줬다. 그
렇게 청소가 끝나고 집에 가면 컴컴한 저녁이었다.

매 맞은 이야기를 집에 가서 해도 별수가 없을 것 같아서, 얘기도
못 하고 끙끙 앓으며 학교에 다녔다. 그런 와중에도 '월납금을 늦게
낸다고 청소까지 시키는 것은 좀 너무하다.'라는 생각은 들었다.

중학교 동창 중에 지금도 원주에 사는 손孫 아무개라는 어릴 때부
터 절친한 친구가 있다. 그림을 무척 잘 그리고 손재주가 좋으며 예
술에 소질이 있어서, 전업專業한 후 꽤 알려진 화가로 활동 중이다.

이 녀석이 제법 착실한 편인데도 한 번은 성적 때문에 회초리를 얼
마나 모질게 맞았는지 모른다. 이 녀석은 코끝이 살짝 올라가 있어서
어른이 되어서도 쉽게 알아볼 수 있을 정도로 외모가 특이한 편이다.

그런데 이 친구가 병원에 근무할 때 그곳에 이 선생이 왔더라는 것

이다. 이 선생이 이 녀석에게 뭘 물어보기에, 안면을 싹 꼬불치고 "난 모르니 저쪽 가서 물어 보슈." 하면서 쌀쌀하게 대했다고 한다. 그 일화는 지금도 동창들 사이에서 얘기가 되고 있다.

그러니 등록금을 못 내어 가출하는 학생들이 여럿 되었는데, 그중에서 서너 명쯤은 끝내 학교를 등지고 말았다. 그 선생이 무서워 학교를 등진 것이 아닌가 싶다. 무단결석을 하다가 끝내 학교로 돌아오지 않고 학업을 그만둔 동창들을 보면, 다 이 선생 탓인 것 같다. 한 반에 학교를 중도에 포기한 학생 수가 서너 명이나 되었으니, 얼마나 많은 숫자인가?

그런데 이상한 일도 있지, 우리 학급에 3년 늦게 학교에 다니게 되어 덩치가 훌쩍 큰, 형 또래의 학생이 둘 있었다. 그런데 그 학생들은 전혀 매도 맞지 않았을 뿐만 아니라 오히려 청소 감독 등을 시키는 등 농담도 하며 친하게 지내는 것이었다. 우리에게는 절대 금기였던 지각을 해도, 이 형들은 잘도 학교에 다녔다.

그러니까 나처럼 성적도 별로 안 좋고, 성질도 없는 데다, 덩치도 조그맣고, 월납금도 제때 못 내는 가난한 학생들이, 그의 무차별 폭격의 '단골손님'이었던 셈이다.

여름방학을 앞둔 7월 어름이었다. 7월 24일 방학을 앞두고 며칠 전부터 그놈의 월납금을 8월 치까지 독촉을 하는 것이었다. 나는 흡사 죽은듯한 몰골을 하고 학교에 다녔다. 8월 치 월납 금은커녕, 6월 치도 내지 못해 어머니가 학교에 몇 번 오셨다가 간 적이 있는데, 어디서 그걸 구해서 낸단 말인가?

그런데 드디어 방학하는 날이 오고야 말았다. 그 날도 청소는 물론이고, 뺨을 실컷 맞은 다음 종례를 하는 자리에서 담임선생이 말했다. "우리 학급은 약속대로 등록금을 안 가져온 아이가 있어서 방학을 안 한다. 그러니까 우리 반은 내일도 책가방을 들고 전원 등교하라."라는 지시를 기어이 듣고야 만 것이었다.

그 순간, 방학을 손꼽아 기다리던 우리 학급 친구들에게 얼마나 미안한지 고개를 들 수가 없었다. 나는 또 다른 꿀 먹은 벙어리가 될 수밖에 없었다. 말없이 남의 눈에 띄지 않게, 선생들의 눈에도 띄지 않게, 아는 게 있어도 모르는 척, 발표하는 시간에도 못 하는 척, 그러니까 지각이나 결석도 하지 않으려고 더욱 몸을 사리며 학교에 다니는 중이었는데 말이다.

어쨌든 그다음 날, 동네 친구들은 학교에 간다고 하는데 나는 과감(?)히 결석(?)하는 승부수를 던졌다. 학교를 그만 다니겠다는 의미로……. 아무리 생각해도, 방학인데 이런 일로 학교에 간다는 것은 있을 수 없다는 생각이 들었다.

'월납금을 못 낸 나한테 책임이 있으니 내가 혼나던지 학교를 그만두면 됐지, 우리 학급 아이들이 무슨 죄가 있다고 학교에 가야 하는가.' 하는 마음도 있었다. 그리고 또 한편으로는 '너 때문이야.' 하며 손가락질하는 급우들의 얼굴을 도저히 볼 수가 없었기 때문이기도 했다. 그리고 마지막 이유는, '설사 내가 이번 달 월납금까지는 내더라도, 다음 달부터는 도저히 그 선생의 매를 더 맞고 버틸 여력이 없다.'라는 결론을 내린 것이다.

그 날 오후에 등교했던 친구들의 얘기를 들어보니, '안영해 이 ×
×, 학교에 안 나왔어? 아무도 안 나오고 제 놈이 혼자 나왔더라도
용서 못 할 판에! 어디 두고 보자.' 하면서 담임선생이 학생들 앞에서
이를 갈더라는 것이다. 그러니 나는 살아있어도 살아있는 목숨이 아
니었다. 그 학교 학생도 아니고 사회인도 아닌, 그냥 숨만 쉬고 살아
있는 잉여인간剩餘人間이었다.

'이제 학교생활은 끝났다.'라고 생각했다. 중학교에 진학하지 못한
아이들이 잘 가던 중국집이나 양복점, 아니면 이발소 등 잔심부름을
익힐 데를 알아보거나, 다른 아이들처럼 가출해야겠다고 생각하며
나머지 방학 기간을 흘려보냈다.

그런데 사람이 죽으라는 법은 없는 것인가? 하늘이 무너져도 솟아
날 구멍이 있다는 말을 실감할 일이 생긴 것이다. 기적이라는 게 나
에게도 일어날 것이라고는 꿈에도 생각지 않았는데…… 개학을 며칠
앞두고 들리는 소식에 의하면, 담임선생이 춘천으로 인사발령을 받고
떠난다는 것이었다. 하도 희한하고 신기해서 두 번 세 번 물어보고 여
기저기 확인해봤는데, 틀림없었다. 1945년 8월 15일 광복절을 확인한
조선 사람들 마음도, 이처럼 날아갈 듯 감격스러웠을 것이다.

다시 학교에 갔더니 순하디순한, 늙수그레한 선생이 우리 학급 2
학기 담임으로 배정되어 있었다. 아아-! 그때의 감격과 행운에 대한
고마움이란…….

그 후 운명이 어떻게 돌아갔는지 어른이 되고 나도 선생이 되었다.
그때 제일 먼저 '절대 그런 선생은 되지 않겠다. 그리고 가난한 학생

들은 내가 가능한 도울 것이다.' 하고 결심했다. 그 약속을 처음 2, 3
년간은 지키는 척했는데 어느새 은근슬쩍 없어져 버렸다.

대학을 다닐 때 친구 한 명이 "야! 이상하더란 말이야. 글쎄 어제는
나한테 입영통지서가 날라 왔더라니까. 그래서 병무청에 찾아가 '나
는 군대에 갔다 왔다니까요?' 하면서 내 군번도 외워 보이고 군대 생
활했던 걸 아무리 얘길 해도 이 사람들이 들어주지 않고 막무가내로
군대에 다시 가야 한다는 거여. 미치고 환장하겠더라니까? 그래서
어떡하냐. 싸울 수밖에. 대판 싸우다가 무언가에 머리를 부딪쳐서 잠
에서 깼더니, 꿈이더라고." 한 적이 있다.

언젠가 신문에도, '남자들은 군대에 가서 고생하던 기억을 잊지 못
해 입대하던 꿈을 계속 꾼다.'라는 기사를 본 적이 있다. 나도 가끔
꿈을 꾼다. 지금도 중학교 2학년 때의 일을 꿈속에서 겪고 소스라치
게 놀라며 깨곤 한다.

죽음과 마주할 때

'아이고! 아이고!' 양지쪽에서 햇볕을 쬐던 나는
옆방에서 나오는 처음 듣는 울음소리에 급히 뛰어갔다. 중건이 녀석
어머니가 비녀를 뽑고 귀신같이 머리를 풀어헤친 채 남쪽을 향해 곡
哭을 하는 것이었다.

아마도 대여섯 살 때의 기억이었지 싶다. 그 소리를 듣더니 어머니
가 그 친구 녀석의 어머니를 찾아가 울지 말라고 달랬다. 그리고 혀
를 '쯧쯧!' 차며 슬픈 모습으로 돌아서 나왔다. 그런데 나중에 보니
이웃 여자들이 전부 다 한 번씩 갔다 오는 것이었다.

친정 어른들이 돌아가시면, 객지에 사는 딸이 그렇게 하는 것이라
고 나중에 어머니를 통해 들었다. 그 후 다른 집에서도 그렇게 머리
를 풀고 '아이고! 아이고!' 하는 모습을 두어 번 더 본 적이 있다.

1950년 무렵 전 국민이 가난했던, 그중에서도 더 가난하게 살아 간
신히 거지를 면했던 우리 동네 사람들이 누군가 상을 당했을 때 어떤
방법으로 위로의 마음을 전했던 걸까. 그냥 '중건 엄마, 안 됐네요.

그렇게 울지 말고 빨리 고향으로 내려가 보이소. 사람이 산다는 게 그런 것 아니겠습니까? 아이고! 아이고!' 하지 않았을까?

어쨌거나 그 친구 어머니가 안동 친정집에 가긴 간 건지, 어떻게 갔는지 통 기억이 안 난다. 돈을 빌려서 갔는지, 있던 돈을 가지고 갔는지, 그 집이나 우리 집이나 다른 이웃집이나 돈이 없어 입에 풀칠하기도 어려운 시절이었으니 말이다.

요즈음은 부의금이라고 봉투에 일정한 금액을 넣어 주는 게 인사가 됐지만, 옛날에는 언감생심 그런 것은 꿈도 꾸지 못하던 시절이었다. 그 대신 어머니는 결혼하거나 큰일을 당한 집에 가서 종일 그 집일을 도와줬다. 때로는 나머지 식구들의 식사도 그 집에서 해결했다. 즉, 몸으로 부조나 축의금을 때운 것이다.

그때는 객사客死라는 말을 자주 썼다. 객사라는 것이 자기 집 안방에서 죽어야 객사가 아니고, 머리가 사랑채를 향해 죽어도 객사라고 했다. 병원에서 앓다가도 죽을 때가 되면 집으로 환자를 모시고 오는 경우도 많았다. 객사를 하면 집안에 우환이 낀다거나 탈이 난다는 일종의 미신 때문이었을 것이다.

그런데 요즈음에는 멀쩡히 살아있던 사람도 전부 다 객사를 하기 위해 병원으로 가서 생을 마감한다. 공직생활을 하면서 수많은 사람을 조문했지만, 집에서 조문한 것은 딱 두 건밖에 안 된다.

1990년대 초기에 당진에 살던 친구 이 모某가 죽는 바람에 꼭 한번 상여를 어깨에 멘 적이 있다. 마흔 살도 안 되어 죽은 그 친구를 생각하면 슬프기 짝이 없다.

일산초등학교에 가다가 보면 '부론 양조장'이라는 술도가가 있었다. 그 동네 아이들은 사나워서 싸움을 잘했다. 거기를 지나면 고갯길 왼쪽 나지막한 언덕배기에 성황당 만큼이나 작은 집이 있었다. 학교를 파하고 돌아올 때 길을 빙 돌아 일부러 그 '귀신 집' 앞을 지나오며 판자 틈 사이로 그 집안을 들여다보곤 했다.

누군가 "귀신 나온닷!" 하고 소리를 지르면, 다들 "우와!" 하며 꽁지가 빠지라고 달아났다. 오색빛깔의 천과 그 괴기스러움 때문에 일부러 들여다본 것이지만, 그게 무당의 물건이었는지 죽은 사람을 싣고 나가는 상여인지는 모르겠다.

그때는 상여가 나가는 것을 등굣길에 자주 봤다. 그러다가 연천 백학중학교에 근무할 때 상여를 보고 퍽 반가웠는데(?) 그 후로는 상여가 나가는 것을 본 적이 없다.

상여가 나갈 때는 요령을 든 소리꾼을 앞세우고 가운데는 상여꾼들이 상여를 메고 뒤에서는 가족과 친지들이 울며 따라가는데, 그때의 곡哭소리가 지금도 귀에 들리는 듯하다.

'어- 허렁차 어~허 어- 허렁차 어~허 이제 가면 언제 오나, 어-허렁차 어~허 다시 못 올 길을 가네, 어- 허렁차 어~허 나는 가네 나는 가, 어- 허렁차 어~허 다시 못 올 길을 가네, 어-허렁차 어~허 북망산이 어디메뇨, 어-허렁차 어~허 바로 여기가 북망일세, 어-허렁차 어~허 어- 허렁차 어~허 어허렁차 어~허 어- 허렁차 어~허 어허렁차 어~허'

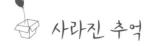

사라진 추억

                 나이가 들어가면서 옛날 생각이 많이 난다. 이런 증세가 나한테만 있는지 어쩐지 모르겠다. 가끔 어릴 때의 꿈을 꾸는데 오늘도 낮잠을 자다가 꿈속에서 내가 살던 동네를 가보았다.

서양 사람들과는 달리 동양 사람들은 연어나 비둘기처럼 회귀성이 강하다고 한다. 그래서 살던 동네를 잊지 못해 한 번씩 가보게 되는 것 같다. 명절 때마다 귀성객이 많아 차가 밀리는 이유를 여기서 답을 얻고는 하는데, 나는 그중에서도 증세가 좀 심한 편인 것 같다.

몇 년 전 어느 해 초여름이었다. 내가 살던 비탈 동네에 가봤더니, 아우의 말처럼 그곳에 있던 집들을 싹 무너뜨리고 조그만 산을 통째로 밀어내는 중이었는데, 그 당시 말로는 그곳에 동네 사람들을 위한 공원을 만든다는 것이었다.

원동을 기준으로 해서 옛날 원주여고로 넘어가는 고갯길을 오른쪽으로 약간만 올라가면 바로 우리 집 뒷산이다. 그리고 거기서 한 50m 정도 더 올라가면 원주 시내를 동서남북으로 한눈에 조망할 수 있는 산꼭대기가 있다.

그 뒷산에서 우리 동네였던 집터를 내려다보며 우리가 살던 동네가 그렇게 작았던 데 실망한 적이 있다. 우리가 힘들게 물지게를 지고 공동수도를 오르내리던 그 길이 고작 너비가 60cm 정도밖에 되지 않았다니!

제일 높은 곳에 있던, 그래서 '꼭대기 집'으로 불렸던 집은 원주에서 가장 못사는 축에 들었을 법한 집이었다. 그 집 아저씨는 늘 급할 것 없이 비가 오나 눈이 오나 터덜거리며 빈 지게를 지고 집으로 들어오는 지게꾼이었다.

그 집에는 나보다 한 살 적은 친구가 있었다. 어머니는 '가가돌에 찡개 죽었다데?' 하며, 오랜만에 고향에 간 나에게 최근 소식이라고 알려 주었다. 영월인지 정선에서인지 광부로 일했다는 것이다.

어렸을 때부터 아버지는 늘, "느거들 인사를 할라믄 가들매로 해야 된데이' 하며 우리를 교육하곤 했었다. 이 형제는 동네 어른을 만나면 두 손을 모으고 어찌 그리도 공손히 인사를 했는지 모른다. 저기 맞은 편이 우리 대장이었던, 그래서 별명이 '배반자'였던 석근네 집이었다.

그 친구에겐 진호라는 동생이 있었다. 그런데 석근이가 무서워서 진호와 놀다가 내 말을 안 들어도 때리지 못했다. 몇 년 전에 아흔이 넘어 돌아가신 그의 어머니는, 오후 네 시만 되면 '석근아!' 하고 맞은편 동네에서도 다 들릴 정도로 큰소리로 아이들을 불렀다.

부엌에서 밥을 하던 어머니는, "아따. 저 집은 저녁을 빨리 먹고 싶어가 어예 사는공?" 하곤 했다. 얼마 전에 정선에 사는 친구와 통화를 하다가, "야! 난 '석근아!' 하고 걔네 엄마가 그 집 식구들을 부르는 소리가 지금도 들리는 거 같아. 너 몰랐어? 그 집이 점심을 안 먹으니까 저녁을 그렇게 빨리 먹었던 거 아녀." 하는 얘기를 들었다.

대충 알고 있었지만, "아하, 그랬겠구나. 하지만 그 어려운 시절에 점심을 안 먹은 집이 그 집뿐이었냐? 그 동네 사람들치고 점심 먹은 집이 거의 없었을 꺼여. 우리도 안 먹었는데 뭐!" 하고 얘기했던 기억이 난다.

그 옆에는 초가집이 있었다. 아버지가 '안동김씨'라고 부르던 '상일이 형'네 집이었다. 안동김씨는 키가 작달막하고 배가 볼록 나와 꼭 등소평을 닮았었다. 참, 이 집은 아들 대여섯에 딸까지 하나 있었다. 그 좁은 단칸방에 살면서 어떻게 그리도 애는 많이 나았는지!

거기서 왼쪽 위로 조금 올라가면 조성현이라고 나보다 댓 살쯤 더 먹은 형이 살고 있었다. 야구부였는지 늘 야구방망이를 들고 다니며 온갖 똥폼을 다 잡았다. 이 형은 덩치만큼 뺑도 심했고 그 동생 범홍이는 일곱 살 때 대천에 놀러 갔다가 물에 빠져 죽었다. 그의 아버지는 시청 공무원이었다. 그런데 당시 고등학생이었던 딸내미 친구와 바람이 나서 따로 살림을 차렸다.

왼쪽 위로는 비만 오면 그의 어머니가 '황포~돛~대~야~~' 하는 노래를 부르던 중건네 집이 있었다. 중건이 동생은 젊은 나이에 요절했는데, 이 집도 육 남매였다. 그때는 육 남매가 기본이었다.

바로 그 옆은 집터가 좀 넓어 우리가 늘 구슬치기와 딱지치기나 진도리를 하며 뛰어놀았던 해수네 집이었다. 칠 남매 중 셋째인 그 녀석은 동생보다 덩치가 더 작아서, 싸우면 이 녀석이 얻어맞았다. 그러나 나한테는 더 없는 악바리였다.

다시 그 왼쪽 밑으로 내려오면 아우의 친구였던 상범이네 집이다. 연탄 배달로 먹고 살았던 그 집 할머니는 늘 다 해진 수건을 머리에 쓰고 다녔다. 술을 매일 마시고 언제나 걸쭉하게 쌍시옷 소리를 달고 살던 그 할머니는 며느리와 싸우더니 자살을 하고 말았다.

그 집이 이사 가는 통에 불법으로 과자 공장을 하던 원균네가 들어와 살았다. 그 집 아저씨 '달랑쇠 영감'은 술병病이 나서 일찍 죽었다. 아주머니는 머리를 감지 않아 부스스한 머릿결이 언제나 잿빛이었다. 그리고 등어리나 엉덩이를 벅벅 긁거나 이를 잡던 손으로 그냥 밥을 하곤 했다.

그 집 아들인 원균이는 초등학교만 졸업하고 그곳을 떠나 어디서 목수 일을 한다고 들었다. 그런데 언젠가 우연히 만나 "어이구, 형님! 안녕하셨어요. 전라돈가 어디서 교편 잡고 계신다매요?" 하더니, 최근에 들은 바에 의하면 죽을병이 들어 황천길을 갔다고 했다.

그의 사망 소식을 듣고 친구 석근이는 "야! 진짜 인생무상이네. 걔가 벌써 죽으면 어떡해? 원균이가 내 동생 진호하고 친구 아녀. 언젠가 만났을 때 그 옛날 지겹게 못살던 원동 골짜기가 생각난다면서, '형님! 원동 골짜기 선후배끼리 한 번 모여서 술 한잔 안 하실래요?' 하길래, '그려. 그럼 내가 다른 친구들한테 연락할 테니 곧 한 번 만나세' 했는데 그새 죽었단 말야? 정말 우리가 사는 게 아무것도 아니라니까." 하고 애석해했다. 그가 죽었다는 얘기를 듣고 나도 가슴 한쪽에 찬바람이 이는 듯했다.

그 집 맞은편, 그러니까 중건네 집 바로 뒤로는 나보다 두 살이나 더 먹은 배영철이라는 아이가 살고 있었다. 영철이가 군대에서 휴가 나온 한 살 적은 해수와 중근이에게 선배 노릇을 하려고 했던 모양이다.

그러자 이 두 녀석이 술도 한 잔 걸쳤겠다 눈에 보이는 것이 없는 판에 의기가 투합해서 저녁때 찾아가, '배 형! 나 잠깐 봅시다.' 하고 불러냈다. 그러고는 '야! 이 씨발누마. 너 이 새끼! 원래 나랑 친구 아녀?' 하며 묵사발을 만들어 놓았다던가. 그런데 영철이도 일찌감치 세상을 떠났다고 한다.

중건네 집 아래로 세태네 집이 있었다. 겨울이면 얼굴이 빨개지던 세태 어머니는 늘 다 떨어져 걸레같이 된 수건을 뒤집어쓰고 다녔는데, 키가 작아 언제나 발발거리며 걸었다. 세태가 어느 달밤에 '도둑놈 잡기'를 하다가 똥통에 빠지는 바람에 세태 어머니가 떡을 해서 돌렸던 기억도 난다.

나보다 한 살 어린 세태는, '개천川에서 난 용'이 될 뻔했었다. 지루박인가 부루스를 잘 춰서 그 기술로 여자를 꼬셔서 장가를 들어 보석상을 차렸다고 했다. 돈도 제법 잘 벌어 통이 커진 세태는 1970년 무렵 코로나 승용차를 타고 원주로 금의환향하다가 고속도로에서 사고를 당하는 바람에 불귀의 객이 되어버렸다. 그의 형이 인태였는데 중학교까지만 간신히 나와 천안 어디선가 버스운전을 한다고 들었다.

그 맞은편에는 우리 집이 있었다. 우리 집 바른쪽으로는 세태네와 수양을 맺은, 별명이 '짹짹이'라고 하여 떠들거나 말하는 소리가 꼭 참새 떼들 떠드는 것 같이 시끄럽고 입이 앞으로 튀어나온 아줌마가 살고 있었다. 나중에 추운 겨울에 길거리에서 얼어 죽은 시체로 발견되었다고 했다.

그의 남편인 조 영감은 중풍으로 누워있다가 예순이 좀 지나 죽었다. 그 아들은 경수였다. 집 짓는 사람을 따라다니며 막일을 하다가 그때 서른이나 되었을까. 양평을 지나 원주 쪽으로 오다가 보면 간현이라는 곳이 있는데, 거기서 술을 먹고 완행열차 승강기 문에 매달려오다가, 전봇대인지 뭔지에 부딪혀 즉사했다고 한다.

그 동생으로는 창석이라고, 키가 작아 '좁쌀'이라고 불리던 녀석이있었다. 싸가지없이 두 살 차이가 나는 자기 친구의 형들, 곧 내 친구들 이름을 마구 불러대어 언젠가 한 번 패주려고 별렀던 아이였다. 그런데 일찍 장가를 간 이 녀석은 이발소에 갔다가 거기서 뒤로 넘어져 죽고 말았다.

우리 집 아래 즉, 공동수도가 맞은편 너머, 즉 석근네 집 뒤쪽으로는 원일네가 살고 있었다. 나와 동창인 그의 누나 순옥이는 뚱뚱하고눈이 큰 편이었다. 초등학교 때 앞머리는 눈썹 위에서 직선으로 자르고 뒷머리는 바리깡으로 깎아 앞이 얼굴인지 뒤가 얼굴인지 모를 정도로 앞뒤가 비슷했던, 못생긴 모습만 생각난다.

우리 집 옆의 뒤에는 야트막한 언덕 넘어 길수네 집이 있었다. 중학교를 근근이 마친 이 친구는 어머니를 요양병원에 모셔놓고 정선에서 혼자 막노동을 하며 살았다. 그런데 2018년 초여름에 어머니가돌아가셨다.

내 집 뒤란이었을 곳은 옛날처럼 산딸기 덩굴이 늘어지게 피어 있는데, 누가 언제 심었는지 양딸기가 몇 그루 숨어 있었다. '따분 따분 따분자야. 너 왜 울고 어디 가니. 우리 엄마 무덤가에 젖 먹으러 찾아간다. - 중략 - 우리 엄마 무덤가에 노란 참외 열렸길래 하나 따서 맛봤더니 우리 엄마 젖 맛일세.' 하는 훗날 양희은이 부른 '타박네' 노래의 원형이라고 할 만한 노래가 있었다. 어릴 때 부르던 그 노래가 생각나서 하나 따서 맛을 봤더니, 별맛은 없고 옛날 생각만 걷잡을 수 없이 났다.

1950년대 후반, 내가 네댓 살 때였을 것이다. 밖이 어둑어둑한데 어떤 사람이 우리 집에 찾아와 자기는 이발사인데 이 집 아이들 머리를 깎아 줄 터이니 밥을 좀 달란 적이 있었다. 배가 얼마나 고팠는지 짠 된장찌개를 한 숟갈씩 입에 퍼넣던 모습이 문득 생각난다.

그때는 비가 오면 탄띠와 실탄에다 군복을 입은 유골이 나오기도 했다. 우리는 횡재라 여기며 아랑곳하지 않고 엿으로 바꿔 먹었다.

방물장수 기억도 난다. 경상도 사투리를 쓰며 머리에 이고 온 비단이며 다른 물건을 팔던 아주머니를 어린 우리는 '이모'라 불렀고, 어머니는 '형님'이라 불렀다.

그 아주머니가 누군지 정체가 밝혀진 건 고등학교 때였다. 어느 날 우리 집에 방물을 팔러온 아주머니와 아버지가 마주쳤다. 그런데 얼굴 한가운데 부처님 얼굴처럼 점이 박혀 있는데다, 경상도 사투리를 쓰는 것이 어디서 많이 본 사람 같더라는 것이다.

그래서 아버지가 '아주머이요. 혹시 고향이 감포 아잉기요?' 물었다. 알고 보니 어릴 때부터 이웃에서 같이 크던 아버지 친구더란다. 세상 참 넓고도 좁다.

그리고 집 뒤쪽, 내가 학교에 다니느라 오르내렸던 그 길도 그때 그대로 있었다. 첫 번째 여자 친구와 데이트를 하던 그곳도 그냥 있었다. 문득 중학교 때 학교에서 배운 노래가 생각났다.

'어렸을 때 살던 고향 돌아와 보니, 웃는 꽃 우는 새 잔잔한 바람, 뜰 앞의 맑은 시내 흐르는 소리, 정답던 옛날과 변함없건만 나의 집은 다 무너지고 사는 사람 끊어졌구나.' 하는…….

그곳에서 친구들에게 전화했다. 아직은 다들 반갑게 받는다. 전화하는 곳이 어디이며, 너희들이 보고 싶어 전화한다고 했더니, 그들도 나처럼 가끔 이곳에 온다는 것이다. 우리는 서로 다른 시간과 공간에서 옛날을 그리워하고 있었던 거다.

그곳을 내려오다가 보니, 전국에서 제일 가난해 끓여 먹을 것이 없었던 '소경'네 집에 이상한 간판이 달려있었다. 그런데 들여다보니 사람은 살지 않는 것 같았다. 세 살 때부터 스무 살까지 살다 떠난 지 사십 년 만에, 재작년에 다시 가본 고향 집터는 평지로 완전히 내려앉아 공원으로 완전히 바뀌어 길까지 나 있었다.

소원이 하나 있다. 친구들과 꼭 한 번 죽기 전에 이곳에 와서 캠핑이라도 하며 며칠 동안 머물고 싶다.

그 시절에는

요즈음에는 집안에서 하는 여자들의 일이 많이 줄어든 것 같다. 음식 만드는 것과 빨래하는 것만 보아도 옛날에는 여자들이 정말 꼼짝을 할 수 없을 정도로 일이 많았다. 요즈음처럼 세제洗劑가 풍부하지 않았던 그 시대에는, 음식을 먹은 후 설거지하는 것만 해도 너무 벅찼다.

그때 밥하던 장면으로 돌아가 보면, 우선 쌀을 씻기 전에 돌을 골라내기 위해 조루경상도에서는 조리질을 해야 한다. 서너 번씩 조리질을 해도 가끔 돌이 씹혀 어머니는 아버지에게 곤욕을 치렀다. 이상한 것은 아버지 밥에서만 돌이 씹힌다는 거다.

조리질을 끝낸 쌀을 솥에 안친 다음에는 물을 맞추어 붓고 장작불을 지펴야 한다. 이 장작불이 꺼지기 십상이라 불을 살리기가 여간 힘든 게 아니다. 어렵게 불을 피워 놓으면, 밥물이 끓을 때를 맞추어 솥뚜껑을 '열었다 닫았다' 반복하며 밥이 다 될 때까지 곁에 있어야 한다. 그리고 막간을 이용해 반찬을 만들어야 한다.

그러다 보면 서서히 밥이 익는데, 그 뜸 들이는 시간을 이용해 이번에는 사위어 가는 숯불을 아궁이 입구나 풍로에 긁어모아 찌개를 끓여야 한다. 식사를 준비하는 시간이 한 시간쯤 걸리는데, 다 먹은 다음에는 설거지가 기다리고 있으므로 날씨가 추워질 때면 물을 따뜻이 데워 놓아야 고생을 하지 않는다.

날씨가 쌀쌀해지면 밥을 해 놓은 다음, 방이 따뜻하려면 아궁이 깊숙이 불을 넣고 군불을 때야 한다. 군불이라는 단어는 군것질이나 군소리처럼 주主가 아닌 부副의 의미로 쓰이는 것이니, '밥하는 이외의 불'이라는 뜻이다.

설거지할 때는 잿물을 자주 썼다. '양잿물'은 서양에서 들어 온 잿물을 뜻한다. 같은 의미로 '양철'은 서양에서 들어 온 철鐵, 양복은 서양식 옷이라는 뜻이다. '짚이 탄 재'를 모아 그걸로 잿물을 만들어 그릇 따위를 씻었던 거다. 고깃국을 먹기 힘든 시절이기도 했지만, 어쩌다 고깃국이라도 먹었다 하면 설거지할 때 기름기를 씻어내는 것이 여간 힘들지 않았다.

돈이 없는 집에서는 밀가루를 반죽해 국수를 직접 만들어 끓여 먹었다. 반죽하기 위해 물을 맞춘 다음, 홍두깨로 밀고 칼로 썰어서 국수를 만드는 과정을 곁에서 보면, 음식은 남기지 말고 박박 긁어먹어야 한다는 생각이 절로 든다. 집에서 만드는 국수는 정성과 힘이 들어간 땀방울의 결정체였다.

홍두깨가 없거나 형편이 나은 집에서는 국수를 사서 먹었다. 국수 가게에서는, 빨래나 어린아이 기저귀를 널어 말리듯이 싸리나무 가

지나 대나무 가지를 이용해 국수를 말렸다. 이제 국수를 말리는 풍경은 추억의 필름 속에나 저장되어 있을 뿐이다. 요즈음은 슈퍼마켓만 가도 각종 반찬이 진열되어있을 뿐만 아니라, 과일과 밥과 라면조차 즉석에서 먹을 수 있게 나오니 얼마나 편리한 세상인가.

초등학교 4학년 무렵 라면삼양라면?이 처음 나왔다. 한 봉지에 15원을 주고 사 먹었던 것 같다. 라면은 폭발적일 정도로 인기가 좋았다. 라면을 맛보고 여느 아이들처럼 그 맛에 완전히 반해 버렸다. 그러나 아버지와 어머니는 기름기가 너무 많아 느끼하다며 싫어했다. 그래서 라면에 반한 우리가 노래를 불렀지만, 어머니는 영 끓여주지 않았다.

그러다가 아우가 병이 나서 방에 드러누워 며칠 앓은 적이 있었다. 그때 어머니가, "야야! 마이 아프나? 야가 마이 예빗데이. 뭐 먹고 싶은 거 없나? 말해봐라. 내가 사주꾸마." 하니, 아우가 미소를 지으며 "라면!"이라고 평소에 먹고 싶던 것을 말했다.

그러나 그 끓인 라면은 내가 다 먹었다. 아우가 한 젓가락 먹더니 도저히 더 못 먹겠다며 옆으로 밀어 놓은 것이다. 어머니는 옆에서 침을 삼키며 보고 있던 내게 라면을 넘겨주었다. 뜻밖의 횡재수에 나는 입이 귀밑에까지 찢어질 듯이 미소를 짓지 않을 수 없었다. 라면의 인기 덕분에 한동안 '생라면'을 먹기도 했다. '라면 과자' 종류의 군것질거리가 나온 것도 이때였다.

그 후, 전남 장흥군 관산에 살 때다. 처음 나온 짜장 라면을 먹어본 어느 여자가 '이렇게 맛 좋은 음식이 있는가.' 하고 한 상자를 사다 놓고 먹었다는 이야기를 집사람에게 들었다. 한참 동안 얼마나 웃었는지 모른다. 라면 역시 음식준비를 하는 노동에서 해방시켜 준 일등 공신이다.

아기들이 사용하는 기저귀도 그렇다. 요즈음에는 갓 낳은 어린아이 때부터 일회용 기저귀를 쓰고 있으니, 요람에서 무덤까지 쓰게 된 셈이다.

지금처럼 생리대가 없던 시절 어머니들과 누이들은 생리한 기저귀를 남몰래 빨아 감추어 놓고 말려 썼다. 남자들만 있는 우리 집에 가끔 갓난아기들이나 쓰는 기저귀가 걸려 있는 것을 본 적이 있다. 말은 하지 않았지만 얼마나 이상하던지……. 그것의 정체를 알게 된 것은 한참 시간이 지난 후였다. '헝겊이 없던 지금보다 훨씬 더 옛날에 여자들은 무엇으로 생리대를 대신했을까?' 궁금했던 것도 그때쯤이다.

우리가 어릴 때 강이나 산에 가서 놀다가 급하게 일을 볼 때가 있었다. 그럴 때면 조약돌 따위이거나 나뭇잎 혹은, 옥수수 껍질을 주워서 이용하기도 했는데, 이런 것은 생리대의 대용품이 되기에는 턱없이 자격이 부족하지 않는가 말이다. 어쨌든 지금은 모든 것을 기계가 대신하는 바람에 여자들의 운신 폭이 훨씬 넓어졌다는 생각이 든다.

이런 얘기를 하면 여자분들은 언짢아하겠지만, 여자들이 오늘날처럼 이렇게 편하게 된 것도, '남자들이 더 많은 돈을 벌어 가전제품을 사 오는 바람에 그렇게 된 것이 아닌가.' 하는 생각이 들기도 한다.

배고팠던 시절, 그 맛

어릴 때 어느 책에선가 본, 남들도 잘 알고 있을 옛날이야기가 생각난다.

어느 동네에 할아버지와 손자가 살고 있었다. 그런데 이 할아버지가 벽장에 꿀단지를 감추며 손자에게, "절대 이 단지를 열지 마라. 만약 이 단지를 열고 그 안에 있는 것을 먹으면 죽어. 알았지?" 했다. 아이는 하지 말라고 하니 호기심이 더 생겼다.

그러던 어느 날 벽장을 열었더니 거기 꿀단지가 있었다. 한 번 손가락으로 찍어 맛을 보니 기가 막히게 맛있었다. 그다음부터는 할아버지가 외출할 때마다 벽장에 들어가 몰래 꿀을 먹었다.

그런데 꼬리가 길어 어느 날 들켜버렸다. 할아버지가 "이런, 고얀 놈!" 하며 혼내려고 했더니 꾀 많은 이 아이가 하는 말, "사실은 내가 잘못한 게 있어서 죽으려고 그것을 먹었습니다."라고 했다던가?

우리 장인丈人과 얽힌 이와 비슷한 이야기가 있다. 장인이 어릴 때, 집안 어른이 재 너머에 있는 가게에 가서 무엇을 사 오라고 심부름을 시켰다고 한다. 그런데 심부름 갔다가 오는 도중에 고갯마루에서 쉬는데, 가져가는 게 도대체 무엇인지 궁금하더란다.

그래서 짐을 풀어보니 각설탕이 들어있었다. 맛을 보니 기가 막혀서, 한 덩어리 두 덩어리 먹다 보니 설탕 맛에 취해 잠이 들어 그다음 날 새벽까지 그 고갯마루에서 잠을 잤다고 한다.

옛날에는 이렇게 단 것이라던가 화학조미료에 무지항이던 시절이 있었다. 나도 처음 손가락으로 찍어서 먹어 본, 달짝지근하고 입안이 화끈했던 벌꿀의 맛을 지금도 잊지 못한다.

이번에는 좀 다른 이야기이긴 하지만 내가 스무 살쯤 되었을 때 친구한테 들은 이야기다.

친구는 집이 군산 옥구군 어디쯤이었는데, 한때는 술을 꽤 좋아해서 막걸리를 두어 되 사 놓으면 시간 가는 줄 모르고, 우리의 젊은 시절을 되새김질했다. 친구는 그것을 '술의 마력'이라고 불렀다. 그런데 언제부터인가 절주節酒를 하더니, 지금은 저쪽에서 목회자 노릇을 하고 있다. 이 친구가 들려준 얘기이다.

"내가 너덧 살 땐가? 우리 집에 삼촌이 같이 살았어. 그러니까 그 삼촌이 결혼하기 전이었을 거여. 그런데 나랑 동갑인 사촌이 있었는데, 삼촌이 툭하면 막걸리를 사 와서 먹다가, 우리한테 씨름을 시키는 거라. 내가 이기면 '옳지, 니가 이겼으니까 너 한 잔!' 그리고 우리 사촌이 이기면 '너도 한 잔!', 그러니 이기려고 씨름을 죽자고 하는데, 아마 서너 잔씩 먹었을 거야. 그런데 이놈의 술이 얼마나 달짝지근한지. 한 번 그걸 맛보고는 또 얻어먹으려고 죽자고 덤벼들었다니까. 그런데 지금 생각하면 어린 것들이 막걸리를 먹었으니까 얼마나 취했겠냐. 아마 취해서 더 열심히 씨름했던 것 같아." 하며 허헛! 웃던 기억이 난다.

어릴 때 집안 어른한테 들은 이야기이다. 어느 날 어른들이 집에 어린아이를 놔두고 바깥일을 나갔다고 한다. 그런데 집에 들어오니까 어린애가 쓰러져 있는데, 죽은 것 같지는 않고 헛간 구석에 콱 처박혀 있는 것이 얼굴도 창백할뿐더러, 숨도 끊어질 듯 말 듯 한 것이 반쯤은 죽어있더라는 것이었다.

병원에 가기도 쉽지 않았던 그 시절에, 어른들이 파랗게 질려 집안에 연락하고 법석을 떨었는데 어느 정도 시간이 지나니까 이 어린 녀석이 눈을 비비며 부스스 깨어나더란다.

나중에 알고 보니 배가 고파 찬장을 뒤지다가 막걸리가 나오니, 주전자 주둥이에 입을 대고 막걸리를 빨다가 쓰러진 것이었다. 그것도 모르고 어른들은 큰일이 일어난 줄 알고 야단법석이었던 거다.

오래전에 읽어서 제목은 기억이 나지 않는데, 어느 단편소설에 가난한 집 아이가 밥 대신 술지게미를 먹고 학교에 갔다가, 얼굴이 벌게져서 담임선생한테 혼나는 장면이 나온다. 조금 어렵게 살던 축에 들어가는 사람치고 이런 기억이 없는 사람이 없을 것이다.

동네에 함께 살던 친구 중에 이런 기억이 있는 친구들이 많다. 물론 나도 그중의 하나였다. 그때는 배가 고프지 않을 수만 있으면 무엇이든 먹던 시절이었다. 대표적으로 두부의 찌꺼기인 비지가 있었고, 그 다음이 바로 술지게미였다. 이 술지게미를 몇 바가지 사 와서 거기에

다 사카린이나 당원糖元을 넣고 형제들과 퍼먹었던 기억이 난다.

지금도 가끔 그 어려웠던 시절 이야기를 나누는데 이야기 속에서 쓸쓸함이 저절로 배어 나온다.

지옥문 앞에서

1969년, 고등학교 1학년 때였다. 친구가 중고 자전거를 한 대 샀는데 그걸 내게 맡겨 놓았던 때였다. 그래서 내가 그 자전거를 타고 문막 쪽으로 달려가고 있었다.

당시에는 차가 드물던 시절이라 길거리가 한가했을 뿐더러, 도로는 간신히 포장이 되어 있었다. 길옆으로는 미루나무가 줄지어 심어져 있었다. 그러니 자전거를 타고 가는 나는 신이 나서 노래를 부르다가, '이제 그만 자전거를 돌려서 가야겠다.' 싶어 자전거를 돌리려 하는 순간, 뒤에서 택시가 '빵빵' 하고 경적을 울리는 것이 아닌가?

그러니 '저 택시만 지나가면 자전거를 돌려야지.' 하면서 약간 속도를 줄였다. 택시가 내 옆을 스쳐가는 순간과 내가 자전거를 돌리는 순간이 단 1초 내지 2초 차이였을까? 바로 그때, 또 한 대의 하늘색 택시가 쏜살같이 달려와서 나를 덮쳤다. 사고를 피할 수가 없어서 택시를 들이받았고 길옆 개골창에 개구리처럼 처박혔다.

사고를 일으킨 택시는 20m쯤을 더 나가다가 서더니 내 쪽으로 왔는데, 택시기사의 놀랐던 얼굴이 기억이 난다. 차를 보니 자전거의 앞바퀴가 차의 옆구리를 박아 옆구리에는 바퀴 자국이 선명하게 나 있었다. 이 차는 앞 차가 경적을 울리기에, 바로 뒤따라오면서 자신은 경적을 울리지 않았다고 했다. 그런데 나는 경적이 더 울리지 않으니 뒤에서 한 대만 오는 줄 알고, 그 한 대를 보내고 좌회전을 하려다가 사고가 난 것이었다.

그 다음부터는 뒤통수에다가도 눈을 달고 다닌다. 인재人災사고가 안 일어난 게 천만다행이었다. 만약 둘 중에 누구라도 0.1초만 늦거나 빨랐어도 나는 지금 지옥에 가 있을 것이다.

중학교 2학년 때였다. 그 시절에는 건빵이 우리에게는 좋은 간식거리였는데, 한 봉지에 10원이었으니 같은 돈으로 다른 간식보다 두어 배 되는 건빵을 먹는 것은 당연했다.

친구들과 밤샘을 하며 놀았는데 새벽 두 시쯤이었다. 내가 친구들에게 '내기'를 제안했다. 건빵을 씹지 않고 그냥 목구멍에 넘길 수 있겠느냐, 없겠느냐' 하는 것이었다. '넘길 수 있다'는 쪽에 내기를 건 나는 그것을 증명하기 위해 씹지 않고 건빵을 꿀꺽 삼켰다.

삼키는 순간 표면이 바짝 마른 건빵이 목구멍을 넘어가지 않고 딱 달라붙어 숨통목구멍을 조여 왔다. 그런데 뻣뻣하게 죽어가는 나를 보고 친구들이 웃었는데 그들에게는 내가 쇼를 하듯이 장난하는 것으로 보이더란다.

숨을 못 쉬어 정신이 아뜩해지는데, 그때 본능적으로 물이 생각나서 부엌으로 달려가 물을 마셨다. 그러자 목구멍에서 '케엑' 하는 소

리와 함께 숨통이 '펑!' 하고 뚫렸다. 그다음부터는 절대 '먹기 내기'
는 하지 않는다.

초등학교 4학년 때였다. 원주에서 남부시장을 지나 국향사라는 절
쪽으로 가다가 보면, '신다리 연못'이라고 하는 큰 저수지가 있었다.
우리는 십 리도 더 되는 그곳에 한여름이면 가끔 놀러 갔다. 헤엄도
치고 잠자리도 잡았다. 넓디넓은 그곳은 사람이 없어서 우리에게 더
없이 좋은 놀이터였다.

저수지 반대쪽에는 수초水草들이 많이 있었다. 거기서 한참 잠자리
를 잡으며 놀다가 집에 갈 때가 되었다. 그러려면 둑으로 나가서 그
둑을 타고 걸어와야 하는데, 빙 돌아서 가는 그 길이 멀게 보였다.

그래서 '저쪽으로 가지 말고 헤엄쳐서 질러 가자.'고 했다. 그러나
친구 세태는 '너무 멀어서 안 돼.' 하면서 돌아갔다. 나는 오기傲氣가
생겨, '에라! 이 빙신아, 난 헤엄쳐서 가께! 너나 글루 가.' 하면서 헤
엄을 쳐서 오는데, 건너오는 도중에 힘이 완전히 빠져버린 것이다. 뒤
돌아보니 거리가 앞뒤로 비슷해 다시 돌아갈 수도 없었다. 그런데 호
흡하기가 너무 힘들어 물을 조금이라도 마시게 되면 죽을 판이었다.

천신만고 끝에 다 건너온 나는 완전히 힘이 빠져 그대로 둑에 30
분 정도 누워 있어야 했다. 그리고 다른 아이들이 다 집으로 간 다음
에야 옷을 주워 입었다. 나도 물에 빠져 죽을 수 있다는 것을 그때 알
았다. 힘이 빠져 악전고투 하는 내 모습을 둑에서 초조하게 지켜보던
친구들의 모습도 잊을 수 없다.

초등학교 2학년 때였다. 아버지가 연장통을 꺼내 망치질을 하고 있

었다. 연장통을 들여다보니 조그만 병에 무슨 약 같은 것이 들어있었는데 그게 무엇인지 궁금했다. 어릴 때는 보이는 것이 다 궁금하지 않은가.

그래서 아버지한테 '아버지. 이게 뭐지요?' 물었다. 아버지는 '응? 응!' 하면서 하는 일에 정신이 팔려 대충 대답했다. 그래서 이번에는 그 약병을 들고, '아버지 이거 먹어 봐도 돼요?' 하니 '응, 응.' 하고 또 대충 대답하는 것이다. 나는 뚜껑을 열고 그 약을 들여다보다가 그 약을 입에 털어 넣으려는데, 아버지가 갑자기 '이노무 소성머리얏!' 하며 팔을 세게 '탁!'쳤다.

나중에 알고 보니 그것은 쥐를 잡으려고 보관해 두었던 쥐약이었다. 어머니 말에 의하면, 내가 얼마나 놀랐는지 며칠 동안 업혀서 병원에 다녔다고 한다. 그 후, 쥐약을 먹고 눈이 새파랗게 변해 마루 밑으로 들어가더니, 살리려고 먹인 비눗물을 게워 내며 죽어가던 우리 집 개가 생각났다.

이런 종류의 지옥문을 숱하게 경험했다. 어릴 때 쑥떡을 하도 먹는 바람에 똥구멍이 막혀 일주일 동안 변을 못 본 적이 있었다. 결국 아버지가 나를 거꾸로 잡고 내 똥구멍을 마구잡이로 막대기로 쑤셔댄 적이 있는데, 그때보다 더한 그야말로 위기일발의 순간이었던 것이다. 이렇게 지옥문은 늘 바로 우리 옆에 있다.

뚱뚱 그지

오래전 원주 시내에 웬 거지가 살고 있었다. 때는 1950년대 후반이었는데 이 거지가 아는 게 얼마나 많았는지 모른다. 이를테면, 사람들에게 성경 문구를 설명하면서 '마태복음 몇 장 몇 절에 남을 도우라는 말이 있으니, 저를 좀 도와주셔야 합니다.' 하면서 구걸을 하지 않나, 비윗살이 어찌나 좋은지 동냥하러 다니면서도 늘 헤벌쭉하게 웃었다. 거구인데다 엄청나게 뚱뚱해서 훗날 씨름판에서 본 박00 선수보다 단연 윗길이었다.

이 거지 양반은 사람들이 많이 모이는 역이나 시외버스정류장 같은 곳에 있다가도, 학교 소풍날이나 운동회 때는 반드시 뚱뚱한 몸을 이끌고 동냥을 하러 나타났다.

1993년도이었던 것 같다. 전라도에서 근무하다가 경기도로 발령을 받아, 수원 북중학교라는 곳에서 근무하고 있을 때다. 어떤 선생이 날 찾아오더니, "고향이 원수시죠?" 하면서 자기도 원주라고 했다. 거기서 태어나고 자랐다는 것이다.

까마귀도 고향 까마귀가 반갑다고, 한 십수 년을 객지로 떠돌다가 이쪽으로 올라와 처음으로 고향 사람을 만났으니 반갑기 짝이 없었다. 나중에 더 통성명을 해보니, 고등학교 1년 후배였다. 그래서 가끔 그와 술도 마시며, 수원에 있을 동안 친하게 지냈다.

어느 날 이야기 끝에 그에게 물었다.

"S 부장! 그럼, 뚱뚱 그지 아시오?"

"그럼요. 잘 알지요. 그 사람 하도 배가 뚱뚱해서 그걸 연구하겠다고 기독병원에서 샀다는 말이 있었잖습니까? 잘 알아요." 하고 웃는 것이었다. '동질성(?)'을 확인하는 순간'이었다. '뚱뚱 거지'를 그 당시 원주사람들은 '뚱뚱 그지'라고 불렀으며 기독병원은 현재 연세 세브란스 병원이었다.

그 후 그곳을 떠나 연천이라는 곳으로 갔는데 어느 날 이웃 학교 교장이라는 분에게서 전화가 왔다. 받아 보니 원주고등학교를 나온 사람인데, 포천 쪽에 우리 동문이 몇몇 있으니 동문회를 한 번 하자는 것이었다.

바쁜 처지도 아닌지라 '그러마' 하고 약속하고 며칠 후 그 자리에 나갔다. 나가보니 일고여덟 명쯤 모였는데 내 또래쯤 되는 사람들이 몇 명 있고, 서너 명은 몇 살 위인 것 같았다. 한참 술을 마시고 거나해진 다음에 참석한 사람들에게 웃으며 물어보았다.

"동문님들, 진짜 원주 사람인지 아닌지 확인을 해 보겠습니다. 혹시 뚱뚱 그지를 아십니까?" 그랬더니,

"아니, 원주 살던 옛날 사람치고 뚱뚱 그지를 모르는 사람이 어디

있겠소? 뚱뚱 그지를 모르면 간첩이게?" 하며 하나같이, 하도 뚱뚱해서 기독병원에서 샀다는 둥 뚱뚱 그지에 대한 얘기를 계속하는 것이었다. 오래된 원주사람의 동질성을 다시 한번 확인하는 순간이었다.

그런데 언제부터 뚱뚱 그지가 원주사람들의 기억 속에서 사라졌는지 모르지만, 내가 중학교에 다닐 때부터는 들은 적이 없는 것 같다. 소문대로 기독병원에서 그의 주검을 거두어 간 것은 아니었을까?

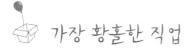 ## 가장 황홀한 직업

세상에는 참으로 좋은 직업이 많다. 그래서 자랑하고 싶거나, '에헴! 난 지금 이러이러한 직업을 갖고 있단 말이오' 하는 직업이 있다. 신神의 직장이라느니 신神이 감추어둔 직장도 있는 것 같은데, 내가 말하려고 하는 것은 그런 것과는 거리가 좀 먼, 그야말로 '황홀한' 직업에 대한 이야기이다.

경기도 연천에서 근무할 때였다. 1995년쯤인 것으로 기억한다. 지금은 숙직 전담자가 따로 있어서 교사들이 신경을 쓰지 않지만, 그때는 교사들이 돌아가면서 숙직을 섰다. 그래서 토요일과 일요일 숙직 순번이 한 번씩 돌아올 때마다 점심밥에 저녁밥까지 준비하는 등, 숙직에 대한 대비를 철저히 했다.

당직검열을 엄격히 했으므로, 책잡히지 않기 위해서라도 '당직'이라는 단어가 주는 무거운 책임감 속에 참으로 엄중히 숙직을 서던 시절이었다.

7월 초순 어느 토요일이었다. 학교가 다 끝나고 오후 한 시쯤 되었기에 집에 가서 보려고 이제는 구문舊聞이 되어버린 그날 아침에 온 각종 신문을 한 보따리 챙겨 들고 집으로 갔다. 그리고 친구들과 공을 치고, 집에 가져온 신문들을 밤늦도록 다 보고 나서 잠이 들었다.

다음 날인 일요일 아침, 달콤한 늦잠을 자는 중에 학교에서 전화가 한 통 걸려 왔다. 나를 찾고 있다는 것이었다. 전화를 받고 저쪽에서 하는 얘기를 들어보니 숙직교사가 이럴 수가 있느냐는 둥 불평을 마구 쏟아내는 것이 아닌가. 아뿔싸! 전화를 건 교사는 아침에 숙직교대를 하려고 했는데 내가 현장에 보이지 않으니 전화를 한 거였다.

"간밤에 숙직했소, 안 했소? 숙직했으면 당직실 열쇠라던가 당직함 같은 것, 또 당직일지 같은 걸 인수인계도 하지 않고 그냥 집으로 가는 법이 어디 있단 말이오? 그리고 학교가 불이 환히 밝혀져 있는데 무슨 일이 있었소?" 하고 볼이 잔뜩 부어 있었다.

그 순간 모든 것을 알아차렸다. 간밤에 내가 숙직이었는데 그걸 깜빡 잊고 그냥 집에 가버린 것이다. 그리고 행정실 직원은 내가 신문을 가지러 간 것을 보고, '응, 숙직하러 왔구나. 그러면 이제 당신이 문단속을 할 것이니 나는 집으로 가도 되겠지' 하고 교장실 이하 행정실 등, 문을 다 열어놓은 채 퇴근한 것이다.

그러니 학교는 밤새도록 교문부터 교무실, 교장실에다가 행정실에, 2층의 각 교실까지 문이 활짝 열려 있었던 셈이다. 일부 교실은 환하게 불이 켜져 있었고, 더욱 기가 막힌 건 각종 캐비닛 열쇠에다 학교장 직인 함까지 그대로 책상 위에 놓여있었다는 것이다. 그것도 읍 소재지에 있는 학교에서…. 지금 그런 일이 벌어진다면 모가지가 열

개라도 견뎌낼 재주가 없다.

그다음 날 어이가 없어서, "허허, 참 좋은 직업인 게 틀림없어. 숙직을 안 섰다고 징계를 주길 하나, 근무일지를 안 썼다고 뭐라 그러길 하나." 하고 껄껄 웃었더니, 옆에 있던 여자 직원이 혀를 끌끌 찼다.

"아니, 근무여건이 뛰어나서 좋다거나 인적구성원이 뛰어나서 좋다던가 뭐 그래야지. 그런 걸 보고 좋다 그러면 어떡해요?" 하며 같이 웃는 것이었다.

그 숙직 사건은 나와 근무교대를 하려 했던 선생만 알고 조용히 덮어졌다. '우리나라 만세!'였다. 참으로 염치없는 생각이긴 하지만, 신이 감추어 둔 것보다 더 좋은 직업이라는 생각이 들었다.

친구

내게는 불알친구 이외에도, 중학교 때 친구도 있을 뿐만 아니라 고교 때 친하게 지내던 친구들이 몇 명 있다. 그런데 친구라 하면 동창생들까지 친구의 범위로 넣는 경우가 많다.

그렇게 따지자면 대학 동창뿐만 아니라 사회에 나가서 사귄 친구들도 많이 있다. 그런데 여기서 내가 말하는 친구는 '서로 꾸준히 왕래하고 가끔 만나 옛정을 나누며 술이라도 한잔할 수 있는 경우'로 내 나름대로 규정을 지었다.

나에게는 옛날부터 한동네에서 자라 지금껏 정을 나누며, 가끔 만나면 술 한 잔에 기분이 좋아 스스럼없이 '예라, 이 **늄아!' 하며 웃으며 헤어지는 친구들도 있고, '야 인마. 그때 그 앨 내가 건드릴라 그러다가 살려준 거여. 알어? 내가 이렇게 가슴이 아플 줄을 알았으면 가만 놔두진 않았을 텐데……' 하며, 지금도 만나기만 하면 자기 아랫도리를 쓰다듬거나 쳐다보며, 여성 편력을 뽐내는 중고등학교 때의 친구들도 있다.

뿐이랴. 사회에 나와 사귄 친구들도 있다. 그들도 하나같이 귀한 인연들이다. 그런데 고등학교 때까지의 친구들을 만나면 공통점이 있다. 하나같이 술을 걸판지게 먹고 끝에는 여자 이야기로 돌아가 옛날이야기를 하면서, '내가 그때 고걸 그냥 콱!…' 하며 그때 못 바친(?) 자신의 젊음을 몹시 안타까워하는 것이었다.

그렇다면, '여자들도 우리와 같을까?' 하는 생각도 해 보았는데 그렇지는 않을 것이라는 생각이 든다. 고등학교 2학년 때 세계문학을 산책하다가 토머스 하디의 '테스'를 읽은 적이 있기 때문이기도 하다.

결혼한 첫날 밤 남편이 자기의 과거를 얘기한 후 테스에게, '당신도 과거가 있으면 말해보라. 괜찮다. 다 이해할 자신이 있다.'라고 하는 달콤한 말을 믿고, 숨겨두었던 한 번뿐이었던 과거를 얘기한 테스가 불행하게 살아간다는 이야기가 있다. 꼭 그래서만은 아닌 것은, 사실 우리나라 여자들은 남자들과 달리 술을 과하게 먹지 않기 때문이라는 생각이 든다.

그에 비하면 사회에 나와 사귄 친구들은 좀 점잖게 위장(?)을 하며 만나게 된다. 이 친구들도 어릴 때 친구들을 만나면, 내 어릴 적 친구들과 똑같은 형편에 빠질 것이 분명하다.

한글학회 거두이셨던 이희승 박사의 수필을 읽은 적이 있다. 이분도 '오래된 친구들을 만나면 가까운 계곡으로 가서 몸을 씻으며, 지금도 남들이 들으면 음담패설일 정도의 이야기를 하며, 자기들끼리 껄껄 웃는다'라고 쓴 것을, 분명히 기억한다.

언젠가 친구와 만나 실컷 젊은 날을 이야기하다가, 그 친구가 잠깐 화장실을 다녀오겠다면서 일어서는데, 문을 열고 나가는 순간, 얼굴이 쭈글쭈글한 웬 늙은이 하나가 어깨를 꾸부정하게 하고 걸어나가는 것이었다.

이 친구가 백발을 여지껏 염색으로 감추고 살아왔는데 앞으로는 염색을 안 하겠다는 말을 하기에, "야! 잘 생각했다. 그놈의 염색하느라고 시간과 돈만 들지 그걸 뭐 하려 하냐. 그렇다고 우리가 안 늙냐? 안 늙어? 남자는 **만 잘 스면 되는 거여." 했다.

이 친구가, "웃기고 있네. 깨구리 **에도 털 날 날이 있고 똥물에도 파도칠 때가 있는 법이라더라." 하더니, 결국 "그건 맞어!" 하면서, "야, 그런데 이제 와서 헛* 세워서 뭣 하겠냐!" 하고 맞장구를 치며 껄껄 웃었다.

며칠 전에는 그놈과 전화 끝에 의논이 안 맞아, '예라! 이 **누마!' 하면서 내가 먼저 전화를 뚝 끊었다. 그런데 아무리 화를 낸 끝이어도 다음날이면 다시 어제와 똑같이 전화를 건다. 그 녀석도 '그런가 보다' 하고 천연덕스레 전화를 받는다. 아직도 우리는 그런 사이다.

우리 동네 불알친구들과도 이렇게 전화를 하며 싸우는 경우가 지금도 다반사茶飯事이다. 이런 것이 바로 친구 사이가 아닐까 싶다. 그러면서 또 나이를 먹어간다. 다들 일흔 줄에 가까워진 지 오래다.

이별의 미학

　　　　　　　　　　"돌쇠야! 안녕? 아저씨 학교에 다녀올게." 출근
하면서 늘 그랬던 것처럼, 어제 영암으로 이사를 떠나 지금은 아무도
없는 우리 집 옆집 2층을 향해 크게 웃음 지으며 손을 흔들었다. 돌쇠
란 녀석이 늘 하던 대로 나를 바라보며 같이 손을 흔들고 있는 것처
럼 말이다. 그랬더니 예상대로 집사람이 '그럴 리가?' 하는 표정으로
헐레벌떡 뛰어나왔다.

　그리고 옆집 2층을 올려다보더니, "사람 좀 그만 놀려욧!" 하며 집
안으로 다시 들어갔다. 표정이 심히 외롭고 허탈해 보인다. 그럴 수
밖에. 친형제처럼 지내던 동료 선생 부인이 3월 1일자 발령을 받고
남편과 함께 영암으로 영영 떠났으니 말이다.

　1985년에 결혼한 우리 부부는 강진으로 넘어가는 관산읍 외곽 쪽
에 집을 얻어 신혼살림을 시작했다. 옆집 2층에는 나와 같은 학교 E
선생이 우리보다 한해 먼저 결혼해 살고 있었다. 늘씬하게 키가 크고
성격이 활달한 동료 부인은 갓 결혼한 우리 집사람과 금방 친해졌다.

둘은 만나자마자 '언니, 동생' 하며 시장도 같이 가는 등, 잠잘 때만 빼고는 늘 그렇게 붙어살았다. 덕분에 그 남편들인 우리도 붙어살다시피 했다. 출근부터 술 마시는 것, 교외로 놀러 가는 것, 등등 모든 것을 함께했고 거기서 낳은 첫째 아이들도 함께 키웠다.

우리 집 큰아이를 낳느라 산통이 몹시 심했던 날 새벽, 나의 SOS를 받고 나온 이 동료는, '아니, 형님! 이 지경이 되도록 여태 그냥 있었단 말이오? 참 대단하시오.' 하더니, 차가 없어 난감하고 경황이 없는 와중에 어디서 리어카를 끌고 와 타라고 했다. 그런데 산모가 끝내 타지 못하자 '우리 두 남자가 손으로 가마를 만들어 태우면 어떨까요?' 하며 노심초사 했다.

이 동료 선생의 아래층에는 주인이 살았는데 그 집에도 젊은 며느리가 하나 있었다. 셋 다 나이가 엇비슷해 세 여자가 모이면 시어머니 흉도 보고 맛난 음식을 만들면 나누어 먹고는 했다.

지금도 우리 집사람은 이 며느리가 가끔 시부모 몰래 퍼주던 간장이나 된장을 떠올리며, "무성이 엄마한테도 신세 많이 졌는데 광주 어딘가에 살겠지요? 생각이 많이 나네요." 그 집안 이야기를 가끔 혼잣말처럼 하곤 한다.

이 동료 교사 부부가 관산을 떠나기 전날, 그러니까 지금부터 삼십여 년 전, 두 집이 함께 관산에서 마지막 저녁을 먹었다. 두 여자는 젓가락을 끼적거리며 끝내 밥을 먹지 못했고, 남자들은 말없이 술잔을 주고 받았다.

그렇게 그 사람들이 관산을 떠난 지 며칠 지나지 않아 편지가 왔다. 그쪽에서 온 편지를 읽는데 구구절절한 그리움이 가득 담겨있었다. 집사람이 차마 다 읽지 못한 채 흐느끼며 편지를 옆으로 팽개치던 모습이 생각난다.

우리도 거기서 몇 년 더 있다가 나주로 해서 수원으로, 다시 연천으로 이사를 왔다. 그렇게 객지 생활을 하던 중, 집사람이 한동네에 사는 여자분을 만났다. 남편이 군인이라며 전라도 사투리를 쓰기에 '까마귀도 고향 까마귀가 반갑더라'고 '고향이 어디세요?' 하고 물어보았다고 한다.

그랬더니 우리가 그렇게 인연을 맺었던 장흥의 관산이라는 거다. 그래서 더 알아보니 이 부부가 관산고를 나왔다고 했다. 관산에 살다가 영암으로 떠난 E 선생네 주인집 아들과 친구였던 것이다. 인연에 감사하지 않을 수 없었다.

그 후 몇 년 동안 우리와 가깝게 지내던 군인 부부는 은퇴한 후 연천에서 광주로 이사를 간지 여러 해가 지났다. 어느 겨울 처가인 강진 쪽으로 갔다가 내가 크게 다친 적이 있는데 그때 이 부부로부터 많은 도움을 받았다. 얼마나 고마웠는지 모른다.

그리고 다시 십여 년이 흘러 광주가 훨씬 가까워진 계룡에서 그 군인 부부를 다시 만났다. 우리는 기막히게 이어지는 인연에 다시 한번 감사를 드렸다.

얼마 전에 그렇게 헤어진 E 선생이 상을 당하는 바람에 삼십여 년 만에 광주에서 그들을 다시 만났다. 서로 할 이야기가 어찌 그리도 많은지……. "그래도 관산에서 살던 그 시절이 행복했었어. 그지, 돌쇠 엄마?" 하고 아내가 말하니, "그럼요. 지나고 보니 그때가 젤 행복했었어요. 언니! 건강하셔야 돼요. 알겠지요? 그래야 더 자주 만날 거 아니겠어요." 하며 자꾸 손이 두 눈으로 가는 것이었다. 헤어질 때도 못내 손을 놓지 못했다.

이렇듯이 인생은 만남과 헤어짐의 연속이다. 그래서 죽음도 이렇게 일시적인 헤어짐이라고 믿고 싶어진다. 다시 만났을 때의 그 치명적인 달콤함을 믿고 싶기 때문이다.

작년인가 관산에 가 보았다. 우리가 살았던 그 집 두 채는 텅 빈 채 남아 있었다. 돌쇠란 녀석은 자라서 의사가 되었고, 우리 큰 놈은 선생이 되었다. 돌쇠 엄마는 여전히 예전 같은 모습이지만, 또 다른 한 여자는 허리도 굵어졌고 할머니 같아져 버렸다.

4부

봉천내에서 멱감던 날

봉천내에서 멱감던 날
못된 버릇
똥통에 빠진 이야기
흉측한 동물들과 얽힌 추억
방귀
오줌싸개
첫사랑
어떤 교미

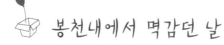

봉천내에서 멱감던 날

예전에 우리 동네의 끝, 그러니까 길수라는 친구네 집 바른쪽 고갯길에 통일교회가 자리 잡고 있었다. 그때는 상수도가 없던 시절이었는데, 통일교회에 살던 사람들이 물을 긷기 위해, 교회 아랫쪽에 우물을 판 적이 있다.

그런데 그곳은 지대도 높을뿐더러, 땅이 모래로 되어있어서 아무리 깊이 파도 물이 나오지 않았다. 파다가 지친 교회 사람들이 그곳을 묻어 버리지 않고 그냥 폐廢 우물로 놔두고 말았다.

우물을 파다가 그렇게 놔둔 것은 참으로 위험한 일이다. 사람들이 다니다가 빠질 위험이 다분히 있을 뿐만 아니라, 우리 같은 어린 개구쟁이들이 그 깊은 구덩이를 수시로 들락거리며 놀았으니 말이다.

내 친구 중에 중근이라는 친구가 있다. 걔네 엄마는 '중건이'라고 불렀다. 가끔 그 녀석과 우물 속으로 새끼줄을 타고 내려가 딱지 먹기를 했다. 그 우물 속이 특별히 아늑하다던가 시원해서 간 것은 아니었다. 어린 개구쟁이들에게는 그렇게 어른들 눈에 띄지 않거나, 아이들끼리만 있을 수 있는 곳이 놀이터였기 때문이다.

그렇게 딱지 먹기를 하다가 오줌을 눈다고 나왔다. 그리고 "중건아, 나 집에 가께." 하면서 새끼줄을 확 걷어버렸다. 그랬더니 그 녀석이 깜짝 놀라 펄쩍 뛰면서, "야, 인마. 그냥 가면 어떡해!" 하고 고래고래 소리를 지르는데, 그 모습이 얼마나 재미있던지……

그래서 우물 밖에서 흙도 던지고 약도 올리고, 집에 간 척 저만큼 갔다가 혼자 소리소리 지르고 있는 그 녀석에게 다시 돌아와 들여다보며 또 흙을 던졌다. 그렇게 그 녀석을 실컷 골려 주다가 새끼줄을 우물 속으로 던져주고는 걸음아 날 살려라 하며 집으로 내뺐다.

그때는 동네 아이들이 나이가 많거나 적거나 다 한데 어울려서 놀았다. 초등학교 2학년 때로 기억된다. 어느 더운 여름날, 동네 꼬마떼가 고개 너머 봉천내로 멱을 감으로 간 적이 있다. 6·25가 끝난 지 몇 년 안 되었던 때라 그랬는지, 남부시장은 지금처럼 장사하는 구역이 정해져 있지 않고, 그냥 길거리에 천막을 쳐 놓고 장사를 하던 시절이었다.

그 장터를 지나 번데기 공장 옆을 지나가려면, 번데기 익는 냄새가 진동해 주린 배를 자극했다. 거기 일하러 다니는 처녀들이 가지고 나온 번데기는 반찬으로도 별미였다. 특히 운 좋게 알(?)이 밴(?) 번데기를 먹으면, 이빨 사이에서 '꼬도득' 소리를 내며 씹혔다. 당시 그 번데기 공장은 원주 시민들에게는 여간 좋은 단백질 공급원이 아니었다.

그곳을 지나 우시장牛市場에 들어서면 운동장 같은 넓은 터가 나온다. 장이 서는 날이면, 원주에 무슨 소가 그리 많은지 소라는 소는

다 나온 것 같았다.

멱을 감으러 가도 우리 나름대로 법도(?)가 있었다. 나이가 든 형뻘되는 아이들은 안전을 내세워 가장 어린 녀석을 물에 못 들어오게 했다. 그 대신 벗은 옷을 지키는 보초 역할을 시켰다. 그날 보초는 나보다 세 살 적은 중건이 녀석의 동생 '환이중환이'었다. 그래서 환이만 빼고 나머지 개구쟁이들은 물에 들어가 실컷 물장난하며 놀았다.

해가 설핏 기울어 집에 가려고 옷들을 주워 입는데, 어라? 아무리 봐도 내가 입고 갔던 고무줄로 맨 시커먼 반바지가 보이지 않는 거다. 바지나 윗도리 속에 속옷을 안 입던 시절이라 홀딱 벗고 그냥 집으로 갈 수도 없고, 미치고 환장할 지경이었다.

아무리 찾아도 끝내 옷은 보이지 않았다. 남의 옷을 훔쳐 입을까 하다가, 벌건 대낮에 남의 것을 훔치다 들키면 그것도 큰일이고, 맞지 않는 남의 옷을 훔쳐 입는다는 것은 말이 안 되는 소리였다.

그렇다고 환이 녀석에게 바지를 물어내라고 할 수도 없었다. 누가 팔아먹으려고 훔쳐갈 리도 없는 옷이었다. 지금 생각하면, 걸레인 줄 알고 누가 지나가다가 발에 걸리니까 차 버린 것이 틀림없다.

내 바지가 없어진 것이 동네 친구들에게는 아무것도 아닌 일이었으므로 다 모여서 집에 가려고 하는데, 나는 어떡하나? 십 리나 되는 거리를 그냥 아랫도리를 홀딱 벗고 따라갈 수밖에······.

7월의 따가운 햇볕에 털레털레 자지를 흔들면서 친구들 사이에 끼어 남부시장을 지나오는 중이었다. 그런데 그곳에 있던 장사꾼들이 그냥 장사나 잘하면 될 것을 한마디씩 거들었다.

"아니, 저 녀석은 옷을 벗고 다니기에는 너무 큰 것 같은데 왜 저러고 다니는 거여?" 하니까, 근처에 있던 장사꾼들도 한 번씩 힐끗힐끗 쳐다보면서 더러는, "워따! 쪼끄만 놈이 자지도 크다. 시커먼 게 큼지막하게 잘도 생겼네." 하며 이죽거리는 것이 아닌가. 나 원 참, 어린 내가 들어도 창피할 정도로 놀려대는 것이었다. 그런 소리를 들으면서도 못 들은 척 집으로 오는 수밖에 없었다.

사실은 그런 놀림보다 더 중요한 것은, '만약 우리 반 아이가 내가 이렇게 빨가벗고 가는 것을 보고, 학교에 가서 소문을 내면 어떻게 하나?' 하는 것이었다. 그러나 더 큰 걱정은 '나를 아는 여자애들이 내 자지와 똥구멍을 보면 그거야말로 왕 큰일인데, 게네들을 만나면 어디로 숨어야 하나?' 하는 것이었다.

그런데 하느님이 도왔는지, 그 모습을 본 아이들이 아무도 없었는지 다음날 학교에 갔더니 아무런 말이 없었다. 천만다행이었다.

지금도 어릴 때 친구들과 만나면 그 얘기를 하면서 웃는다. 중건이란 녀석은 아직도 술만 마시면, "야! 영해 꺼 크데. 니 마누란 좋겠어." 하고 놀린다. 그때마다 열을 받아 '예라이 ×발누마!' 하다 보면 절로 얼굴이 벌게 진다.

참고로 환중환이란 녀석은, 스무 살이 갓 넘어 유명幽明을 달리했다. 가족들과 달팽이고동, 다슬기, 위쪽에서는 '올갱이', 경상도 쪽에서는 '고디'라 부른다를 잡으러 봉천내인지 호저에 있는 개울인지 놀러 갔다가, 무릎도 안 되는 깊이의 물에서 엎어졌다고 한다.

달팽이 잡기에 정신이 팔린 식구들은 아무것도 모르고 달팽이를 잡다가 누군가 무심코 뒤돌아보니, 환이가 물에 엎드린 채 그렇게 떠 있더라는 것이다. 불과 5분도 안 되는 짧은 시간이었는데 그렇게 죽고만 것이다.

병원 빈소를 찾아갔더니 중건이가 동생의 죽음을 못내 슬퍼하고 있었다. 나는 중건이 녀석의 머리를 쥐어박았다. 추억의 일부분이 사라진 것이 너무 억울했기 때문이다. 사람이 재수가 없으면 접시 물에도 빠져 죽는다더니 꼭 그런 경우였다.

인생무상이라는 단어를 그때 실감했다. 어릴 때 추억 하나가 그렇게 사라지고 말았는데, 그것이 가속화되는 지금의 현실이 더 슬픈 일이다. 이 친구 녀석의 어머니는 아흔이 다 된 지금도 살아계신다.

 못된 버릇

초등학교 졸업을 앞둔 6학년 때 일이다. 그때는 모든 집이 연탄을 때고 살았다. 아버지가 제재소에 다닌 덕분에 어릴 때는 나무를 때다가 그때쯤엔 우리도 연탄을 때기 시작했다.

연탄아궁이를 덮는 양철로 된 것을 두꺼비집이라고 불렀는데, 어느 더운 여름날, 어머니가 바닥에 둔 다 식은 두꺼비집을 손으로 들고 옮기려는 순간 내가, "엄마! 뜨거윗!" 하고 소리를 질렀다. 그랬더니 어머니가 깜짝 놀라 잘 들고 있던 두꺼비집을 냅다 집어던졌다.

그 순간, '으헤헤헷!' 웃으며 뒤꼍으로 도망갔다. 어머니는 속은 걸 알고 내 뒤통수에다가, '이노무 소성머리얏!' 하며 화를 터뜨렸다. 그날 저녁에 어머니를 놀라게 한 이야기를 다른 식구들 앞에서 했더니 어머니가, '연탄불을 덮는 거라, 뜨거울 것이라는 생각이 들어 순간 집어 던졌다'며 내게 눈을 부라렸다.

한 번은 부모님이 심각하게 이야기를 나누다가, 아버지가 손바닥을 앞으로 내미는 손짓을 했다. 심각한 것은 어른들이지 어린 우리는 아니지 않은가. 그래서 분위기가 심각하거나 말거나 아랑곳하지 않고 형과 아버지 앞에서 '헤헤'거리며, 아버지가 하던 말과 손짓을 똑같이 흉내 냈다.

몇 번인가 반복하다가 또다시 하려는 순간, 아버지가 갑자기 "이노무 소성머리얏!" 하며 벼락같이 소리치더니 내 손을 있는 힘껏 걷어차려고 했다. 그 순간 내가 손을 싹 집어넣었다. 그랬더니 아버지가 허공을 다리로 가르며 '꽈당!' 엉덩방아를 찧고 말았다. 나는 '으헤헤' 하고 웃으며 옆방으로 도망을 갔는데, 참으로 지독한 개구쟁이였다.

우리 집 사랑채에 세 들어 사는 젊은 부부가 있었는데, 어느 날 저녁, 아버지가 그 젊은 남자한테 얘기를 하고 있었다. 아버지는 성질이 꼬장꼬장하고 바늘도 한 틈 들어갈 수 없는 정확한 성격으로 동네에서 유명했다.

꼼짝 못 한 채 서 있는 그 젊은이에게 얘기를 계속하고 있는 아버지를 보며, 방금 아버지가 했던 말과 행동을 내가 서너 번 과장해서 흉내 냈다. 그랬더니 그 남자는 그런 나를 보며, 웃을 수도 없고 울 수도 없는 가련한 표정을 지으며 쩔쩔맸다. 끝내 나는 아버지의 그 유명한, '이노무 소성머리얏!' 하는 벼락같은 고함을 듣고서야, 꽁지가 빠져라, 달아났다.

신혼 초였던 것으로 기억된다. 2월 말 봄방학 중이었는데 모처럼 날씨가 따스한 게 '어디 낚시라도 갈까' 싶어서 짚 섞 거름 덩이를 열심히 뒤졌다.

그러자 그 동네 나이 많은 할머니가 "젊은이, 거기서 무얼 찾수?"

하고 묻기에 "예, 집사람이 중풍에 걸려 누워있는데 지렁이를 삶아 먹이면 좋다고 해서요." 하고 아무렇게나 대답했다. 그리고 콧노래를 부르며 하던 일을 계속했다.

뒤지기를 한참 동안 계속하고 있는데, 동료 부인이 지나가다가 그런 나를 보고 또 물었다. 나는 좀 전과 같이 대답했다. 그랬더니 그날 저녁에 다른 부인들을 대동하고 찾아 왔다. 위로차 양손에 무언가를 잔뜩 들고 나타난 것이다. 내가 한 말이 농담이었다는 것을 왜 모르는지 도무지 이해가 되지 않았다.

1990년 무렵 어느 5월. 개교기념일이어서 모처럼 평일에 집에서 푹 쉬고 있을 때였다. 오전 열 시 반쯤 되었을까? 전화가 왔는데 받아 보니 큰 처형이었다.

처형은 딸 여섯에 아들만 하나 있는 처가의 장녀로, 형제들을 잘 챙겨 장모님이 경기도 쪽으로 시집간 딸들의 일을 거의 다 큰 처형에게 맡기다시피(?) 했었다. 정이 많고 처가의 온갖 일을 다 잘 챙기는 사람이라 어른들이 늘 이 처형과 집안의 대소사를 상의하곤 했다. 그러니 나도 큰 누님처럼 격의 없이 대하는 처지인데, 마침 집사람이 가게에 간 사이 전화가 온 것이었다.

"어? 안 서방이네? 평일인데 출근하지 않고 왜 집에 있어요?" 하는 순간, "왜 전화했어요? 동생 교육 좀 똑바로 하세요. 어떻게 가르쳤기에 이렇게 일을 한단 말이오. 지금 이혼 수속 중이니 더 연락하지 마세요." 하고 모처럼 온 전화를 끊었다. 속으로 '히힛!' 웃으며 '조금 있다가 다시 전화를 걸겠지' 하고 외출했는데, 그사이 전화를 건 저쪽에서 난리가 난 것이다.

다음날 퇴근했더니, "아니, 여보. 어떻게 언니한테 그런 거짓말을 해요? 엊저녁에 언니들끼리 돌아가면서 전화했어요. '이상하네. 앤 그렇게까지 욕먹을 짓을 할 애가 아닌데!' 그러면서, 당신이 그렇게 화가 난 이유가 뭔지, 이 일을 어떻게 처리하면 좋은지 아버지 몰래 엄마하고 통화하느라고 난리가 아니었대요." 하면서 눈꼬리가 세모꼴로 찢어져 제법 살기가 등등해 보였다.

큰 처형은, 나와 통화한 후 대책회의를 했다고 한다. 다시 우리 집에 전화를 해봤자 집사람이 없을 테니 내가 출근한 다음 집사람이 집에 짐을 챙기러 오던지, 아니면 서로 오해를 풀기 위해 집에 들어올 거라 생각하고 전화했는데, 다행히 집사람이 전화를 받은 것이다.

그리고 조용조용히 묻더란다. "두리야! 괜찮니?"

"언니, 뭐가?"

"안 서방이 화가 단단히 났더라. 도대체 어떻게 된 일이야? 말 좀 해봐라." 하면서, "언니들과 형부들이 여차하면 너희 집으로 찾아가 안 서방과 이야기를 하려고 그런다."는 것이었다. 그리고 말도 안 되는 내 거짓말에 기가 막히고 어이가 없는지 전화를 끊었다고 한다. 나는 그런 줄도 모르고 휘파람을 불며 퇴근을 했으니······.

최근에 해남에 사는 큰 처제가 전화했다. "형부요? 잘 계셨소?" 하길래 인사를 나눈 후, "근데 큰일 났네. 우리 큰 녀석이 수업시간에 애를 때려 말썽이 생겼다니까. 아마 감정이 격해서 때리다 보니 크게 다친 모양이라." 했다. 처제가 크게 놀라, "아니, 요새 애를 때려 어찌려고 그랬데요?" 걱정하며 핸드폰을 끊었다.

그런데 1분도 안 되어 다시 전화를 걸어 "형부! 왜 그렇게 사람을 속이시오? 앞으로 형부 말 믿나 봐라." 하고 허탈하게 웃고는 전화를 끊었다. 그러고 나서 다시 전화가 왔다. 몇 년 만에 힘들게 임용시험에 붙었는데 그렇게 됐으니 어쩔꼬 싶더란다. 그리고 다시는 그런 거짓말을 하지 말라고 신신당부했다.

그 며칠 후 내가 먼저 전화를 걸었다. "처제, 처제! 대통령이 이번 최○○ 건으로 자살 한 거 알지? 아, 방금 티브이에 나왔잖아. 모든 게 다 들통났다고 자살을 했다더군. 화장실에 들어가더니 영 안 나오더라는 거여. 그래서 이상하다 싶어 경호원이 들어가 보니까 아, 글쎄, 목을 맸더라지 뭐여. 근데 왜 화장실에서 죽어? 대통령은 화장실을 가도 경호원이 따라다니는가 보지. 그렇게 쫓아다니면서 경호를 하면, 용변인들 제대로 볼 수 있었을까? 더구나 여잔데." 했다.

처제는 "예?" 하면서 놀라더니 전화를 끊었다. 그리고 한 10분쯤 지났을까? 다시 전화가 왔다. "티비를 눈이 빠지게 봐도 안 나옵디다." 하더니, "내가 이제부터 형부 말 믿나 봐라. 내가 형부 말 믿으면 손에 장을 지지겠소." 하고는 껄껄 웃었다.

아무리 생각해도 몹쓸 버르장머리이다. 그런데도 기회만 되면, 시간만 나면, 기회라고 생각되면 거짓말을 하게 되니, 이걸 어쩌면 좋단 말인가.

그런데 나는 이런 버릇이 꼭 나쁜 것으로만 보이지는 않는다. 스트레스 해소에도 좋고 속인 사람도 웃을 수 있을 뿐만 아니라, 속은 사람도 웃을 수 있으니 좀 아니 좋은가.

그뿐이랴? 시간이 지난 먼 훗날, 이렇게 심심하거나 옛 추억을 생각할 때, 그때의 일을 다시 되짚으며 얘기할 수 있으니 금상첨화가 아닌가. 나는 지금도 거짓말을 할 기회가 생기면 거짓말을 하려고 애를 쓴다.

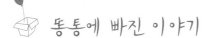

똥통에 빠진 이야기

지난봄에 우리 집 앞 텃밭에 호박, 고추, 오이, 가지 등의 모종을 사다가 심었다. 마침 아우가 원주에서 가져온 비닐에 담긴 거름을 주었다. 제법 냄새가 퀴퀴한 것이, 나의 전생이 농부였는지, 아니면 똥파리였는지, 그도 저도 아니면 구더기였는지 모르지만, 이런 시골스러운 냄새가 나는 좋다.

내가 어릴 때는 호박을 심을 때 냄새나는 인분人糞을 거름으로 썼다. 구덩이를 판 다음 거기다가 똥을 바가지그 시절에는 주로 전쟁 때 쓴 철모를 이용했다로 가득 퍼부은 다음 호박씨를 심는 식이었다.

그때는 호박뿐만이 아니라 무나 배추 같은 것도 인분을 거름으로 썼다. 김장할 때는 깨끗이 씻어서 담아야 한다고 정부에서 특별히 알리기도 했다. 그 이유는, 회충 따위의 기생충 때문이었다. 눈에 보이지 않는 기생충 알들이 무나 배추에 붙어 우리 입으로 들어간다고 했다. 그때는 거의 전 국민이 기생충에 감염되어 있었다.

대여섯 살쯤 되었을 때다. 바로 위의 형이 학교에 가기 전에 대변을 보다가, '우와악!' 하고 울기에 놀라서 가 봤다. 나오라고 하는 똥은 안 나오고, 똥구멍에 회충 수십 마리수백 마리?가 얽혀 타래를 지어 나오다가, 구멍이 막혀 못 나오고 매달려 있는 것이었다. 그래서 누나가 얼른 뛰어가서 국수 갈래를 뽑듯이 그걸 다 뽑아 준 기억이 난다. 훗날 친구에게 이 이야기를 했더니, 자기도 똑같은 경우를 겪었다면서 그때부터 키가 쑥쑥 자라더라는 것이었다.

또 한 번은 길거리를 지나가다가 어떤 떠돌이 약장수가 회충약을 선전하는 것을 본 적이 있다. 거기 있던 조그만 아이에게 약을 먹인 후, 한참 너스레를 떨며 좌중을 웃기고 있었다. 그렇게 한 30분이 지났을까?

드디어 약장수가, '자! 이제 이 약의 효과를 보여 드리겠습니다.' 하면서, 그 어린아이를 발가벗기고 거꾸로 안은 다음 똥구멍을 손가락으로 벌렸다. 하이고! 세상에나! 그 아이 똥구멍에 회충인지 편충인지 아무튼 벌레가 살아있는 올챙이처럼 수십 마리 매달려 꼬물거리고 있는 게 아닌가.

더 놀랍고 웃기는 것은, 이 약장수가 나무젓가락을 들더니 그 벌레들을 한 마리씩 그야말로 우동 뽑듯이 뽑아, 사람들에게 가까이 다가와 바로 눈앞에서 보여줬다. '이래도 회충약을 안 사시겠습니까?' 하는 것이었는데, 그곳에 있던 사람들이 전부 다 '우웩' 하면서 약을 사던 기억이 난다.

그때는 봄과 가을마다 채변했다. 6·25가 끝난 지 얼마 지나지 않았던 때여서 그랬는지 채변봉투가 따로 없었으므로 조그만 성냥갑에

다 이름을 쓰고 채변을 해서 제출했다.

우리 반에 약간 멍청한 아이가 있었다. 성냥갑에 채변을 해오라고 했는데, 그다음 날 그 아이가 빈손으로 온 거다. 담임선생이, "너 왜 채변봉투 안 가져 왔니?" 했더니 이 아이가, "이따가 우리 아버지가 갖고 온댔어요." 했다.

그 날 오후에 걔 아버지가 오셨다. "아니, 이런 걸 얻다 쓰려고 갖고 오라는 겁니까?" 하면서 내미는데, 가로와 세로가 10cm, 12cm 정도에 두께는 5cm 정도는 될 커다란 성냥갑에 그걸 가득 담아 내놓는 것이었다. 그 순간 담임선생은 허리를 꺾으며 포복절도를 했고, 반 아이들도 배꼽을 잡았던 기억이 난다.

그런데 내가 이 거름에 대해 가지고 있는 기억이 따로 있다. 내가 어릴 때는 아침 식사를 할라치면 가끔 구린내가 코를 찔렀다. 어느 똥지게아저씨가 남의 집에서 푼 똥을 지게로 지고 와서, 우리 뒷산에 퍼붓기 때문이었다. 수세식 화장실이 전혀 없던 시절이라 이 동네 저 동네 다 이런 형편이었는데, 특히 산비탈에 사는 우리 동네는 구린내가 더 심했다.

어쨌거나 내가 살던 동네 뒷산에는 늘 그렇게 똥이 버려져 있었는데, 더러는 구덩이를 지름 7~8m 가까이 되게 파서 그곳에 버렸다. 그러니 들로 산으로 뛰어놀기 좋아하는 우리는 가끔 호박 똥구덩이에 빠지기도 했다. 그럴 때면 무슨 이유에서인지 똥구덩이에 빠진 아이 집에서 '똥 떡'이라고 '팥 시루떡'을 해서 돌려 나누어 먹었던 기억이 난다.

한번은 나보다 한 살 적은 세태라는 녀석이 빠진 적이 있다. 달밤이었는데, '도둑놈 잡기' 놀이를 하다가 도망을 가던 녀석이, 그 커다란 똥통에 가슴께까지 풍덩 빠진 것이다. 빠진 녀석은 놀라서 커다란 소리로 악을 쓰며 울고, 우리는 그 아이 어머니를 불러왔는데, 정말 죽지 않은 게 다행이었다.

만약 똥통이 키를 넘었다면 어떻게 되었겠는가. 그러나 이번 경우는 너무 큰 사건이어서 떡을 얻어먹지 못했다. 은근히 떡을 기대했던 우리는 실망을 할 수밖에 없었다.

작년인가. 장인어른 기일을 앞두고 집사람과 처형들을 대동하여 전라도로 가던 길에, 첫째 처형한테 들은 이야기이다. 큰 처형 왈, "여게 있는 사람들은 어머니가 아버지 친구 불×을 눈으로 직접 봤다는 사실 모르제?" 하면서 이야기를 꺼냈다.

"옛날에 통행금지가 있던 시절이었다드만. 그런데 겨울이어서 날씨가 굉장히 춥드랴. 그러니까 어머니가 갓 시집을 오셔갖고 새댁일 땐데, 한 번은 아버지가 그때까지 결혼하지 않았던 ○○씨랑 술을 잔뜩 잡숫고 집으로 오시다가, 지금 강진의료원 자리쯤에 똥구덩이가 있었는디 거기에 빠졌다 안 허냐. 그렇게 똥구덩이에 빠진 몸으로 집에를 왔는디 냄새는 나지, 이 두 사람은 인사불성으로 취해있지, 날씨는 춥지, 도대체 어떻게 할 수가 없더란 거여. 그래서 물을 덥혀서 두 사람 몸을 씻으라고 줬는데 그래서 어쩔 수 없이 아버지 친구 ○○ 있지야? 그 사람 불×을 봤다는 거 아니겠냐. 그런데 그렇게 씻었는데도 몸에서 똥 냄새가 나드랑거여." 하는 것이었다.

그래서 모처럼 남도행을 하는 우리는 배꼽을 잡았는데, 폭소판도 그런 폭소판이 없었다. 가만히 생각해 보면, 갓 시집온 새댁이 그런 꼴을 당했으니 얼마나 기가 막히고 난처했을까. 덕분에 우리는 그런 저런 이야기를 나누며, 먼 여행을 지루하지 않게 한 적이 있다. 이렇게 똥에 대한 추억은 과거를 넘나들게 한다.

흉측한 동물들과 얽힌 추억

우리가 어릴 때는 산과 들, 집과 골목이 전부 다 놀이터였다. 그 놀이터에는 각가지 놀잇거리들이 많아서 심심하지 않았는데, 더러는 거미나 사마귀, 개구리, 지네나 뱀, 쥐 같은 흉측한 것들이 애꿎게 우리 놀잇감이 되기도 했다.

그 당시의 악동들은 그런 것들을 발견하면 절대 그냥 놔두는 법이 없었다. 둘러서서 회초리나 돌 같은 것으로 때려죽이기 일쑤였다. 그 시절의 그런 '장난감'들도 우리 등쌀에 적잖게 괴로웠을 것이다.

나는 특히 사마귀가 무서웠다. 사마귀死魔鬼라는 이름부터 무서웠을 뿐만 아니라, 가시가 달린 발을 앞으로 벌린 다음에 몸을 흔들흔들 흔들다가 세모꼴 대가리를 요리조리 움직이며 나를 노려보는 것이, 흡사 뒤로 돌아서면 금방이라도 목덜미에 올라탈 듯한 동작을 하기 때문이었다.

언젠가 한 번은 사마귀가 팔에 날아와 앉아 기절초풍한 적도 있었다. 등에서는 진땀이 쫘악 흐르고 온몸에는 소름이 잔뜩 돋아났다.

친구 한 명은 사마귀를 볼 때마다 잡아서 거미줄에 걸쳐 놓았다. 자기도 나처럼 무서워서 그렇게 하는 거라고 했다.

소설가 윤흥길이 쓴 '장마'라는 소설을 기억하는 사람들이 있을 것이다. 그 소설의 뒷부분을 보면, 아들을 기다리고 있던 늙은 어머니는 아들이 올 것이라고 철석같이 믿고 있던 그 날, 동네 아이들에게 막대기와 돌에 얻어맞아 온몸이 찢기고 만신창이가 되어 들어온 구렁이를 본다. 그리고 그 구렁이가 흡사 아들인 양 실신하고 만다.

마침 전쟁 통에 그 집에 와 기거하고 있던 안사돈이, "어째서 이런 모습으로 왔는가. 이러고 있으면 어른들이 좋아하겠는가 이 사람아. 그만 자네 갈 길로 가소." 마치 사람한테 하듯이 말하며 담 너머로 그 구렁이를 살려 보낸다.

그 구렁이가 담 너머 돌 틈 사이로 사라지는 장면을 읽으며 오싹하고 그 음습한 내용에 몸서리를 쳤다. 소설가 이문구는 '언젠가 반드시 나오리라고 기대했던 제대로 쓴 소설'이라고 칭찬하며 작품을 평했던 것을 읽은 적도 있다.

그 소설에 비할 바는 아니지만, 나도 뱀을 보고 놀란 적이 있다. 학교에서 뗏장을 한 장씩 가져오라기에 마침 집 뒤에 떼를 떼어놓은 터라 그걸 가져가려고 떼를 뒤집었을 때였다. 그랬더니 배 바닥이 허연 살모사가 떼 밑에 똬리를 틀고 있다가 떼와 함께 뒤집힌 것이다. 기절초풍해 집으로 도망왔는데, 이처럼 뱀은 볼 때마다 징그럽다.

언젠가 텔레비전을 보니 영장류는 공통으로 뱀을 무서워한다는 것이다. 그래서 침팬지나 원숭이들도 뱀을 보고 진저리를 치던 걸 본 적이 있다. 그런데 내가 뱀을 보고 그렇게 놀란 것은 그야말로 족탈불급足脫不及일 정도로, 뱀에 대해 무서운 기억을 가진 이를 한 명 알고 있다. 다름 아닌 내 친구 부인이다.

내 친구 중에 고향이 전라남도 나주인 H 선생이란 사람이 있다. 언젠가 둘러앉아 이야기를 나누다가 그의 부인이 "내 이야기 한번 들어볼래요?" 하며 말한 내용이다.

그 여자분이 초등학교 3학년 때였다. 어딘가 갔다 오다가 화장실이 급해 동네 어귀에 있는 재래식 변소에 들렀다고 한다. 볼일을 한참 보던 중에 위에서 이상한 소리가 들리고 섬찟한 느낌이 들어 '이게 뭔 소리지?' 하면서 보니, 하이고, 글쎄! 나무기둥에서 한 발도 더 될 것 같은 커다란 뱀 한 마리가 볼일을 보고 있는 자기를 향해 쭈르르 내려오고 있더란다.

그래서 볼일을 보다 말고 소리를 지르며 팬티를 올리는 것도 잊어먹고 도망을 나왔다고 한다. 얼마나 놀랐으면 그때 일이 어제 일처럼 생각나는지 눈을 둥그렇게 뜨며 부르르 몸서리를 쳤다.

그 여자분이 또 한번은 커다란 나무 밑에서 동무들과 둘러앉아 공기놀이를 하고 있었단다. 댓 명이 둘러앉은 가운데로 뭐가 '툭' 하고 떨어지더란다. 깜짝 놀란 친구들이 쳐다보니, 커다란 뱀이 쥐를 칭칭 감은 채로 떨어져 쥐를 옥죄고 있더라는 것이었다.

쥐가 죽지 않으려고 '찌익 찍!' 소리를 지르며 마구 발버둥을 치는 걸 보며 친구들과 '워매! 워매!' 하면서 혼비백산해서 도망을 갔다고 한다. 한동안 그 '찍찍'대던 소리가 귓가를 맴돌았는데, 지금도 쥐가 내는 '찍찍' 소리를 들으면 온몸이 부르르 떨린다고 했다.

그리고 이어서 여동생에 관한 얘기를 덧붙였다. 이 동생이 동네 입구를 지나 길을 가고 있었는데 쪼그만 쥐가 발뒤꿈치로 해서 몸을 타고 올라와, 온몸 이곳저곳을 마구 돌아다녔다고 한다.

동생이 미친 듯이 울어서 가 보니까 쥐가 도망가려고 몸속을 헤매는 것이, '여기서 불쑥, 저기서도 불쑥' 하면서 온몸을 황야의 무법자처럼 돌아다니고 있더라는 것이다. 그래서 바지를 확 벗겨 주니 그제야 동생의 몸을 돌아다니던 쥐가 쥐구멍으로 들어가더란다.

그러면서 하는 말이, "아유! 옛날에는 쥐나 뱀이 어찌 그리도 많았는지요. 와따매~! 생각만 해도 징그러워.' 하는 것이었다. 참으로 기막힌 이야기였다. 이런 얘기는 아무리 들어도 싫증이 나지 않는다.

그런데 첫 번째 이야기에서 뱀이 기어오던 그 순간, 볼일을 보다 말고 팬티도 안 올리고 '우와! 엄마야!' 하고 도망을 갔으면 '나오던 변糞은 어떻게 되었을까' 하는 것이 문득 궁금해진다. 그리고 팬티를 반쯤 걸친 채로 울며 도망갔을 모습이 생각나 더 우스웠다.

그리고 여동생 옷 속으로 들어간 쥐는 참 복도 많다는 생각이 드는 거다. 왜 내가 있는 자리에서는 그런 구경거리가 안 일어나는 걸까. 그 쥐는 여자아이의 몸을 이리저리 다 더듬어 봤을 것 아닌가. 그야말로 지상 최대의 구경거리가 벌어지고 있는 풍경 아니겠는가.

작년엔가 우리가 사는 곳에 놀러 왔던 K 선생 부인이 잠을 자려고 누웠다가 등에 뭔가 들어간 것처럼 가렵기에 '어마, 이게 뭐지?' 하고

등을 긁었다. 그랬더니 시커멓고 발이 수십 개 달린 커다란 지네가 옷 속에서 툭 떨어져 '우와악!! 엄마야!' 하고 다들 기겁을 한 적이 있기는 하다.

참으로 쥐와 뱀이 많던 시절의 이야기이다. 요즈음에는 그렇게 많던 쥐도 구경할 수가 없다. 머지않아 박물관이나 가야 있을 것 같다는 생각이 든다.

방귀

좀 점잖지 않은 이야기이긴 하지만, 이번에는 방귀 이야기를 하려고 한다. 우리는 하루에 적게는 서너 번, 많게는 열댓 번씩 방귀를 뀌며 살아가고 있다.

이 방귀라는 것은, 먹은 음식이 뱃속에서 소화가 되었거나 되는 과정에서 나온 가스가 내장에 있던 다른 가스와 함께 밖으로 나오는 것이다. 누구나 잘 알겠지만, 그걸 배출할 때는 대부분 냄새가 고약하기 짝이 없어서 우리를 곤혹스럽게 한다.

방귀가 나올 때 다른 사람들은 어떻게 참는지 잘 모르겠다. 나는 나이가 들면서 누가 뭐라거나 말거나, 웬만큼 어려운 자리가 아니면 그냥 배출해 버리는 편이다. 그것도 기왕이면 힘을 주어서……. 그때의 시원함(?)은, 참는 고통보다 몇십 배나 보람 있는 일이라 잠깐의 창피함을 몇십 배 상쇄하고도 이문이 남는 장사라 느껴질 정도이다.

한 번은 어느 점잖은 자리에서 참아 봤지만 계속 나오려고 해서, 결국 밖에 나가 한 방을 터뜨리고야 말았다. 그다음부터는 참다가는 더 큰 화禍가 있으리라 싶어 웬만하면 그냥 진행한다.

이 방귀라는 것이 다른 짐승들에게서도 있는 모양이다. 인도에서는 소에게서 나온 이산화탄소방귀 때문에, 지구의 탄소 배출량이 줄어들지 않는다고 국제적인 문제로 비화한 것을 본 적이 있다.

초등학교 2학년쯤 되었을 때다. 학교가 끝나고 집으로 터덜터덜 가는데, 형 나이쯤 되었을 듯한 아이가 다가오더니 뒤통수를 때리며, '얀마! 너 스컹크 동생이지?' 하는 것이다. 우리 형도 이쪽 방면에 대해 일가견이 있다는 것을 그때 알았다.

언젠가 내가 사는 곳에 친구인 H 선생이 놀러 왔을 때 그 앞에서도 유감없이 실력 발휘를 한 적이 있다. 그런데 그다음부터는 H 선생도 내 앞에서 보복성으로 실력을 발휘해 함께 크게 웃었다.

그런데 이 친구 왈, "근디 말이오. 우리 집사람이 이런 소리를 내는 것을 본 적이 없거덩? 단 한 번도 내 앞에서 실례한 적이 읎어." 하는 것이다. 가만히 생각해 보니, 내 아내뿐만 아니라 다른 여자들도 마찬가지인 것 같다. 여자들은 그런 생리작용을 하지 않는 게 아닐까? 글쎄! 잘 모르겠다. 아니면, 여자들은 참을성이 많다는 증거인가.

대학교 4학년 때 졸업여행을 갔을 때의 일이다. 가는 도중에 버스 간에서 누가 갈겨댔는지는 모르지만, 버스 안이 온통 시금털털한 냄새로 꽉 찬 적이 있었다. 참다 참다 앞 좌석에 앉았던 한 남학생이, "누가 이렇게 독하게 냄샐 풍긴 거야. 지독하네." 하면서 뒤로 돌아보며 얼굴을 찡그려 모든 학생이 다 따라 웃었다.

그런데 같이 있던 내 친구가, '이거 분명히 안 아무개가 그랬을 거여' 하며 내 이름을 들먹였다. 내가 그 방면으로는 제법 알려진 사람이었던 모양이다.

전라남도 장흥군 관산에 살 때였다. 신혼 때였는데 옆집에 살던 친구 E 선생이 영암군 구림면으로 전근을 갔다. 그래서 그해 5월에 그리로 꽃구경도 할 겸 겸사겸사 간 적이 있다.

그곳에 가 보니 왕인박사 안내판이 서 있길래 모르는 사람들 열댓 명과 그 안내판을 보고 있을 때였다. 그런데 아니 이놈의 것이 나올 징조가 보이는 것이다. 그러니 참을 수가 있나. 힘을 잔뜩 줘서 '빵' 하고 터뜨렸더니 소리가 얼마나 요란한지 구경하던 남들이 깜짝 놀라 뒤를 돌아봤다. 정작 우리 일행은 어이없는 내 행동에 쩔쩔매고, 나는 시침 뚝 떼고 안내판만 보고 있었다.

20대 초반이었을 것이다. 친구들과 어울려 당구를 치고 나서 술을 마시러 한 식당의 방으로 들어갔다. 술 마신 뒤끝에는 다들 기분이 좋아 젓가락을 두드리며 노래를 불렀다. 그 당시 술집 분위기는 그랬었다. 뒤이어 내 차례라 혼자 지휘를 하며 노래를 불렀다.

그리고 끝나는 순간 지휘를 마치고 과장된 동작으로 인사를 하는 동시에 방귀를 '뿌앙!!' 하고 터뜨렸다. 웃느라고 방안이 아수라장이 되었다. 끝내 두 명은 배를 잡고 바닥을 떼굴떼굴 구르다가 나올 때 신발도 제대로 못 챙겨 신고 나왔다. 지금도 그 이야기를 하며 친구들이 웃는다. 그러면 나는 전쟁에서 훈장을 딴 사람처럼 우월감이 드는 이상한 모순에 빠지게 된다.

마지막으로 하나만 더 이야기하겠다. 1980년도 중반이었다. 관산에 살 때였는데, 여름방학이 되어 관산고등학교 불교학생회 스무 명 쯤 되는 회원들과 유치면에 있는 보림사에 수련회를 갔다.

새벽 두 시쯤 되었을까? 삼천 배를 하기로 하고 절을 한창 하고 있었는데, 천 배쯤 한 다음이었을 것이다. 사방은 쥐 죽은 듯이 고요하고 우리가 목탁을 치는 소리만 적막을 깨뜨리고 있었는데 또 방귀가 나오는 것이다. 한 번도 아니고 열댓 번이나 연속해서……. 할 수 없이 절 한 번에 방귀 한 번, 절 한 번에 방귀 한 번 하며, 계속 방귀를 뀌고 말았다.

생각해 보라. 그런 쇼가 어디 있겠는가? 그 엄숙한 시간에 사방은 고요하고 오로지 우리 거친 숨소리만 들리는 새벽이었는데, 같이 삼천 배를 하고 있던 학생들이 엎어져서 일어나지 않는 것이다.

'학생들이 졸려서 절을 하다가 엎드려 잠을 자는 거겠지' 했는데 나중에 알고 보니, 다들 웃음이 터지려 하는데 소리 내어 웃지도 못하고, 그걸 참느라 일어나지 못했다고 한다. 절을 하던 그 신앙심이야 내가 알 바 아니다. 하지만 학생들이 지금까지 그 사건을 뚜렷이 기억하고 있으니 기가 막힐 뿐이다.

또 다른 친구 P 선생의 부인은 내가 그럴 때마다 투덜거리면서, "안 선생님은 왜 그렇게 생리현상에 참을성이 없어요?" 한다. 하지만 나는 이렇게 내 잘난 멋에 살고 있다. 무릇 거기에도 유성유취有聲有臭 유성무취有聲無臭 무성유취無聲有臭 무성 무취無聲無臭 4대 법칙이 있는 법이거늘.

오줌싸개

초등학교 2, 3학년 때쯤이던가. 학교를 끝내고 집으로 돌아가던 길에, 누가 거의 꺼져 가는 연탄을 길가에 버린 걸 발견했다. 같이 가던 개구쟁이들이 그걸 보고 그냥 갈 리가 있나. 서너 명이 일제히 둘러서서 '겨누엇, 총!' '사격개시'를 하고 일제히 연탄을 향해 조준 사격을 했다.

모두 낄낄거리며 웃는데 폭격을 맞은 것처럼 연기와 안개가 자욱이 피어오르고 찌렁내지린내가 코를 찌른다. 그런데 어라! 갑자기 아랫도리가 축축해진다. 아차! 또 오줌을 싼 것이다. 정신이 번쩍 들며 잠을 깬다. 이걸 어떻게 한담? 왜 오줌을 누는 꿈과 오줌을 싼 것은 꼭 동시에 일어나는지 모르겠다.

결국 새벽은 지나갔고 아침이 되자 어머니에게 또 파리채로 실컷 맞고 아침도 몇 숟갈 뜨지 못했다. "이노무 소성머리야. 와 만날 오줌을 싼단 말고. 나가 어려가 글나?" 하는 욕을 먹는 것이 일과가 되어버렸다.

그런데 그게 이상했다. 아무리 오줌을 안 싸려고 자다가 깨어 한밤 중에 오줌을 뉘도, 다음 날 새벽에 보면 아랫도리가 축축하게 젖어 있는 것이다. 동생도 안 싸는 오줌을 나는 그렇게 맨날 쌌다.

1981년 7월 말 진도에서 있었던 일이다. 밤 열두 시쯤 숙직실에서 이야기하며 놀던 선배 교사가, 열쇠를 들고 교무실에 간다고 가더니 갑자기 '워매!!!' 하고 비명을 질렀다. 젊은 우리가 총알 같이 튀어가 보니 마흔이 안 된 선생이 교무실에 쓰러져 있었다.

처녀 귀신을 봤는지, 도깨비를 봤는지, 아니면 그보다 더 무서운 죽은 사람을 봤는지 모르지만, 눈까지 가늘게 뜨고 반쯤 죽어있는 것 이었다. 그 선생에게 물을 먹이고 주물러 주며 이야기를 들어보니, 교무실 문을 열던 순간 갑자기 시커먼 물체가 자기를 냅다 밀치고 도 망가더라는 것이었다.

범인은 끝내 잡지 못하고 말았다. 그때는 연합고사로 성적순에 따 라 광주지역, 목포지역, 진도지역으로 고등학교를 결정하던 시기였 다. 그래서 우리가 내린 결론은, 자기 시험성적을 바꾸기 위해 어떤 녀석이 들어왔던 게 아닌가 하고 추측할 뿐이다. 그리고 어릴 때부터 이렇게 성적에 신경을 써야 하나 하는 사실이 서글펐다.

그날 밤 K 선생도 그리 놀랐으니 오줌을 안 쌌는지 모르겠다. 놀라 서도 싸고, 술 취해 싸기도 하고, 잠자다가도 싸고, 의식이 없어서도 싸고, 어려서도 싸고, 우리 아들놈처럼 군대에 갔다가 휴가를 나와 술을 마신 탓에 싸고, 늙어서도 싸는 게 오줌이다.

첫사랑

우리가 어릴 때 어머니들은 참 힘들게 빨래를 했다. 빨래하는 것이 큰일이었다. 아무리 추운 겨울이어도 빨랫감을 커다란 빨랫대야에 이고 재 너머 있는 봉천내川로 가거나, 건장한 누군가가 공동우물에서 길어다 주는 물을 아껴서 써야 했다.

조금 지나 공동수도가 생기고 집집이 수도가 놓이더니 요즈음에는 세탁기가 빨래를 하게 되어, 빨래는 그리 큰일이 아닌 것이 되었다.

하지만 옛날에는 시냇가에 가서 빨래를 빤 다음, 솥에 넣고 삶아서 다시 깨끗한 물에 여러 번 헹궈 내야 했다. 지금도 봉천내에서 빨래를 삶던 모습과 강변에 허옇게 빨래가 널려 있던 모습이 눈에 선하다.

그다음에 밀가루나 밥을 푼 물을 삶아 죽이 되면, 커다란 주머니에 집어넣고 두 손으로 풀 주머니를 주물러 입자粒子를 고르게 만들어, 커다란 함지박에 방금 했던 빨래와 풀 주머니를 넣고 다시 주물러 옷이나 이불 홑청에 골고루 풀을 먹였다.

그렇게 풀을 먹인 다음에 빨래를 널어서 말리다가 물기가 웬만큼 빠졌다 싶으면, 다시 거둬들여 반듯하게 개켜 차곡차곡 쌓는다. 그것을 발로 고루 밟은 다음에 무거운 다듬잇방망이로 두드려 편 후, 다시 널어서 말린다. 그리고 다리미나 인두로 정성껏 다려서 내놓아야 비로소 빨래는 끝이 났다.

그때는 풀을 빳빳하게 먹인 속옷을 입었으므로, 빨래한 속옷을 입은 날은 사타구니 살이 벌겋게 벗겨지기도 했다. 그래서 '그렇다면 여자들은 어떻게 되나. **가 홀딱 까질 게 아닌가?' 걱정 아닌 걱정을 한 적도 있다. 빨래 하나만 해도 어머니들이 그 고생을 했다. 지금도 어머니가 풀 자루를 힘껏 주무르던 '푸걱푸걱' 하는 소리가 귓가에 들리는 것 같다.

코밑의 잔털이 거뭇거뭇해지고 어린아이처럼 가느다란 머리카락 같은 것들이 불알에 한창 나기 시작하던 중3 때였다. 우리 집이 있는 원동 골짜기에서 저만큼 아랫동네에 원주여중을 다니는 여학생이 한 명 살고 있었다.

나보다 나이가 한 살 적은 그 여학생 밑으로는 배다른 남동생이 둘 있었다. 그 애 아버지는 군인이었는데 그들과 함께 사는 것이 아니라 전방 어딘가에서 근무하고 있다고 했다.

시내 쪽으로 갈 일이 있으면, 나는 일부러 그 애 집 앞을 지나다녔다. 어쩌다가 그 애와 눈이 맞아 언제부터인지 만나면 서로 안부도 묻게 되었다. 그리고 몰라도 되는 친구들 소식이나 학교 소식을 서로 전하기도 하며, 그렇고 그런 이성 친구 사이로 발전했다.

그러다가 여름방학이 되었다. 그런데 우연히(?) 그 여학생을 만났더니, "우리 엄마가 동생들을 데리고 오늘 우리 아버지가 있는 데로 가셔. 아마 방학이 끝나면 올 거야. 난 당분간 자유야!" 하는 것이었다.

무심코 "같이 안 가?" 했더니, "나는 집을 봐야 하는데 어떻게 가?" 하고 말하는 것이, 아무도 없는 자기 집에 놀러 오라는 신호를 보내는 것으로밖에 볼 수 없었다. 이게 웬 광光땡에 쌍피雙皮?

재수 좋은 여자는 앉아도 꼭 요강 꼭지에 앉고, 엎어져도 꼭 가지밭에 엎어진다는 말은 들어 봤지만, 이런 행운이 나한테 굴러온 것이 꿈만 같았다. 나야 손해 볼 게 없는 처지였다. 성性적으로 한창 호기심이 왕성할 때인데, 다시 없을 이 좋은 기회를 어찌 모른 체할 수 있단 말인가.

그래서 그날 저녁 어두워지기를 기다려 걔네 집의 닫힌 듯 열린 문으로 숨어들어 갔는데, 그 애 옆방에 사는 사람들이 눈치챌까 봐 숨을 죽이며 침을 꼴깍꼴깍 삼키던 것이 지금도 기억난다.

어쨌든 그렇게 그 여학생 방으로 들어가서 목소리도 크게 내지 못한 채 몇 분 있다가, 갑자기, 사실은 의도한 대로 끌어안고 영화에서 본 것처럼 뽀뽀를 했다. '엄마얏!' 하며 화들짝 놀라는 여학생을 도망가지 못하게 단단히 끌어안고……

끝내 그 여학생은 속옷만 입고 겉옷은 홀딱 벗겨지고 말았는데, 하나는 옷을 안 벗으려고 몸부림치고 하나는 벗기려고 실랑이를 하면서도, 행여 옆방에 들킬까 싶어 '흡흡' 거리며 얼마나 숨을 죽였는지, 희극도 그런 희극이 없었다. 생각해 보라. 어린 중학교 3학년짜리와 그보다 한 살 적은 여자아이가 하는 짓을……

나는 처음으로 덜 익은(?) 여자의 가슴을 흐릿한 불빛 아래에서 실컷 보았다. 흡사 어머니가 풀 자루를 주무르던 모습을 떠올리며, 여학생 앞가슴을 그렇게 풀 자루 주무르듯이 마구 주물러 댄 것이다.

그렇게 밤새도록 눈 하나 안 붙이고 실랑이를 하다가, 새벽이면 남들이 일어나기 전에 집으로 도망을 와서 종일 잠을 잤다. 더 웃기는 건 그다음 날도 그렇게 그 여학생의 집엘 갔더니, 길(?)이 들어서인지 오히려 여학생의 행동이 더 대담해지는(?) 것이었다. 대가리에 피도 마르지 않은 것들이 말이다. 물론 넘지 말아야 할 '절대 선'은 결코 넘지 않았다.

덕분에 덜 익은 여자의 가슴이 어떻게 생겼는지 유두의 빛깔이 나이에 따라 어떻게 변하는지 고등학교를 졸업할 때까지 방학 때마다 보아왔기 때문에 아주 잘(?) 알고 있다.

어쨌든 남들은 몇 년 걸려서 배운 성교육을 가장 호기심이 많던 단한 철에 실기로 끝내게 된 것이다. 이것이야말로 요즈음 한창 잘 나가는 어느 스님의 '즉문즉설卽問卽說'보다 더 한 차원 더 나아간 '즉문즉답'이 아니고 무엇이란 말인가. 그리고 그 후 내 직업은 웃기게도 학생들을 올바르게 인도해야 하는 선생이 되었다.

그런데 사실 나의 첫사랑(?)은 초등학교 2학년 때로 거슬러 올라간다. 당시에는 남자아이와 여자아이 하나씩을 짝으로 묶어 자리에 앉혔다. 내 짝은 우리 학급에서 공부도 제일 잘하고 얼굴도 예쁜 부잣집 아이였다.

그런데 이 계집애는 수업시간에 담임선생이 다른 걸 하고 있으면 이유도 없이 나를 꼼짝 못 하게 해 놓고 내 몸을 여기저기 만지는 것이었다. 그것도 자기 혼자만 더듬는 게 아니고, 날 보고 "너, 나 따라 해. 알았지? 안 하면 안 돼?" 하고 겁(?)을 주면서, 나를 그 '맹랑한(?) 분위기' 속으로 끌어들이는 것이었다. 난들 그런 재미를 모를 리가 있나. "알았어." 하며 어리석은 숙맥인 척하고 나도 같이 그 계집애의 몸을 이리저리 더듬을 수밖에.

그 후 시간이 많이 흘러 성년이 되면서 다른 곳에 사는 친구와 이야기를 나누는데, 이 친구도 나와 비슷한 추억을 갖고 있었다. 그리고 이런 경험을 한 친구들이 의외로 많아서 놀랐다.

첫사랑의 추억을 떠올릴 때마다 이 녀석은 "그러니까 너나 나나 아끼다가 똥 된 거여. 아, 기집애들이 우리 남자들의 순정 같은 것을 알기나 하겠어? 첫사랑이라고 하면 여자들이 더 못 잊는다는데 그건 천만의 말씀이다. 젠장 할! 남자들이 더 한 거야. 난 지금도 이 여자애를 만나면 왜 그랬는지 따지고 싶어진다니까. ××랄 노무 꺼!" 하며 흥분을 하곤 한다.

이 친구의 첫사랑은 우리가 군대에 간 사이 고무신을 거꾸로 신었다. 자기에게는 연락도 않다가 고등학교를 졸업하자마자 어떤 남자와 동거를 하더니 어느 날 이 녀석 앞에 나타나 아무 말도 하지 못하고 그저 하염없이 눈물만 흘리더라는 것이다.

친구는 기막힌 현실 앞에서 "울지마. 난 다 깨끗하게 잊었으니까. 어디 가던 지 잘 살아. 알았지?" 하면서 헤어졌다고 한다. 그리고 그 여자가 그 후로도 두어 번인가 찾아 왔지만 돌려보냈다면서, 여전히 그 여자를 못 잊는 눈치였다. 연락만 닿으면 만나 볼 듯이……

　그 얘기 끝에, "야, 인마. 순정이 어딨냐. 너 퇴계 이황 알지? 이황도 두향이던가 뭔가 하는 기생을 못 잊어 한 거 잘 알잖아. 생각해 봐라. 16세기라면 유교 사상이 쩌렁쩌렁했을 때인데, 우리나라 유교의 태두라는 사람이 기생을 첩으로 뒀으니 이 무슨 아이러니냐. 퇴계의 부인은 또 어땠겠냐. 주위 사람들이 '저 ×은 지 서방 바람난 줄도 모르고…' 하고 떠들었을 거 아녀? 그들도 그때(?)는 동물적인 본능만 있었을 거라. 아, 공자도 밤 공자 따로 있고 낮 공자 따로 있다는 말 못 들어 봤어?" 하고 제법 호기롭게 말했던 것이 생각난다.

　내가 좋아하는 가수가 부른 노래 중에 '첫사랑 그 소녀는 어디에서 나처럼 늙어 갈까' 하는 노랫말이 있다. 오늘 같은 날이면 문득 중학생 때 그 소녀가 생각난다. 그 소녀는 어디서 나처럼 늙어 가고 있을까. 죽기 전에 딱 한 번 보고 싶다며 내 앞에 나타나는 기적 같은 걸 연출할 수는 없는 걸까? 아니면 어디서 어떻게 살고 있는지 바람결에라도 소식을 듣고 싶다.

　이 세상의 여자들이여! 세상 모든 남자는 이렇게 첫사랑 그 소녀를 못 잊어 하고 있노라.

어떤 교미

고등학교 1학년 때였다. 내가 다니던 원주고등학교는 원주 시내에서 남쪽인 단구동에 있었다. 거길 가려면 우리 집에서는 고개를 하나 넘어서 한참을 내려간 다음, 남부시장을 지나, 원주에서 제일 복잡한 길인 원주여고와 원주여중, 그리고 대성중·고등학교로 등교하는 학생들을 정면으로 마주쳐야 한다. 또 원주고 맞은편에는 중학교가 하나 더 있어 정말 길이 복잡했다.

그러니까 모든 중·고교 학생들은 다 그쪽으로 걸어 다녔고, 학생이 몇 몇 안 되는 농고와 학성중학교만 별도로 뚝 떨어져 있었다.

하루는 등교하는 중이었는데, 그 제일 복잡한 길에서 개 두 마리가 헐떡거리며 교미를 하는 것이 아닌가? 그 기가 막히게 우스꽝스러운 광경을 보며 우리는 웃음을 참을 수 없었다.

그러나 손으로 입을 가리고 지나가는 다른 학생들, 특히 원주 시내 모든 남학생들의 관심의 대상인 원주여고 학생들을 보니, 이 학생들은 마치 아무것도 못 본 양, 그러나 얼굴이 빠알갛게 되어 바쁜 척 잰

걸음으로 등교를 하고 있었다.

그러다가 마침내 웬 어른이 한참 헐떡이는 개들을 보더니, '이 개새끼들이 재수 없게 어디 와서 이 지랄이야.' 하고 소리를 지르며 몽둥이로 때려 쫓았다. 그런데 침까지 질질 흘리며 교미에 몰두했던 이놈의 개들이 하필이면 여학생들이 있는 쪽으로 도망을 가는 것이었다. 그것도 한 마리는 덩치가 크고 한 마리는 작은 발발이었는데 깨갱 깽 깽!!! 하고 비명을 지르면서 말이다.

그러니 여학생들이 '엄마 얏!' 소리와 함께 마구 도망을 가고 말았다. 급기야 한 여학생은 넘어졌다. 나머지 여학생들도 멀찍이 도망을 가서야 개들이 교미하는 장면을 힐끔힐끔 쳐다보며, 아쉬운듯이(?) 등교를 서두르는 것이었다.

그 모습이 얼마나 우스웠는지 한동안 우리의 인구人口에 회자膾炙(?) 되었는데 나는 개가 교미하던 모습이 더 떠오른다. 여학생들이 놀라던 모습을 되새김질 하며 우리는 등교하던 길을 멈추고 전부 배꼽을 잡았다. 종일, 사실은 몇 달 동안 우리는 무엇이 그리 신났는지 즐거웠다. 아마 원주여고 학생들도 '우리처럼 부끄럽고 신이 나지 않았을까?' 하는 생각이 든다.

절 뒤로 산책하기가 좋은 길이 있어 얼마 전에 그 길로 산책을 하는데 어떤 여자 주인을 따라 등산하던 조그만 개가 나와 함께 가던 자기보다 훨씬 큰 암캐를 쫓아온다. 주인이 아무리 불러도 아랑곳하지 않고 빙빙 주위를 맴돌다가, 우리 개의 음부에 코를 대고 냄새를 연신 맡더니 올라타려고 하자, 얌전한 여자 주인은 얼굴이 빨개졌다.

사람에게도 저렇게 짐승처럼 배란기가 정해졌다면 남의 눈치는 고사하고 여타의 짐승처럼 저럴 수밖에 없는 것 아니겠는가. 인간들도 저렇게 다른 동물처럼 교미하는 기간, 즉 배란 기간이 알려진다면 어떻게 하겠는가? 그야말로 성범죄가 더 일어나지 않을까?

진화의 과정에서 인간들은 암컷이 수컷의 도움을 받기 위해 배란기를 감춘 것이 오늘날의 섹스 형태로 진화한 것이라고 알고 있다. 일부 고래들도 마찬가지라고 한다.

그에 비하면 포유류 대부분은 배란기가 되면 생식기가 부풀어 올라, 멀리서 봐도 쉽게 알기 때문에 남의 눈치는 아랑곳하지 않고 평소에는 안 하던 교미를 하게 된다.

그런데 인간의 경우에는 암컷이 배란기를 감춘 결과, 수컷은 교미를 하기 위해 자기 DNA의 더 많은 복제를 위해 계속 암컷의 주위를 맴돌 수밖에 없게 된 것이다. 그리고 수컷이 항상 자신의 주위에 머물러 있게 하려면, 암컷은 항상 지금이 배란기인 척 해야 했다.

그러다가 결국 여성 자신도 자기의 배란기를 모르게 진화를 했을뿐만 아니라, 유인원 중에서도 인간들만이 입술이 뒤집힌 것은 섹스의 신호를 보내기 위해서라는 것이다. 특히 젊은 여성들은 입술을 붉게 칠하기도 하는데, 만약, 남성들이 다른 동물처럼 암컷인 여성을 임신시키고 훌쩍 떠나버리면, 섹스를 한 번 했던 부담은 고스란히 여성의 몫이 될 테니, 여성으로서는 그 얼마나 부담스러우랴.

더구나 젖만 떼면 바로 사회생활을 할 수 있는 다른 동물과 달리 열 달 동안 몸 속에 품고 있다가 아이를 낳고 난 다음에도 십여 년 키워야 하는 인간으로서는 말이다. 그래서 여성의 '배란은폐'는 남성을 집안에 주저앉혀, 한 여성과 '배타적성 관계'를 맺게 만드는 효과를 낳았다는 것이 내가 알고 있는 지식이다.

여성들이 남성을 선택할 때 자기보다 몇 살 많은 남성을 선택하는 것은, 그런 남자들이 사회적으로 경제적으로 안정이 되었기 때문이며, 가끔 우리가 보게 되는 '연하의 남성'을 선택한 여성들은, 남자가 이미 경제력을 갖추었기 때문임을 알 수 있다. 그러나 요즘음처럼 여성들의 결혼이 늦어지는 것은, 여성에게도 경제력이 갖추어졌기 때문일 것이다.

가끔 여자들도 바람을 피우는 것으로 알고 있다. 그리고 키가 크고 건강하고 멋진 남자가 인기가 좋은 것은, 그런 남자일수록 지위가 더 높고 경제력을 갖추었을 확률이 높고 더 건강한 후세를 낳을 확률이 높기 때문이다.

미안하지만 소크라테스의 아내인 크산티페가 소크라테스에게 그 유명한 잔소리와 저주를 한 것도 소크라테스가 애인인 소라 레테와 바람을 피웠기 때문일 것이라는 사실을 아시는지?

남자들은 노소老少 구분 없이 본능적으로 여자의 엉덩이와 허리의 크기가 10 : 7이면서, 기왕이면 젊은 여자를 더 선택하는 경향이 있다고 한다. 바로 이 수치가 여성의 특정 상태 즉, 임신하지 않았고내 DNA를 심어주기 좋은 상태 체질량 지수가 좋으며, 출산에 적합한 해부학적 구조로 되어있음을 가리킨다고 진화심리학자들은 말한다.

그런 여성들에게 매력을 느끼는 것은 그녀의 '번식적 가치'가 높기 때문이지 그녀가 본질적으로 아름다워서가 아니라고 한다. 곧 남성이 자신의 나이와 상관없이 20대 초반 여성을 선호하는 것도, 그때가 여성의 번식적 가치가 높기 때문이라는 것이다.

젊음과 외모는 이렇듯이 여성의 번식적 가치를 직간접적으로 드러내는 징표이다. 그래야 자신의 DNA를 더 잘 복제할 수 있다는 것을 남성들이 본능적으로 알기 때문이다.

그에 비하면 한차례 사정射精만 하면 되는 남자들은 초기투자가 적다. 그러니 임신 여부를 모르는 남자들은 여성 주위를 계속 맴돌 수밖에 없다. 남녀가 만날 때 남자들은 적극적이지만 여자들은 소극적인 척하며 일생의 한 번뿐인 남자를 선택하고자 한다.

여성의 생식능력은 폐경을 앞둔 오십 대쯤이면 사라진다. 폐경을 통해 직접적 번식이 아닌 다른 방식으로 번식 성공도를 높일 수 있는 것이 바로 손주 돌보기이다.

폐경은 인간 외에 다른 동물 두세 종류에게만 일어난다고 한다. 폐경이 없다고 생각해 보라. 그럼 여자는 죽을 때까지 아이를 낳아야 하는데, 그렇게 되면 산모는 물론 산모가 낳은 자식도 약해져서 일찍 죽을 수밖에 없다.

그렇게 된다면 오히려 자기의 유전자를 일찍 잃게 되는데, 그럴 바엔 차라리 자신의 유전자를 가진 자녀를 기르기 적당한 숫자만큼 낳은 다음 폐경을 해서 자식에게 투자하고, 그래도 남는 여벌의 기간은 그다음 대代 즉, 손주를 돌보는데 투자해 자신의 유전자가 계속 이어지게 하는 편이 훨씬 유리하다고 볼 수 있다. 그러기 위해 폐경이 필수적인 것은 당연한 이야기라고 책에서 읽었다.

그에 비해 남자들은 폐경이 없다. 즉, 아이를 잉태하지 못할 정도로 정자가 생산되지 않거나 정력이 약해지는 경우가 드물다는 것이다. 그 이유는 첫째, 남자는 아이를 낳다가 죽을 염려가 없으며, 둘째, 성교 중에 죽을 일도 없고, 마지막으로는 아이를 보살피느라 자신의 기력이 빠지는 경우도 없기 때문이라고 알고 있다제럴드 다이아몬드'의 '섹스의 진화.'

옛날에 우리 집에서 개를 한 마리 길렀다. 10년 정도 산 그 개는 마지막으로 새끼를 낳자마자 한 달 만에 죽었는데 한 마리 낳은 새끼도 병에 걸려 죽고 말았다. 그런 의미에서 볼 때 손주를 끔찍이 돌보는 할머니는 진화적으로 전혀 이상하지 않다는 것이다. 자신의 유전자를 가진 자손이 잘 살아가는 것이 자신의 유전자를 계속 이어가게 하는 방법이기 때문이다.

이야기를 다시 처음으로 돌려 보자. 만약 인간들에게 다른 동물처럼 발정기가 있다면 여기저기서 온통 교미하는 소리 때문에 눈도 못 뜨고 잠도 못 잘 것이다. 재판정에서도 갑자기 재판이 난장판이 될 수밖에 없는 일이 벌어질뿐만 아니라, 건설현장에서도 공사가 중단되는 일이 벌어져 공사기한이 한없이 길어질 것이며, 남녀들이 같이 탄 달나라를 가는 로켓 속에서도 갑자기 찾아온 어느 여자의 발정기 때문에, 서로 그 여자와 섹스를 하기 위해 싸움을 하느라 로켓은 궤도 이탈을 할 것이 분명하다. 우리 식구 중의 누군가 발정기라 동네 남자들이 줄을 서서 기다린다고 상상을 해 보라.

그러기 전에 벌써 까마득한 옛날에 더 힘이 센 포식자에게 잡아먹혀, 우리의 역사는 완전 정지되었을지도 모른다. 설사 운 좋게 살아남았다 하더라도, 발정하지 않은 여성이 발정 난 여성을 위해, 다른 포식자가 가까이 오지 못하게 보초를 서도록 진화했을 테니, 인간들의 할 일이 엄청나게 늘어났을 것이다.

또 부부가 아이들이 잠들기를 기다리지 않고 아이들이 보는 앞에서 섹스한다거나, 결혼식을 마친 자식이 집에 왔다가 발정기가 왔다면 어떻게 되겠는가. 군대에 갔다던가 아니면 전쟁 중에 그런 현상이 생기면 전쟁이고 뭐고 다 엉망진창이 될 것 아니겠는가.

그런데 반대로 사람이 아닌 개한테 지금의 사람처럼 발정기를 숨기는 일이 생긴다면 어떻게 될까? 그럼 개들에게 우리는 결혼 신방을 차려줘야 할까?

고등학교 1학년 가을, 우리는 그다음 날도 그 길로 등교했다. 그리고 아무 일(?)도 벌어지지 않아 실망하지 않을 수 없었다.

5부

저 별은 나의 별

불의 사용
위대한 발견?
사투리의 매력
언어의 변천變遷
막말 전쟁
영장류들의 문화
저 별은 나의 별
저 별은 너의 별
내연內緣 관계
나의 유언遺言

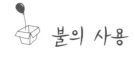 불의 사용

벌써 10여 년 전이던가. 인간들이 발견한 발명품 중에 '10대 발명품이 무엇이냐'는 내용을, 어느 조사기관에서 전 세계 사람들을 대상으로 물어본 적이 있다.

자세히 기억이 다 나지는 않고 그중에 몇 가지만 기억이 나는데, 불의 발견, 컴퓨터, 화장실의 발견에다가 칫솔의 발견과 피임 도구 등이 생각이 난다. 화장실의 발견과 칫솔의 발견이 뽑힌 게 이채로웠다. 특히 칫솔의 발견이 이채로웠던 이유는, 이게 고작 1950년도 되어서야 우리 생활과 밀접해졌기 때문이다. 칫솔은 석유제품의 부산물로 만들어지니까.

물론 '춘향전'만 살펴보아도 '물 머금어 양치하며…'라고 한 것을 보면, 그 전에도 이를 닦는 행위는 사람들 사이에서 일반적으로 행해지고 있었다는 것을 잘 알 수 있다.

그러나 내가 어릴 때만 하더라도 양치질이 필수적인 행위가 아니었던지, 아니면 칫솔이 없어서였는지는 잘 모르지만, 손가락을 소금에 찍어 이를 닦았다. 그때 생각한 것이, '이 소금이 널리 사용되기 전에는 어떻게 이를 닦았을까. 입에서 나는 냄새 때문에 남녀가 뽀뽀하기도 곤란했겠다.' 하고 생각한 적이 있다.

그런데 요즈음에는 하루에 세 번씩이나 이를 닦는 사람들을 쉽게 볼 수 있다. 이 칫솔이 발견되기 전에는 싸리나무라던가, 어리거나 새순이 난 나무를 꺾어 한쪽 끝을 씹어서 여러 갈래를 만들어, 그것으로 이를 닦았다는 것을 최근에 책을 통해 알았다. 치약은 물론 없이 말이다.

그런데 아무리 위대하고 큰 발견이어도, 불의 발견이야말로 가장 우리 인간을 다른 동물과 구분 짓게 하는 위대한 발견이 아니겠는가 하고 생각한다. 그래서 이 불의 발견이 10대 발견의 순위 1위에 끼이지 못한 것을 보고 신기하게 생각한 적이 있다. 그에 비하면 컴퓨터와 칫솔, 화장실 같은 것은 이차적으로 인간답게 살게 하기 위한 발견이었다는 생각이 든다.

불은 우리 인간들만이 가질 수 있는 최초의 무기였고 인간이 오늘날의 위엄을 갖춘 지팡이 역할을 했다. 인간이 불을 사용함으로써 커다랗고 사나운 동물들을 물리칠 수 있었는데, 나중에는 오히려 한발 더 나아가 그것을 사용하여 동물들을 사냥하기도 하지 않았느냐 말이다. 그러니 불이 없었다면 아직 우리 인간들은 나무에서 살았을지도 모르는 일이다.

세계 각지에 떨어져 사는 인간은 집단생활 때문에 의식이 거의 동시에 발전했다고 한다. 3000년쯤 전에 문화가 한층 더 높이 발전하는 사건이 생긴다. 그 사건을 계기로 인류문명 발전의 거대한 방아쇠를 당기게 되었다. 물론 우연한 일이었겠지만, 불을 피운 자리에 구리 성분이 녹아 쇠가 되어있음을 알게 된 것이다.

그다음부터는 의도적으로 구리가 섞여 있는 돌들 주위에서 불을 피웠다. 인류는 불을 사용하게 됨으로써 금속을 제련할 수 있는 기술을 익힐 수 있게 되었다. 차와 비행기를 발명할 수 있었던 것도, 쇠보다 더 가벼운 합금을 발견하게 된 것도 불을 사용하게 되면서 가능해졌다.

위의 내용은 티브이에서 본 내용을 대충 끼워 맞춰본 내용인데, 유리는 물론 도자기의 발전과 생활에 필요한 화학물질의 발견도, 모두 다 불의 발견에서부터 왔지 않은가.

그 후 불은 전쟁을 일으키거나 전쟁을 막는, 어느 집단의 체제에 반항하는 민족의 횃불로도 사용되었고, 그런가 하면 밤에 몰래 만나는 연인들의 신호로도 사용되었으며, 영원한 산악인 엄홍길 선생이 8000m급의 높은 산을 모조리 등산하는 쾌거를 이루는 데도 없으면 안 되는 필수품이 되었다.

영화도 만들 수 있게 되었고 어두컴컴한 밤에 이를 이용해 물건을 훔쳐가는 도둑도 생겼고, 나이 어린 학생들이 몰래 숨어서 담배를 피우는 일도 가능하게 했다.

그뿐인가? 신호등에 색깔을 입혀, 빨간 불에 건너갔다가는 우리에게 벌금이 날아오게 하기도 하고, 추운 겨울에는 방안을 뜨뜻하게 해 우리의 골병이 든 허리를 지지게도 하며, 남는 음식을 보관하기도 해 허기를 면하게 하기도 하고, 여름에는 물고기를 잡는 천렵에도 쓰이며, 추운 겨울에는 따뜻한 찻집에 앉아 연인이나 친구들과 커피를 마실 수 있게도 한다.

불이 없었다면, 음식을 익혀 먹는 게 없었을뿐더러 문화가 발전을 못 했을 것이고, 지금쯤은 생쌀을 씹어 먹느라고 우리의 턱은 네모가 되었을 것이며, 그렇다면 생김새도 엇비슷해지는 바람에 결혼의 양상도 지금과 크게 달라졌을 것이다.

그리고 우리의 아이들이나 연인들이 좋아하는 피자나 과자 등도 못 만들었을 테고, 내가 좋아하는 짜장면은 물론 짬뽕이나 라면 같은 것은 구경도 못 했을 것이고, 생일날 'Happy birthday to you!' 하며 촛불을 켜고 노래를 부르는 것도 없었을 것이 아닌가?

그뿐인가. 수백 미터 바다 밑에 사는 우리가 보지 못하던 동물도 식탁에 얹어 놓을 수 있게 되었고, 달나라를 지나 화성까지 가는 세상도 만들 수 있게 되었다.

상가喪家에 가도 불을 볼 수 있다. 그렇듯이 죽은 이는 불로 길을 밝혀 저세상으로 간다. 그렇게 발전에 발전을 거듭해온 이 불은 역대 대통령들을 교육(?)하는 촛불로 번져 나가더니, 급기야는 어느 여자 대통령을 갈아 치우는 촛불로 발전하였다. 당연히 인간이 발견한 최고의 문명은 '불의 발견'이라는 것이 나의 견해다.

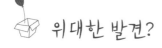

위대한 발견?

지금도 밥을 먹으면 "좀 싱겁게 드세요. 너무 짜게 먹지 말구요. 당신의 당뇨와 혈압에 짠 음식이 안 좋다는 걸 몰라요?" 하는 집사람의 잔소리를 가끔 듣는다.

그러면 '또 그놈의 잔소리, 이게 뭐가 짜다고?' 하는 게 늘 있는 일이다. 어느 날인가 문득 이상한 생각이 들었다. 쉽게 말하면 우리는 음식의 맛을 표현할 때, 짜다, 싱겁다, 달다, 쓰다, 시다, 맵다 등의 말로 느낌의 상태를 나타낸다. 그뿐만 아니라 '뜨겁다, 차갑다'라는 느낌을 보태어 먹을 당시의 '음식의 형편(?)'까지도 말한다.

그런데 왜 공통으로 기역 즉, '가' 자字 아니면 '거' 자字를 집어넣는가. 이를테면 그냥 '싱다' '뜨다' '차다'라고 표현해도 될 것을, '싱겁다'에서의 '겁', '뜨겁다'에서의 '겁', '차겁갑다'에서의 '겁갑' 말이다.

이렇듯이 맛을 나타내는 감각 형용사이런 단어가 있는지는 모르지만에는, '거가' 자字가 거의 들어가 있다. 내가 어릴 때는 '짜디'가 아니라 분명히 '짜갑다짜겁다'로, '쓰다'가 아니라 '쓰겁다경상도에서는 – 씨겁다–로 썼음'로, 김치나 식초 따위가 시었을 때 '시다'가 아니라 '시그럽다'로 틀림없이 쓴 기억이 난다.

그러면 '달다'와 '맵다'라는 말이 남았는데, '달다' 곧, '내 입에 맞다'는 '달갑다'에 그 흔적이 남아 있는 것 같고 즉, 원형原形인 것 같고, 반대로 '달지 않다'라는 말로는 '달지 아니해서 내 입에 맞지 않는다'는 의미로 즉, '달갑지 않다'라고 '갑'자를 써서 표현하지 않는가?

그래서 내가 이 말을 우리 집사람에게 하면서, "여보. 그렇다면 '맵다'라는 말도 옛날에는 '매겁다'라고 표현하지 않았을까?" 하니, "우리 어릴 때는 '매겁다'라는 말을 더러 썼어요."라고 말했다. 그 말을 듣는 순간 위대한 발견을 한 양 무릎을 치면서 좋아했던 기억이 난다. 이 얼마나 위대한 발견인가?

또 있다. 우리말 중에 '눈곱이 끼었다'라는 말이 있다. 이 '눈곱'은 혹시 '눈에 낀 곱곱창 같은 것'이 아닐까 싶다. 가끔 곱창을 먹으러 가는데 이 말은 '곱이 낀 창자'를 뜻한다. '노릇노릇해지기 전에 드시면 곱이 쏟아지니까 좀 더 있다가 드세요.' 하고, 음식점 주인들이 말하는 것을 들어본 적이 있을 것이다.

미꾸라지를 잡으면 껍데기가 미끌미끌해서 놓치기가 쉬운데, 이 '미끌미끌'의 정체가 바로 '곱'이다. 오래전에 티브이를 보며 진행자가, '바닷속의 물고기도 미꾸라지처럼 껍데기에 곱이 있는데…' 하는 것을 들은 적이 있다. 그래서 '아하! 그런 것도 곱이라고 하는구나' 하고 생각한 적이 있다.

그런데 말이다. 그렇다면 우리 사람들의 몸의 중앙에 있는 배꼽도,

'배에 있는 곱'을 그렇게 표현한 것이 아닌가 싶다. 결국은 '배에 곱이 끼어 있다'라는 뜻인데, 그렇다면 이 '곱'이라는 말은 '때' 같은 것이 끼어 있는 것을 말하는 게 아닐까.

그 후로 생각한 것 중 하나는, '뜨겁다'는 '덥다'에서 나오지 않았을까 싶고, '누룽지'는 '눌은 지'에서, '노랗다'는 밥 따위가 눌은 '눑다'에서, 그리고 '나이테'는 '나이를 가리키는 테두리'에서 의미가 변천해 온 것은 아닌지 모르겠다는 생각이 드는 것이었다. 그리고 '비싸다'는 의미도, '싸다'에서 '비非하게 싸다', 그래서 '비非싸다'로 바뀌었지 않았을까 싶고 말이다.

개나 다른 짐승들이 교미하는 것을 보고 내가 어릴 때는, '덩구다예를 들면, 개 두 마리가 덩구더라'라는 표현을 했는데 촛불이나 호롱불, 담뱃불 등을 붙여 올 때는 '뎅기다불 좀 뎅겨 와라'라고 쓰던 것을 보고, '가만, 전자는 둘이 붙어 양이나 숫자를 늘리는 과정인데, 후자도 양이나 숫자를 늘리는 과정이 아닌가. 그렇다면 비슷한 이 두 단어도 어느 한군데에서 파생되지 않았을까?' 하고 생각을 한 적이 있다. 생각하는 것은 자유이니까.

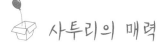

사투리의 매력

어디 가면 그 지방 사투리를 듣는 게 몹시 재미있다. 누구든지 그 지방 사투리를 처음 듣는 순간 흥미를 느낄 수도 있겠지만, '이것 봐라? 사람을 어떻게 보고 이런 말투를 써. 놀리는 것 아녀?' 하는 마음을 가졌던 이도 있을 것이다.

2016년이었던 것 같은데 대천 바닷가로 친구 몇 명과 놀러 갔다가 횟감을 사게 되었다. 흥정하기 위해 "얼맙니까?" 하고 정중히 물었다. 그랬더니 옆에 서 있던 주인집 딸인 듯한 처녀가, "한 접시에 만 오천 원여유!" 하고, 영락없이 우리가 어릴 때 남을 놀리던 투로 말하는 것이 아닌가?

순간적으로 괘씸하다는 생각이 들었지만, '그럴 리가 없는데?' 싶어서 가만 보니, 처녀가 자기 나름대로는 또 정중하게 대답을 한 것이었다. 그 순간 나는 '아하, 사투리인 걸 모르고……' 하며 미안하게 생각한 적이 있다.

부모님은 가끔 남들은 못 알아들을 듯한 말을 했다. 이를테면, '죽가? 국가.', '니 똥 뀟제?', '에라 오줄아!'라는 말을 썼다.

첫 번째의 '죽가? 국가'는 '죽이가? 아니면 국이가', 곧, '죽粥이냐, 국羹이냐'이고, 두 번째의 '니 똥 뀟제?'는 '너 방귀 뀌었지?'의 뜻이며, 마지막의 '에라 오줄아!'는 '에라, 이 오줄없는 녀석아!'로, 다시 풀이 하면 '에라 이 멍청한 녀석아' 즉 요즈음의 더 쉬운 말로, '또라이 같은 녀석아' 또는 '띨띨한 녀석아'라는 뜻이다.

어릴 때 듣던 어머니의 경상도 사투리로 '야마리 까졌다'라는 말이 생각난다. 이것은 '염치없다'라는 뜻인데, 이렇게 못 알아들을 만한 사투리가 참으로 많다.

경상도 사투리 중에서, 날아가는 새도 떨어뜨린다는 중앙정보부 장이었던 김재규는 1980년도에 '각하' 앞에서, '이런 버러지 같은 놈 을…' 하면서 '벌레'를 '버러지'로 표현하며 비서실장이었던 차지철을 총으로 쏘았다. 그 '버러지'를 내가 어릴 때는 '벌기'로 들었다. 예를 들면 '이 과자는 벌기 묵었다.'처럼.

언젠가 어느 국회의원이, '청와대 얼라들이'라는 표현을 하여 그 말 이 유행한 적도 있다. 그 말은 '청와대 어린애들이'라는 뜻인 줄은 잘 알 것이다.

여자아이들이 하는 '공기놀이'는 '짜개', '동그라미'는 '올방매이올방 맹이', '이러쿵저러쿵 말이 많다'를 '여거리 여거리 말이 많다', '내川' 를 '거랑' 즉, '북천내에 가서 목욕한다'를 '북천거랑에 가가 목간을 한 다', '옥수수 튀긴 것'을 '박상', '머루' 대신에 '멀구', '배추'를 '뱁차'동음 생략이 안 된 원형을 보는 것 같다 아니면 '뱁추'라고 했다. 전라도 우리 처가에서도 '튀긴 옥수수'를 '박상'이라고 했다고 한다. 그 어원語源이 몹시 궁금하다.

'기분이 언짢다.' 내지는 '불안하다'라는 '마음이 시끄럽다'로 표현을 했고, 전라남도 광양이 고향인 친구 부인은 '속 시끄럽다'라고 표현했다고 한다. 전라도에 지역 내의 다른 지방에는 없을 것 같은 이 말을 쓴 것은, 경상도와 인접 지역이었기 때문이 아닌가 싶으며, 나의 어머니는 주위가 시끄러우면 '아이고, 시끄래라.'라고 말하던 장면이 떠오른다.

아무거나 하나 걸리기를 바라는 마음일 때 우리는 '개나 소나'로 표현하는데, 경상도에서는 '쥐나 개나'로, 전라도에서는 '기게나 고동이나'로 표현하는 것을 보고, '참 지역적으로 안배按配(?)를 잘하고 있구나.' 하며 웃은 적이 있는데, 여기에 오니까 어떤 사람은 '도나 개나'로 쓰는 것이었다.

어릴 때 우리는 물고기를 잡거나 사 왔을 때 배를 가리키며 '배때기가 어쩌고…' 한 적이 있는데, 자라면서는 그 말이 상스러운 말로 들려 그냥 배라고 썼다. 그런데 어느 신문2016.8.31일 字 조선일보에 - 고등어도 뱃댁이를 - 하는 1930년대의 표현이 있어, '아하! 어려서 쓴 말이 상스러운 표현은 아니었구나.' 하는 생각이 들었다.

간장은 이쪽 충청도에서는 '지랑'이라고 했다는 말은 들은 적이 있고, 전라남도에서는 밥그릇의 뚜껑을 '복개覆蓋'라고 하는데, 경상도에서는 '뚜배띠배'라고 한다.

어릴 때 조그만 간장 그릇 같은 것을 보고 '종바리'라고 쓰다가 지금은 거의 안 쓰는데, 나중에야 그 말이 한자의 '술잔 종鐘'에다가 '바리때 발鉢', 그래서 '종바리'라고 하는 것을 알았는데, 전라남도 쪽에서는 '보새기'라고 한다.

우리가 어릴 때는 가랑이에 가래톳이 많이 났었는데, 우리 처가 쪽에서는 '가릿대'라고 했다. 처음 결혼해 새댁이었던 아내와 우리 어머니가 만났을 때, 둘 사이는 언어불통 상태일 수밖에 없었다. 그런데 어려운 시어머니에게 물어볼 수가 없으니, 나에게 통역을 부탁하던 아내의 모습이 떠오른다.

특히 전라도 사투리인 '워따메. 날씨가 쇠 불알 얼어붙게 칩소잉'라던가, '과수댁이 꼬치 농사 하나는 제대로 잘 지어 났구마' 같이 진짜배기 사투리는 스스럼없는 친한 친구 사이에서 더 많이 쓰는 것 같다.

모르는 사람끼리여도 오랜만에 고향 쪽 사람을 만나면 그 실력이 유감없이 발휘되는 것은 당연한데, 이상하게 그 옆에 있으면 그 구수함에 나도 젖어 드는 것 같았다.

그에 비하면 강원도 사투리는 흉내 내기가 좀 곤란한 것 같다. 그 이유는 다른 지방 사투리는 단어의 글꼴 즉, 단어의 어휘부터 완전히 다른 음절인 데 비해, 강원도 사투리는 '말의 높낮이나 어투가 달라서 그런 것 아닌가?' 하는 생각이 든다. 동생과 만나면 옛날에 부모님이 썼던 사투리를 일부러 흉내 내기도 한다.

맛난 먹을거리가 생기면 '이 빠진 개가 물똥을 만났구나' 하고, 무엇을 하려고 하면 '될 똥 몰따' 즉, '될지 안 될지 모르겠다', 무엇을 간절히 기다리면 '문디문둥이 아 베루듯이애 벼르듯이'라고 하며 웃는다.

그리고 어디가 부딪히던가 넘어져서 아파하면, '아따, 헝감은 도도 지긴다엄살이 되게 심하다', 그리고 물을 버리든가 멀쩡한 물건을 버리면 '물물건 기러븐아쉬운 줄 알 거래이', 무엇을 어설프게 하면 '똑, 주우중우-'바지'의 옛말 벗고 칼 찬 꼴 아이가' 하는데, 가끔은 '방 봐보아 가면서 똥을 싸야 할 거 아이가' 하면서 둘이 웃는다. 그럴 때마다 사투리의 매력에 빠지게 된다.

그런데 우리 둘이서 흉내 내는 사투리는 도저히 그쪽 사람들의 사투리를 따라갈 수 없다는 생각이 든다. '개 코에 방구를 뀐다', '수캐 좃 자랑 한다디!', '개 좃에 배룩벼룩이돌 듯이 뱅뱅 돌지만 말고 어여빨리 온나', '왕 장군이 고자라 카디만 이게 그 꼴 아이가?', '기집아 몬 된 게 젓티이 부터 크고, 머시마 몬 된 게 불알만 크다 카더라', '허기 만난 귀신이 떡 구경만 한다디마녀한다더니만' 그놈에 소성머리가 건방이 도져가 글체' '똥이 끓도록 앓더라', '배코야~꼬하고 잔대이늦잠이나 낮잠을 늘어지게 잔다' 따위의 말은 다소 비속적卑俗的인 표현이지만, 해학諧謔적으로는 비교할 바가 없는 멋진 말이 아닐까 싶다.

그 외에 '밸 꼬라지 다 본대이별 꼴 다 본다', '아이구짜꼬!아이구, 어쩌나', '맥제백제? 그렁 거 아이가?괜히 그러는 거 아니냐?', '걸비이메로걸뱅이, 거렁뱅이', '빼니배니.구찌배니-립스틱' 같은 말들도 아직 귓가에 남아 있다. 이 '빼니'라는 말은 어원은 잘 모르지만, 경기도 윗지방에서도 알아들었다. 그리고 표준말이겠지만 '며느리 밑씻개'와 '개불알풀', '개불알 꽃'도 있는데, 생긴 것이 왜 그런지 한 마디로 알 수 있을 정도로 해학적이다.

이곳 계룡에 와서 어느 사람에게 커피를 주니까 '여깄잖이유!' 또
는 '여기 있잖어유!' 하는데 더러는 '이깄잖여유!'로도 쓴다. 우리가
기름으로 음식을 부쳐 먹는 것을 전라도 일원에서는 '전', 경상도와
이쪽 계룡에서는 '부치게', 대구 쪽에서는 '지짐이'라고 하는데, 내가
배운 고등학교 국어책에서는 분명히, '부침'이라고 쓰여 있던 것이
생각난다.

요즈음 어디 가도 쓰이는 말인 '부추'를 보고, 경상도와 충청도에
서는 '정구지'라고 하는데, 광주에서는 '솔'이라고 하며 순천사람들은
'소불', 광양사람들은 '소풀'이라고 한다.

안동지방에 가면 '골부리'라는 것이 있는데, 이것은 우리가 다 아는
'다슬기'를 말한다. 경남 고성지방에서는 '소래'라고 불렀다 하고, 내
가 어릴 때 원주 지방에서는 '탈패이달팽이'라고 말했는데, 경주 쪽에
서는 '고디이딩', 어딘가에서는 고동, 연천같은 윗지방에서는 '올갱이'
라고 부른다.

아마도 '분답다어떤 아이 등의 행동이 시끄럽고 별나다, 잔주리다그만두다.
마음을 접다, 무꾸무의 안동 사투리, 이거 니 해라갖어라, 천지 빼까리더라
널렸더라, 다라지다리 몽댕이를 가라 앉혀 뿔라'라는 말의 뜻을 아는 사
람은 그리 많지 않을 것이다.

마찬가지로 깔끄막언덕이라는 말과, 봉창주머니, 호랑, 개비의 뜻을
아는 사람도 거의 없을 것이다.

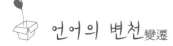

언어의 변천變遷

한때 '롱long 다리, 숏short 팔, 숏 다리'라는 말이 유행한 적이 있다. '창피하다'라는 말을 '쪽팔린다', '쪽스럽다'라고 쓰기도 했다. 또 '기대한 것만 못하다.', 혹은, 정상치보다 못해서 속이 상한다.'라는 의미로 '맛이 갔다'라는 말을 쓴 적도 있다.

한 번은 어느 화투판에서 '죽은 자식 불알 만지기여'라고 농담을 하니 누가 한술 더 뜨면서, '요샌 그렇게 말 안 해. 죽은 자식 자지 까기라고 해야지' 해서 크게 웃은 적이 있다. 이런 유형의 말은 값싼 유행어가 아니라, 재치 있는 표현이라는 생각이 든다.

'화가 났다'라는 의미로 옛날에는 '뿔따구니 났다'라고 했다. 최근에 티브이를 보니 '뿔났다'로 표현하던 것을, '야마가 돈다'라고 하더니, 요즈음에는 '뚜껑 열린다', '열 받는다', '골 때린다', '골 드럼drum친다'고 까지 해학적인 표현을 하는 것을 들은 적이 있다.

1960년도 후반, 내가 중학생일 때는 '기분이 흐뭇하다'를 '삼삼하다'라는 말로 대신한 적이 있었다. 그리고 아직 생명력을 유지하고 있는, 그래서 한글 사전에도 오를지 모르는 말 중에는 '골이 빈 사람'과 '끝내준다'라는 말이 있다.

한때 남자들 사이에서 못생긴 여자들을 표현하는 말로 '폭탄'이라는 단어를 사용하는 걸 들은 적이 있다. 이를테면 못생긴 급수에 따라 '수류탄' '박격포탄' '원자폭탄', 아니면 '수소폭탄'이라고 표현하기도 했다.

언젠가 유머책에서 본 말이 떠오른다. '놀부 마누라가 밥주걱으로 흥부의 뺨을 때린 이유가 무엇인지 아시는 분 있어요?' 하고서는, 흥부의 뺨을 때린 이유는 '형수님, 저 흥분데요' 하니까 놀부의 마누라가, '흥분데요'를 '흥분돼요'로 잘못 알아들어서 때린 겁니다. 생각해보세요. 형수를 보고 흥분된다고 했으니 시동생인 지가 안 맞고 배깁니까?' 하는 대목이었다.

두꺼비가 벌 잡아먹고 하는 말, '벌은 톡 쏘는 맛에 먹는 거여!' 하는 농담도 기억이 나는데, 농담도 언어에 못지않게 신생, 성장, 사멸하는 것을 보는 것 같다.

얼마 전에 '한강'의 '채식주의자'를 보니, '개한테 물리면 그 개의 꼬리털을 잘라내 태워서 물린 곳에 붙인다'라는 대목이 나왔다. 까맣게 잊힌 이야기인데 옛날 생각이 나서 반가웠다. 옛날엔 그렇게 개에게 물리는 경우가 많았다. '벙어리 개가 더 사납다'라거나, '무는 개는 짖지 않는다'는 서양 속담도 생각난다.

사라져 가는 말 중에 '개똥벌레'가 있다. 우리에게는 '반딧불'로 더 잘 알려져 있는데 요즘엔 '반딧불이'라고 쓴다. 초가집, 구들장, 아랫목, 윗목, 숭늉, 찬장, 등목, 기적 소리, 오막살이, 구두칼, 상고머리, 이엉, 댕기, 낙숫물, 바지랑대 등 많은 단어가 사라졌거나 사라져 가고 있다.

옛날에는 개가 교미交尾하는 것을 보고 '덩구다'또는 '접붙인는다'라고 하더니, 요즘에는 아이들 교육 때문인지 '짝짓기'라고 쓴다.

경상도 사투리에는, '동가리 났다조각났다. 짧게 끊어졌다, 헤깝하다가볍다, 헐하다싸다, 황칠낙서, 불 써라켜라, 저근하면웬만하면, 빼빼가지ㅡ뼈, 주께지 마라잔소리하지 마라, 지대 끓더라저절로 끓더라, 바보 메로바보처럼, 빼아 버려라물기 등이 묻은 곳을 확 털어 버려라, 밭 띠재제? 라밭 갈아엎어라, 문대다문지르다, 미구 같은 년여우 같은 년, 팽대이팽돌치고 앉아라책상다리하고 앉아라, 개게?시지우개, 택도 없다어림도 없다, 구께 마라그러지 마라, 버러벌써, 자부로버졸려, 저그러버가려워, 에애?나가?정말이니?, 단디 씩거라미 씩거라ㅡ깨끗이 씻어라, 쭈줄겁줄손톱이 있는 부위의 살이 벗겨지는 것, 고개 만디만대(?)ㅡ고개 꼭대기에, 마케전부ㅡ지역에 따라서는 마카, 낭구낭기ㅡ나무, 똥꿈똥구멍, 분답다복잡하다. 산만하다, 있다?있더냐? 있디?, 있지럴!있잖냐! 있지롱!, 갔지럴갔거든, 갔지롱, 갔잖아의 의미, 야마리 까지다염치없다, 땊아 세우다몰아붙이다. 몰아세우다, 씨루터라씨룽더라ㅡ힘을 주더라, 씨라라씨롸라?ㅡ힘을 줘라' 등, 밤하늘의 별보다 많은 이 단어들은 내가 어릴 때 듣던, 그러나 지금은 듣기 힘든 사투리들이다.

한때는 군대를 다녀온 대한민국 젊은이들의 18번 애창곡인, '인천에 성냥공장 아가씨. 하루에 한 갑 두 갑 날개로 열 두 갑~' 하는 노래에서, 이 '성냥'의 어원이 무엇일까 궁금해 한 적이 있다. 그것은 석石+유황硫黃을 합친 말이라고 한다. 부산에 살던 외사촌은 그것을 '다왕'이라고 불렀으며, 양말을 '다비'라고 했다.

외사촌이 함께 한 그 자리에서 '어린 돼지는 무어라 불러야 하나?' 즉, 말은 '망아지', 개는 '강아지', 소는 '송아지'가 있는 것을 보면 돼지는 '돵아지'이거나 '돼아지'로 불리지 않았을까? 하는 나의 질문에, 부산에 사는 외사촌은 어린 돼지를 '돗돝(?), 돗(?)'이라 불렀다고 했다. 돼지 새끼는 지금은 거의 쓰이지 않는 '도야지'라고 부르지 않았을까 하며 끝내 결론을 내리지 못하고 말았다.

전라도 사투리에도 같은 운명을 가진 단어들이 있다. '깔끄막고갯마루, 할딱보대머리, 둠벙연못, 때까우거위, 개대기개네이, 교냐이-고양이, 단가 가께!당까?-제사 끝나면 음식 얻어먹으러 갈께!, 씨시수수-경상도에서는 수끼, 씨싯대수숫대. 띤 죽수제비-북한에서는 뜯엇국, 도롱태바퀴, 태족경상도에서도 태족-벽 같은데 나 있는 (신)발자국, 마까때기막대기의 강진 쪽 사투리, 광주에서는 막까지, 독돌, 도굿대절굿대, 도굿독절구통, 새내끼새끼줄, 오져 죽을라 그래좋아서 죽을라 그래, 눈이 까졌다눈이 쌍꺼풀 졌다, 함마니할머니' 같은 말들도 같은 신세다.

얼마 전에는 장모님이 오셨는데 '워메! 여기 돌갓이 많이 피었네잉' 하는데 신기해서 물어보니 도라지를 그리 부른다고 했다. 어리숙하거나, 어린아이들이 가지고 있는 과자 따위를 살살 꼬셔서 빼앗아 먹는 것을, 강원도 쪽에서는 '알겨 먹는다'라고 하는데, 충청도의 대천과 영동지방에 사는 사람은 '발라 먹는다'라고 하며, 전남지방에서는 '홀가 먹는다'라고 한다고 한다.

내가 어릴 때 잘 가지고 놀던 '집게벌레'를, 홍성이 고향인 어느 후배는 '꽉쥐벌레'라고 했다는데, '아하! 꽉 쥐는 벌레니까 그렇게 부르는구나.' 하고, 충청도 지방 사투리의 매력에 다시 한번 감탄했다.

강원도 원주 근처라 하더라도 문막 같은 곳에서는 '뒷'을 '차우'라고 했다. 그리고 우리가 입는 '옷'을 내가 어릴 때는 '오티'라고 했다. 더운 여름날이면 물고기를 잡던 '어항'을 전라도가 고향인 친구들은 '벅수'라고 부른다. '바보'라는 의미도 있는데, '장승'을 '벅수'라고 부른다는 것을 최근에야 알았다. 한 번 갇히면 고기들이 바보같이 못 빠져나가니까 그렇게 부르는 게 아닐까 싶다. 장승은 사람의 모습이기는 하지만 말도 못하고 서 있으니, 그에게 바보라는 의미를 붙인 게 재미있지 않은가.

정년을 하기 2, 3년 전에 청주에 살던 어느 후배에게 들은 이야기다. 자기들은 어릴 때 음식을 대접하면서 초대를 받은 손님에게, '많이 잡수세요.'라고 하지 않고 '많이 쳐 잡수세요'라고 했으며 '많이 먹어라'고 하지 않고, '많이 쳐먹어라'로 점잖게 표현을 했다는 것이다. 그의 성은 청주가 본本인 한韓 씨였다.

조상들이 썼던 방언들이 내가 살고 있던 시대에 사라져가는 것이 너무 아쉽다.

막말 전쟁

2016년은 별스럽게 각국各國 대권 주자들이 막말을 많이 한 특별한 해로 기억될 것이다. 오죽하면 2016년 5월 10일 자字 동아일보에, '필리핀에 이어서 브라질까지, 지구촌 번지는 트럼프 막말 병'이라는 제목의 신문기사가 실렸겠는가?

내용인즉슨, 브라질 보수우파의 한 의원이 '난민들은 쓰레기', '쓰레기가 브라질에 들어오려 한다.'라는 말로 대권 주자로 떠올라 부유층과 지식인들 사이에서 인기가 높아졌다고 한다.

막말 정치인의 계보를 이은 이 정치인은 한 여성 정치인에게, '당신이 예전에 날 성폭행범이라고 했지?'라고도 했다. 그리고 아이티 이민자들에 대해서는, '그 나라 여자들은 씻지도 않고 몸을 판다. 우리나라에 병균을 가지고 올 사람들'이라는 말도 했다.

이 말의 호오好惡는 제쳐두고, 참으로 용감함이 도를 넘는 발언이라 아니 할 수 없다. 필리핀의 대선 당선자 두테르테 시장은, '만약 내 자식이 마약범죄에 빠진다면 죽여 버릴 것', '범죄자 십만 명을 처형

해 마닐라만에 던져 물고기를 살찌울 것이다.'라고 했다. 그러자 범죄에 이골이 난 필리핀 국민은 오히려 환호했다고 한다.

그는 필리핀 대선 사상 최대의 이변을 기록했다. 선거 기간 중이었음에도 성폭행살해 여성을 지칭하며, '내가 먼저 강간했어야 하는데…', '비아그라 없는 나의 삶은 상상할 수도 없다.'라고 떠들었다.

선거유세를 하러 가는 도중에 차가 막히자, 그의 측근이 '교황의 필리핀 방문 때문'이라고 했다 그러자, '그 ××, 집으로교황청으로 돌아가라고 해.'라고 했다고 한다. 이런 말을 들으니 필리핀에서는 정교가 분리되어 있다는 것을 알 수 있을 것 같다.

필리핀이면 전 국민의 80% 이상이 가톨릭을 국교로 믿는 나라가 아닌가? 그런데도 그런 말을 했으니 말이다. 그리고 그 말을 매스컴에서 지적하고, 다른 대선 주자들도 그의 말을 대선에 이용하자, '대선이 끝나면 교황청에 가서 정식으로 사과하겠다.'라고 했다.

그런데 막상 대선이 끝나자, '지나가면 끝이지. 사과는 무슨 사과야'라고 말해 다시 한번 그의 인간성을 보여주었다. 한국 같았으면 '이중인격자'라느니 '변태'라느니 하며 난리가 났을 것이다.

오스트리아도 2차 대전 후, 극우 정당 후보로는 처음으로 대선 1차 투표에서 1위를 한 후보가, '오스트리아에 이슬람교도를 위한 자리는 없다.'라고 거침없이 말해 충격을 줬다.

우리나라는 어떤가? 선거철만 돌아오면 온갖 포퓰리즘이 판을 친다. 대통령이 되어 말한 대로 하면, 단 5년 만에 '세계 제1의 선진국'이 되고도 남겠다 싶을 정도로 공약을 남발하고 유권자에게 아부한다.

내 친구는 총선에서 자기 교회 목사가 무조건 기독교 대표를 찍으라기에 그렇게 했다며 자랑했다. 그는 서울의 4대문 안에 있는 괜찮은 대학을 나온 친구였는데, 이미 그런 꼴을 많이 본 나로서는, '어째 정치적인 역량을 보지 않고 종교만 보고 찍는단 말인가?' 싶은 게, '우리나라는 아직도 멀었다'라는 생각이 드는 것이다.

그런가 하면 또 다른 친구는, 자기가 찍으려고 했던 사람이 동성연애를 찬성하는 발언을 했다고 그 사람에게 투표하는 것을 다시 생각해 봐야겠다고 한다. 모謀 신문 사설과 2016년 5월 어느 방송 뉴스에서, '이탈리아도 유럽에서 마지막으로 동성결합을 허용'이라는 내용을 본 적이 있다. 우리나라도 동성결합을 인정해 줘야 한다고 생각한다.

우리도 말로만 떠들지 말고 '정교 분리'를 정확히 할 줄 아는 마음가짐을 길러야 한다. 종교인의 과세와 콘크리트 지지층이라는 말이 왜 나오고 '최×× 사건'이 왜 나오겠는가?

헌법재판소에서 탄핵 결정을 당한 우리나라 최초의 여자 대통령은, 삼성동에 있는 생가로 쫓겨갔다. 탄핵이 결정되었을 때도 뽑아준 국민에게 자기의 심정에 대해 한마디 말이 없었고, 결국에는 헌법의 결정을 따르지 않겠다는 식으로 말을 해, 또 한 번 뜻있는 국민의 눈총을 받았다. 어쨌든 유권자의 눈치를 보지 않고 소신껏 일하는, 그런 막말 후보가 그리워지는 요즈음의 한국사회이다.

영장류들의 문화

얼마 전 신문에 영장류靈長類들의 문화에 대해 재미있게 쓴 코너가 있기에 읽어 보았다. 도구를 사용하는 것이 우리 인간들만의 전유물인 줄 알았더니, 영장류들도 도구를 사용할 줄 알고 즐길 줄도 안다는 것이었다.

아프리카 침팬지는 4300년쯤 전부터 돌로 견과류를 깨어 먹었다고 한다. 그리고 그 새끼들도 곁에서 그 모습을 보면서 그 방법을 학습하게 된다는 것이었다.

브라질의 '카푸친 원숭이'는 매우 똑똑해서 머리를 잘 쓰는데, 주먹보다 큰 열매를 단단히 고정한 후 세심히 고른 돌을 머리 위까지 치켜들었다가 힘껏 내려쳐 단 한 번에 깨트려 먹는다고 한다.

연구결과에 의하면 그 녀석들은 700년경 전부터 돌을 이용했다. 암놈이 수놈 근처에 돌을 놓고 오는 즉, 그렇게 자신의 발정기를 알리기 위한 행동을 의도적으로 하여 사회적 메시지를 전달하기도 한다. '올도완 석기원시 타제석기'를 제작하는 것이 초기의 인간들이 만든 석기와 구별이 안 된다는 것이었다.

이것도 책에서 본 내용인데, 어느 원숭이가 사람들의 물건을 뒤지다가 들켜 도망을 가는데, 사냥꾼이 이 원숭이를 총으로 겨누었다고 한다. 그랬더니 이 원숭이가 눈을 질끈 감으며 더 도망을 가지 않고 차라리 생生을 포기하는 듯한 모습을 보이더란다.

어느 침팬지 무리는 사냥개들에게 쫓기다가 새끼를 떨어뜨렸는데, 되돌아 오더니 인상을 험하게 쓰면서 사냥개 떼들을 노려보다가, 자기 새끼를 천천히 안고 가는 것도 보았다. '이것들이 그냥. 내 새끼를 물기만 해봐. 나도 가만 안 있을 테니까.' 하는 표정으로 말이다. 사람들이 '까불고 있어? 어디 더 까불기만 해 봐.' 하면서 인상을 쓰는 행동과 무엇이 다른가?

이런 내용은 책에서 읽거나 '디스커버리 채널'이나 'NAT GEO'에서, 아니면 '사이언스 티브이'에 나온 기록들을 통해 보게 된다. 동남 아시아의 '마카 원숭이'는 돌로 굴과 게를 깨어서 먹는데 그 방법을 사용한 지 65년쯤 되었다고 한다. 서식지 주변 퇴적층의 조사로 2세대 이상이 그런 방법을 사용하는 것이 확인되었다.

그 외에도 침팬지, 오랑우탄, 고릴라는 도구를 선별 후 2차 가공을 하여 '개미잡이 스펀지'로 이용하기도 한다. 어느 침팬지는 벌꿀을 따는데 용도마다 다른 기구 즉, 망치, 확대기, 천공기穿孔機를 사용하기도 한다. 그리고 빗 같은 도구로 꿀을 수집하는데 벌집의 형태와 이치에 맞게 도구를 제작한다는 것이다.

침팬지기 창을 이용하는 사례를 보면, 창으로 나무 둥지에서 잠자는 원숭이를 사냥하는데 주로 암컷이 한다. 사냥의 성공률이 수컷 수준만큼 높을 뿐만 아니라, 개미잡이용 스펀지를 사용하는 것은, 밑에 있을지도 모를 포식자를 피하기 위한 것이라고 한다.

그뿐이 아니라 싸우다가 얻어터진 어떤 침팬지는 다른 침팬지와 결탁을 하여, 자기를 때린 침팬지와 패싸움을 하는 것도 책에서 읽었다. 어딘가에서는 고릴라가 교미하는데 마치 사람처럼 배를 마주 댄 상태정상 체위에서 교미를 하더라는 것도 읽은 적이 있다.

그뿐인가? 어느 고릴라와 침팬지 무리는 우기가 지나간 다음에 먹지도 못하는 쓴 풀을 뜯어 먹는다고 한다. 이상하다 싶어 알아 보니, 약초로 먹는 것이었다. 배 속의 기생충이 배변을 통해 나온 것을 확인했다고 한다.

어떤 고릴라는 습지나 하천을 건너기 전에 나뭇가지로 물 깊이를 가늠하고, 오랑우탄은 비가 오면 큰 나뭇잎을 우산처럼 이용하기도 하며, 잠자리를 만들 때 천장에 나뭇잎을 겹쳐 비를 피하는 것을 티브이에서 보았다.

언젠가 티브이를 보니까 오랑우탄이 더운 날 물이 들어있는 통 쪽으로 오더니 수건으로 물통 주변에 떨어져 있는 물을 닦아 깨끗하게 한 다음, 다시 수건을 물통 속에 넣고 흔들어 물을 잔뜩 묻힌 후 겨드랑이를 닦는데 사람의 행동과 똑같았다.

그뿐이 아니다. 어릴 때 신문에서 오랑우탄이 마스크를 쓰고 어떤 어른과 손잡고 함께 병원을 가는 것도 본 적이 있다. 대부분의 영장류의 병들은 인간과 비슷해 약도 비슷하게 쓰면 된다고 하는 것을 분명히 기억한다. 어떤 침팬지는 식물의 잎을 씹다가 뱉어 자신의 아픈 팔 주위에 붙이기도 했다. 심지어는 사람들과 포도주를 건배하며 먹기도 한다. 지금도 일본에 가면 어떤 원숭이들은 온천욕을 즐기고 있지 않은가.

까치가 미끄럼 타는 것을 본 적도 있다. 또 까마귀는 병 속의 먹이를 꺼내기 위해 병 옆에 놓여있는 철사를 입으로 물고 한쪽 끝을 갈고리처럼 만들어 먹이를 꺼내어 먹었으며, 코끼리는 어미가 죽은 곳을 지날 때마다 그 장소를 기억해 특이한 행동을 했다.

깊은 바닷속에 혼자 사는 문어는 어린 강아지 수준만큼 I.Q가 높다. 물체를 사용하는 유일한 무척추동물이라고 한다. 뚜껑이 있는 병을 돌려서 열기도 하고 학습을 통해 미로를 빠져나오는 시간을 단축하기도 한다.

최근의 연구에 의하면 이 녀석들 열댓 마리가 떼를 지어 살면서, 외부의 침입자상어로부터 서로를 지켜주는 모습이 발견되기도 했다. 특히 위장술의 대가인 그 녀석들은 외부의 침입자를 방어한 녀석들이 모여 축하파티 비슷한 것을 하는 장면도 목격되었다고 한다.

언젠가는 어느 동물원에서 우리 안쪽에 떨어진 어린아이를 다 큰 고릴라가 안아서 사람에게 건네는 것을 매스컴에서 봤다. 믿을지 모르지만, 어느 동물원에서는 암컷 고릴라가 죽었는데, 같이 지내던 수컷이 흡사 사람들이 제사를 지내듯 과일을 놓아주고서는 아주 슬퍼하더라는 것을 책에서 보았다.

며칠 전에 디스커버리 채널을 보니까, 어떤 침팬지 떼들이 원숭이를 사냥한 다음, 그 죽은 원숭이를 손으로 들고 하늘을 한참이나 쳐다보는 것을 보았다. 해설에 의하면 '바로 침팬지들이 종교적인 행위를 하는 것 같았다.'라고 했다. '얼마 전까지 인간들이 사냥한 다음 하늘에 기도한 것과 무엇이 다르냐.' 하면서 말이다.

방콕에 사는 '게잡이 원숭이'는, 자신의 털로 이빨 청소하는 것을 어린 개체 앞에서 반복적으로 보여주며 학습을 시켰다. 어떤 침팬지들은 콜로부스 원숭이 집단을 사냥한 후, 뼈 양쪽을 이빨로 열어, 나뭇가지로 숟가락처럼 '넣었다 뺐다' 하며 골수를 파먹는다.

2017년에 NGC에서 본 장면인데 인도에서의 어떤 원숭이는 전기에 감전되어 철로 변에 떨어져 기절한 동료 원숭이를, 흡사 심폐소생술을 하듯이 몸을 흔들거나 물거나 물에 담그기를 반복해서 살리는 것도 보았다. 심지어는 태권도복을 입은 침팬지가 겨루기 자세에서, 상대에게 멋진 자세로 뒤돌려차기를 정확하게 하는 것도 보았다.

하지만 이들 영장류 도구 사용의 공통점은, 전체에서 나타나는 것이 아니라 특정 개체나 특정 무리에서 나타나는 독특한 문화이다. 즉, 그들의 석기문화가 아직 초기라는 의미이며 '전체의 문화는 아니다.'라고 책에서 읽었다. 만약 인간들이 다 전멸했거나 태어나지 않았다면, 우리 대신 그 녀석들이 우리가 누리는 지금의 위치를 즐겼을지도 모르는 일이다.

저 별은 나의 별

고등학교 때이던가. 신문을 보니 웬 목사가 쓴 칼럼이 하나 있었다. 진화론자와 과학자들을 비웃으며, '이 우주를 하나님이 만들었다고 하면 아주 간단히 해결되는 걸 가지고 뭘 그리 고민을 하는지 모르겠다. 존재하는 모든 것은 하나님이 만들었는데…….'라고 쓴 글을 읽은 적이 있다.

그 글을 읽으며 '이 사람은 학교에서 수업시간에 진화론도 안 배웠나. 어떻게 이런 사람이 쓴 글이 대중들이 읽는 일간지에 실렸을까. 지금은 중세中世도 아닌데' 하며 쓴웃음을 지었던 적이 있다.

그럼 하나님은 또 누가 만들었는가? 암 하나님하고 숫 하나님이 그 짓을 해서 만들었단 말이지? 그럼 그 암 하나님하고 숫 하나님은 또 그 위에 암수 하나님이 만들고? 아니면, 태초에 있었던 하나님은 아무것도 없는 허공의 공간에서, 아무것도 디디지 않고 저리 무거운 행성 같은 것들을 만들었단 말이지? '그것 참 재주도 좋다.' 하면서….

과학자들이 고민하는 것은 단순한 고민이 아니라, 생명의 탄생부터

궁극적인 물질의 이치를 캐내기 위한 연구이지, 할 일이 없어서 하는 고민은 아니지 않은가. 그리고 인간으로서 고민을 하는 게 뭐 그리 대수인가? 그렇다면 우리 인간들이 아메바같이 원형 동물이나 지렁이처럼, 아무런 생각이 없이 기어 다니는 것들과 무엇이 다르냐는 말이다.

'고민은 인간만이 할 수 있는 특권'이며, 그런 고민과 갈등이 오늘날의 인간이 있도록 만들어주었다는 말을 듣지도 못했는가 하는 생각이 들 때가 가끔 있다. 우리 인간들이 아무런 고민 없이 살아간다면 얼마나 무의미하겠는가 말이다.

인간들은 인간다운 고뇌와 번민을 하며 거기에서 얻은 결과를 가지고 앞날을 비추어 가면서 살아야 하지 않겠는가. 그러면서 '사람은 기원전 만 년 전후부터 지역에 따라서는 3~4천 년 전에 농사를 짓기 시작했고, 죽은 이들을 위한 의식을 지내며 상상의 신을 생각해 냈다는 것을 학교에서도 배우지 못했고, 티비나 신문이나 과학 잡지 같은 데서도 보지 못했나 보지?' 하고 생각했다.

평소에 쓸데(?)없는 공상을 많이 하는데, '만약 동식물들도 인간처럼 감정을 나타낸다면 우리는 굶어 죽었을 것 아닌가? 만약 나무의 비중이 물보다 크다면 배를 못 만들었을 테니까 인디언이나 원주민들이 몰살을 피했을 것이고, 만약 물이 100°C에서 끓지 않고 200°C에서 끓었어도 엄청난 열량을 구하느라 과학의 발달이 늦어졌을 것이고, 산업화도 늦어졌을 것이다.

그러면 나무를 엄청나게 때야 해서 품도 많이 들었을 테고 산은 완전히 벌거숭이가 되었을 것이라든가, 음식이 익거나 식는데 걸리는 시간이 두세 배만 되었어도 식사시간이 길어져 문화의 발전이 늦어졌을 것이고, 만약 공중에 밴 앨런 대帶(?)라는 전자기파를 반사하는 입자구조粒子構造가 없었다면 오늘날처럼 통신도 발전하지 못했을 것이다. 빙하기가 없었더라면 우리의 치아와 뇌는 발전하지 못해, 우리는 아직 원시시대를 살고 있을 것인데…… 하는 대략 이런 공상이었다.

어느 신문에서 '6600만 년 전 멕시코 유타칸 반도에 운석이 떨어지지 않았다면 우리 인간은 없었을 것'이라고 하는 과학계의 글도 읽었다. 이 우주는 인간지적 생명이 존재할 수 있도록 상황이 훌륭하게 너무나 잘 갖추어져 있다. 마치 우주가 '지적 생명이여! 어서 탄생하여라' 하고 말하는 것 같다고 누군가 쓴 글을 읽은 기억이 난다.

그뿐만이 아니다. 만약 달이 작거나 없어서 자전축이 흔들리면 그 행성의 기후는 크게 변하며 생명에게는 가혹한 환경이 되고 말 것이다. 지구의 자전축이 지금처럼 23.5도가 아니거나, 다른 행성처럼 똑바로 서 있거나 누워 있지 않은 것도 다행이다. 만약 거대한 달이 존재하지 않았다면, 인류는 지구에서 탄생하지 않았을 수도 있다.

고등학교 때 배운 내용인데, 만약에 가스행성이 세 개 존재했더라면 지구 공전궤도가 흔들려 태양계 밖으로 방출되었을 것이며, 태양의 수명이 긴 것도 행운이라고 알고 있다. 만약 지구의 질량이 두 배였더라면 수명도 훨씬 짧았고, 인류가 탄생하기 이전에 살기 좋은 지구 환경도 끝났을 것이다.'

'우리 지구와 같은 지적 생명의 탄생에 적합한 조건을 우연히 갖춘 행성이 우주 어딘가에 존재한다는 것 자체는 전혀 이상할 것이 없다.'고 한다. 참고로 이런 은하계가 3천억 개라고 하니, 알면 알수록 더 믿지 않을 수가 없다.

티비에서 지오 그래픽 채널을 보면, 인류의 진화는 기후변화를 견디기 위한 처절한 노력의 결과라고 한다. 밥을 담는 식기食器−밥그릇는 기후가 한냉寒冷해 지면서 생겼다. 초식 위주의 잡식성에서 단백질 섭취를 놀리며 고기의 손질이 필요해지기 시작하면서 석기시대가 시작되었다. 즉 고기를 섭취하면서 생긴 획기적인 사건이다.

고고학적 기록에 의하면, 약 55만 년 전에 현생인류의 선조가 아프리카에서 탄생했다고 한다. 그리고 약 7만 년부터 6만 5천 년 전에 유럽과 아시아로 퍼져 나갔다고 추정된다.

그리고 나무가 없었다면 집을 짓지 못했고, 돌이 없었다면 못질을 할 수 없으니 건축물도 발달치 않았을 것이다. 시멘트의 건축 효능이 없었다면 오늘날의 건축물도 없었을 테고, 휘발유의 열량이 몇 배만 떨어져도 차車는 없었을 것이다. 수백만 년 전에 생물이 멸종하지 않았더라면 석유라는 기름은 없었을 것이며, 비닐이나 플라스틱도 존재하지 못했을 것이다.

흙이 불에 구워지지 않았다면 밥그릇의 탄생도 늦어졌을 것이다. 그랬다면 요리도 못 해 먹었을 테고, 그러면 조개양식이 크게 성공했을지도 모른다. 언젠가 '사냥꾼 이야기'라는 책을 보니, 아프리카의 어느 부족은 타조 알을 물그릇으로 사용한다는 것을 읽은 적이 있다.

쇠가 발견되지 않았거나 1000여°C에서 녹지 않고 1500°C에서 녹았다면 과학의 발전도 없었을 것이다. 우라늄, 텅스텐, 백금, 금, 구리 등 수십 가지의 금속 덕분에 과학이 발전해 왔으며, 금속을 발견하지 못했더라면 컴퓨터도 없었을 테니 주판이 인기가 있었을 것이다. 물론 우리가 좋아하는 장거리 여행도 없었을 것이다.

만약 불을 만들 때 지금보다 더 엄청난 마찰력이 필요했더라면, 이모든 것은 생기지도 않았을 것이다. 우리에게 소가 없었다면, 돼지나 닭이 없었다면 단백질을 공급하지 못해 지금처럼 이렇게 몸이 크지도 않았을 것이다. 석유가 없었다면 페트병을 만들 수가 없어 해외여행도 상당히 힘들었을 것이다.

요즈음도 나는 식탁에 무나 배추요리가 올라오는 것을 보며 '이런 반찬이 없던 조선 시대에는 밥 먹기도 힘들지 않았겠나' 하고 생각한다.

물체가 얼어서 터지거나 썩어 없어지지 않는다면, 우리에게 집게 벌레나 풍뎅이 등 애완동물이나 곤충이 없었다면, 만약 우리가 음식 몬도가네가 아니었다면 등등, 이렇게 '등등'이 없었다면 진화도 되지 않았을 것이고, 인간도 이렇게 널리 퍼지지 않았을 것이다.

섹스만 해도 그렇다. 정력이 너무 세어서 어릴 때부터 섹스한다던가, 너무 약해서 지금보다 몇 년만 늦게 섹스를 한다면 현재의 세상은 어떻게 되었을까. 우리도 개처럼 교미할 때 성기가 빠지지 않던가 오래 붙어 있어야 했다면, 다른 동물들처럼 교미기가 따로 있다면, 얼마나 망측하고 흉측할까.

짐승이 없었다면 가죽도 없었고 옷감이 발달하지 않았다면 아직도 벌거벗고 살 것이다. 그러면 기원전의 고대올림픽 때처럼 벌거벗고 스포츠를 했을 테고…

1차 대전 때는 마취제가 없어 무無마치 수술을 했었다고 한다. 그리고 의약품, 특히 페니실린이 없어서 총에 맞아 죽은 전사자보다, 상처가 곪아 죽은 사람이 훨씬 많았다고 알고 있다. 전쟁은 곧 죽음이나 다름없었는데 수십만 년 인간의 역사에서, 바로 내 한 발자국 앞에서 그런 일이 있었다는 게 얼마나 다행인가.

아직도 마취제 개발이 안 되었다면 수술도 매우 아프게 해서 생사람을 잡았을 것인데, 나도 이齒를 빼는데 마취 주사를 맞으니 아무렇지도 않았다.

내가 어릴 때는 임질·매독이 골치 아픈 병인 것 같았는데 지금은 그게 무엇인지 모르는 사람이 더 많아졌고, 얼마 전에 신문을 보니까 앞으로는 주사 한 방으로 모든 종류의 독감을 다 고칠 거라고 하는 것을 보았으며, 그 무서운 에이즈와 암도 잡혀가고 있거나 이미 해결이 난 상태다.

내 가슴에는 스텐트가 세 개 박혀 있다. 그 시술을 끝낸 후에 의사한테 물어보았다. "지금이야 이렇게 시술을 하는 게 쉽지만 몇십 년 전에는 가슴을 칼로 열고 수술을 할 수밖에 없었을 것 아니겠습니까?" 하니, 의사가 "그럼요. 꼼짝없이 그렇게 했지요. 그런 수술 하는 것을 본 적이 있는데 굉장히 힘들고 시간도 오래 걸렸습니다. 환자의 고충과 위험은 또 어땠겠습니까?" 하는 것이었다.

그야말로 나는 운이 좋은 사람이다. 우리가 어릴 때 누가 지금 같은 휴대전화기 시대를 예견이나 했었냐 말이다. 그러나 지금은 옛날에는 어른들도 만지지 못하던 전화를 어린아이들도 가지고 다니지 않는가.

옛날에는 여자들이 아기를 낳다가 죽는 경우도 많았고, 아이가 다 자라기도 전에 병에 걸려 죽는 경우도 많았다. 그러나 그 모든 장애물이 과학 앞에 항복하고 말았다. 그런 현상은 앞으로 더욱 가속화될 것이다. 마치 신의 역할이 인간에게로 넘어 왔다가 저 한가한 옛날이야기 책 속으로 쫓겨나듯이.

우리가 잘 아는 천재과학자 아인슈타인 박사를 비롯하여 대부분의 과학자는 신의 존재를 부정했다. 스티븐 호킹 박사는 2010년에 쓴 저서 '위대한 설계'에서, '우주는 신이 창조하지 않았고 스스로 창조됐다'라며 즉, 현대과학은 신의 섭리 없이도 세상 만물의 이치를 설명할 수 있다고 자신감을 표현했다.

여전히 인간은 우주에 대해 아는 것보다 모르는 것이 훨씬 많다. 인류가 자연에 대한 교만한 마음을 버리면 미래가 보장된 사회가 될 것이다. 현재와 같은 시대에 태어난 것만으로도 천만다행이라는 생각이 든다.

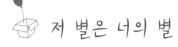 저 별은 너의 별

중학생 때라고 기억한다. '해저 2만 리'를 읽고 작품에 흠뻑 빠진 적이 있다. 나중에야 그가 공상과학소설의 대가인 프랑스의 '쥘 베른'인 줄을 알게 되었다. 1800년대 초에 태어난 그는 작품 속에서 에스컬레이터와 원자력 잠수함, 컴퓨터와 가택근무家宅勤務 무인진료無人診療 등을 예언했으며 그것은 오늘날 현실로 나타나고 있다.

그뿐인가? 우리가 만화나 영화에서만 볼 수 있는 로봇은 이미 우리 생활의 곳곳에 침투해 있다. 청소기라든가 세탁기, 전기밥솥 같은 것은 오래전에 이미 살림 일부가 되었다. 최근에는 전쟁을 대신 해주는 로봇이 등장했다고 한다. 게으르기 짝이 없는 나는 '입에 밥을 떠먹여 주는 로봇은 언제쯤이나 만들어질지?'가 제일 궁금하다.

그런데 우리도 가끔 그런 공상적인 꿈을 꿀 때가 있지 않은가? 이를테면 '어릴 때부터 불치의 병에 걸린 사람을 잠재웠다가 나중에 더 과학이 발달했을 때 깨어나게 한다던가, 평소에 잠들 때 맥박을 뛰지 않게 했다가 아침이 왔을 때 뛰게 하면 훨씬 길게 살 수 있을 것 아닌가?' 하고 말이다.

최근에도 웬 불치병에 걸린 소녀가 냉동인간이 되겠다고 자처했다는 것을 신문에서 봤다. 만약 몇백 년 후에 깨어난다면 이 소녀의 촌수는 어떻게 되는 건가. 즉, 결혼한 딸 A가 아이 B를 낳자마자 죽어서 냉동이 됐다면 B가 늙었을 때 A가 깨어나면 B는 A를 어머니라고 불러야 하나, 그럼 그새 늙은 B의 친구들은 A을 뭐라고 불러야 하나? 그런데 영혼이 과연 살아날까? 등등…

그뿐이 아니라 공상空想 중의 공상인 외계생명체는 없는 걸까? 언젠가 네이버에서 '지구 닮은꼴 제2의 지구 행성 잇단 발견, 생명체 찾을까?'라는 뉴스를 접했다.

2009년에는 지구에서 20광년밖에 안 떨어진, 바다까지 있어 뵈는 외계행성을 발견했다고 들었다. 2015년 11월에는 비슷한 거리에 있는 암석 재질의 지구형 행성을, 2016년 5월에는 미항공우주국NASA에서 생명체의 가능성이 있는 행성을 아홉 개 발견했다고 발표했다. 그것도 표면이 암석으로 되어있고 액체상태의 물이 존재할 수 있는, '골디락스 존Zone' 안에 있는 지구형 행성이라고 말이다.

과학자들은 '생명체를 찾는 것은 시간 문제'라는 견해를 내놓았다. 최근에 읽은 과학 잡지월간 뉴턴에서는 우리 은하계에서 현재 발견된 바위같이 단단한 지구형 행성이 약 4000개 있다고 했고, 더 넓은 은하까지 합치면 골디락스 존 안에 약 5억 개의 '지구형 행성'이 있을 것이라고 보았다.

특히 가장 최근에 본 것은 2018년 4월에 본 신문에서인데, 거기에 의하면 '외계행성으로 확정된 것만 2343개이고, 지구 크기의 두 배 이하의 생명체 거주 가능 행성만 30개가 발견'되었다고 한다. '지구형 행성도 400개 이상 찾을 수 있을 것으로 본다.'라고 되어있다.

그런데 만약 우리가 외계문명을 만났을 때 그들과 의사 교류는 어떻게 할까? 내가 아는 바로는, 화학 분자식은 우주 어디를 가나 똑같으니까 그것으로 하던가, 수학으로 하는 것이 좋다고 들었고, 그들과의 감정교류는 음악이 국제 언어와 다름없으니까, 음악으로 하면 될 것이라는 생각이 든다.

외계인들은 어떻게 생겼을까? 그들도 섹스를 지구인처럼 할까? 만약 그들의 문명이 지구인들보다 천년만이라도 앞섰다면, 그 외계인들도 우리 같은 문제점들을 겪었으니까 지구의 모든 문제점을 해결할 수 있지 않을까?

아니, 딱 100년만 앞섰더라도 암 같은 난치병들을 간단한 기침 고치듯이 낫게 할 터인데……. 그들의 수명은 얼마나 될까? 그들도 냉동인간을 만들어 불치의 병에 도전한 적이 있을까? 종교관 즉, 그들은 신의 존재에 대해 어떻게 생각을 할까? 그들도 신을 믿을까?

요즈음 '과거에 죽은 과학자들이 그토록 가고 싶어 했던 내일이, 바로 지금 내가 살아가고 있는 오늘이다.'라는 말을 실감하며 이 세상을 재미있게 살아가고 있다. 이런 유쾌하고도 심각한 상상에 종종 빠지게 되는 요즈음이다.

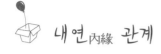

내연內緣 관계

어릴 때 어머니가 '저 여자가 누구누구 첩사이라 하더라.'라는 말을 가끔 썼다. 좀 더 자라서는 그 '첩사이'가 '첩妾'을 가리킨다는 것을 알았다.

내가 어렸던 그때는 첩이 많았다. 남아선호사상이 득세하던 시절이라, 여아들만 낳은 집에서는 대代를 잇기 위해서도 축첩하는 제도를 그리 나쁜 것으로 생각지 않고 눈감아 주었다. 반드시 남자아이를 낳아야 했기 때문이었다. 그러니 본처도 남편이 첩을 본 것을 눈감아 줬는데 '씨받이'라는 강수연 주연의 영화가 그런 내용이 아닌가 싶다.

우리 동창 중에 이름에 '끝', 아니면 '말' 자字를 써서 '끝순이, 말순이, 말녀'라는 이름이 흔했다. 아들을 낳아야 하는데 계속 딸을 낳는 바람에 계집아이들에게는 이름 이외에 부모의 성원聲援에 걸맞은 또 다른 이름 즉, 별명을 가지게 된 경우가 많았다.

내가 오래전에 하숙하던 집 첫째 계집아이 별명은 '안나', 둘째 아이 별명은 '또니', 셋째 아이 별명은 '끝나'였다. 아내도 별명이 전라도 말로 속았다는 뜻인 '두리둘렸다-'속았다'라는 의미'였다. 처가에는 딸이 여섯에, 아들은 하나밖에 없다.

요즈음에는 매스컴에서 첩이라는 말보다 정부情婦, 그렇고 그런 관계를 내연 관계內緣關係라고 한다. 그런데 당사자들은 '여자친구' 아니면 '남자친구'라고 표현한다. 그런데 어딜 가든 모텔이 많은 이유는 내연 관계가 그렇게 많다는 뜻인지도 모르겠다.

꽤 오래전에 신문을 보니, 간통죄 폐지로 이제는 얼마든지 내연 관계를 유지할 수 있다고 한다. 예를 들어 남편의 불륜증거를 잡으려면 여자 본인이 그 불륜현장을 덮치는 수밖에 없는데, 그런 현장을 여자가 어떻게 덮치라고 하는지 도저히 이해가 안 간다. 아니면, 분비물을 본인이 직접 수집하던가 하는 수밖에 없다는데, 이것도 도저히 불가능한 이야기 아닌가?

불륜의 현장증거를 누가 그리 쉽게 남기겠으며, 문을 열고 불륜의 현장을 목격하려고 쳐들어갔다가 상대 여자가 사생활 침해로 고소를 하면, 이번에는 꼼짝없이 그 여자와 재판 싸움부터 벌여야 한다.

나는 간통죄 폐지를 반대하는 사람이다. 얼마 전에 어느 영화감독과 배우가 간통했는데, 간통죄 폐지 후 배신당한 배우자가 법의 보호를 받는 길은 민법에 호소하는 방법뿐이다.

그 민법이라는 것의 한 예를 들면, 어느 여자 아나운서가 비슷한 사건으로 남편에게 위자료를 받았다고 한다. 배우자가 혼외자를 낳고 구타를 했음에도 불구하고, 위자료는 오천만 원이었다고 한다. 이게 도대체 말이 되는 이야기인가 말이다.

아무리 억장이 무너져도, 이혼소송의 위자료는 대개 1500만 원 내외라는 걸 신문에서 봤다. 정말 기가 막히는 일이다. 한쪽이 세상 사람들이 다 알도록 바람을 피우면, 그 배우자는 '공개적으로 치욕을 겪는다'라는 말에 적극적으로 동의한다.

피해를 보는 쪽을 보호해 주어야 하는 게 법인데, 굳이 '가해자의 인권'을 보호해줘야 할 필요가 있는지? '인권, 인권' 하고 남의 나라를 따라가다가, 동양의 아름다운 전통이 사라지고 마는 것은 아닌지 걱정이 된다. 이처럼 법이 거꾸로 가는 경우도 가끔 있는 것 같다.

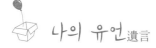

나의 유언 遺言

1977년 가을이었다고 기억한다. 전투경찰대^현 의 무경찰로 지원 입대한 후 휴가를 나온 김에, 입대하기 전에 하숙했던 대전 문화동에 있는 하숙집을 찾았다.

하숙집 주인은 예순이 훨씬 넘은 노부부였는데 나를 귀엽게(?) 봐 주셔서 항상 마음속에 두고 있었다. 입대한 후 할아버지와 할머니께 한 번도 인사하러 오지 못한 미안함도 있었고, 다음 해에 복학하면 다시 하숙을 그리 정하고 싶었기 때문에 거의 3년이 다 되어 찾아간 길이었다.

그렇게 찾아간 집인데 아무래도 이상했다. '할머니!' 서너 차례 불렀는데 대답이 없고, '할아버지!' 하고 다시 불러봐도 대답이 없었다. 돌아오는 건 썰렁하기도 하고 차게 느껴지는 빈 메아리뿐이었다.

누가 나를 훔쳐보는 것 같은 기분이 들어 고개를 돌려 사랑채를 보니, 누군가 문틈으로 나를 내다보고 있었다. 그 눈이 내 눈과 마주치자, '누구셔?' 하며 마지못한 듯이 낯선 아주머니가 나왔다.

내가 다녔던 학교는 문화동에 있었는데, 아파트가 많지 않던 시절이어서 그 일대에는 재래식 집들이 많았고, 대부분은 울타리가 돌담으로 되어있었다. 어쨌든 그렇게 만난 그 아주머니 말에 의하면, 할아버지가 돌아가셨는데 말하기 곤란한 사건이 있었다는 것이었다.

할머니 집 화장실은 출입문이 허름한 재래식이었다. 그리고 소변을 보려면 재래식 화장실 옆에 묻힌 커다란 항아리에 봐야 했다. 허리를 다쳐 몸이 불편해 지팡이를 짚고 다니시던 할아버지가 돌아가시던 날 화장실에 일을 보러 가셨다고 한다.

지팡이를 짚고 마당의 건너편으로 화장실을 간 할아버지가 나오실 시간이 되어도 안 나오셔서, 할머니가 가 봤더니 아니, 글쎄! 할아버지가 그 오줌통으로 썼던 항아리에 거꾸로 머리를 처박고 있더라는 것이다. 지팡이는 저만큼 떨어져 있고 급히 꺼낸 할아버지는 이미 목숨이 끊어진 다음이었다고 한다.

그 일이 일어난 것은 내가 찾아가기 한 달 전이었으며, 지금쯤 할머니가 산소에서 돌아오실 시간이라고 했다. 아마 지팡이를 헛짚으면서 그런 일이 일어난 것 같았다.

결국 그 날은 그 집에서 묵었다. 할머니는 할아버지와 둘이서 살던 그 시절을 잊지 못하는 것 같았다. 그리고 앞으로 어떻게 살아갈 것인가가 고민이라고 했다. 할머니 부부는 자식 없이 사는 노인네였다.

그다음 날 할머니가 '안 씨! 할머니는 나를 꼭 이렇게 불렀다 나랑 우리 영감 산소에 한 번 안 갈 거여?' 하셨다. 안 그래도 미안하기도 하고 불쌍한 마음이 일던 참이어서, "예! 안 그래도 할아버지가 뵙고 싶었는데 이따가 오후에 저랑 같이 산소에 다녀올까요?" 하며 오전에 복학처리 등 볼일을 보다가 저녁 무렵 산소에 간다고 나섰다.

산소는 서대전을 지나서 진잠 어름에 있었다. 그때는 유성儒城만 해도 지금처럼 대전시에 편입되지 않았던 시절이라 시골이었는데, 할아버지는 어느 산 중턱의 공동묘지에 잠들어 있었다. 나는 할아버지의 무덤 앞에서 절을 하였다.

지금도 그때의 장면을 잊지 못한다. 해는 뉘엿뉘엿 저물어 가고 산새들은 잠잘 곳을 찾는데, 산소에 도착한 할머니는 절을 하더니 이내 엎드려, '영감! 영감!' 하면서 슬피 곡을 하다가, 끝내 할머니는 무엇이 서러운지 "에구~영감! 이렇게 날씨는 추워 오고 날은 저물어 가는데 춥지나 않은지 모르겠소. 나를 이렇게 버려두고 혼자 가면 어쩌란 말이유." 하면서 무덤을 끌어안고 한없이 통곡했다. 할머니는 혼자 살아갈 길이 막막해서 더 슬피 울었을 터였다.

나중에는 나까지 눈물이 나서 주체를 못 할 정도였다. 할머니는 울면서 내 부축을 받고 공동묘지를 내려왔다. 그날 저녁에 할머니 집에서 한 잔 술에 취해 잠을 청하며, 인생의 번민에 싸였던 기억이 난다. 그 무덤이 있던 터는 새로운 집들과 건물들로 천지개벽을 했다.

훗날 내 죽음은 주위 사람들에게는 어떻게 비칠까. 집사람과 우리 아들들한테, 또 친구들에게 무슨 말을 할까? 우리 부모들이 내게 그랬던 것처럼 우리를 기다려 주지 않고 떠났듯이, 나도 그렇게 기다려 주지 않고 떠날 것이다. 다시는 돌아오지 않을 머나먼 길을 빈손으로 그렇게 갈 것이다. 그런데 이왕이면 나도 오늘처럼 텅 빈 가을날 모든 것을 정리하고 싶다.

어느 날인가 배가 아파 가만히 누워 있다가 스님들이 삼매에 들듯이 과거와 미래 여행을 한 적이 있다. 이것도 나이 탓일 것이다. 어느 가수는 '누구나 죽으면 태어나기 전과 같은 곳으로 돌아간다. 아무도 기억하지 않고 아무것도 의식할 수 없는 완전한 무로 환원되는 것이다'라고 칼럼에서 썼던데 내가 보기에도 인생은 그럴 것이라는 생각이 든다.

제일 먼저 집사람과 나머지 식구들 모습이 보였다. 내가 숨을 멈추기 전부터 어쩔 줄 몰라 하더니 숨이 끊어지는 순간, '여보!', '아버지!' 소리가 울음소리와 함께 교차했다. 그리고 다 늙어 어깨 힘이 하나도 없는 모습으로, 나를 끌어안고 우는 집사람의 모습이 떠올랐다.

없는 집에 시집와서 애들 키우랴 가르치랴, 고약한 내 비위 맞추며 살랴 얼마나 고생이 많았겠나 하고 생각하니, 아내가 불쌍했다. 가끔 내세우는 고집과 내지르는 소리에 속도 많이 상했을 것이다.

하지만 나도 당신에게 할 말이 없는 것은 아니다. 나 같이 세상사에 무심한 남자가 어디 그렇게 흔하냐 말이다. 반찬 투정을 하나, 당신이 어디 놀러 간들 또 며칠씩이나 안 보인들, 나 혼자서 밥을 차려 먹어도, 조금 쉰밥이나 반찬을 주어도, 싫은 내색을 했느냐는 말이다.

당신의 몸이 아플 때마다 위로를 많이 못 해준 게 미안하긴 하다. 특히 크게 미안한 것이 있는데 수원의 전셋집에서 살던 당시, 전세금 일부를 빼서 우리 집안일을 도와야 했을 때 당신이 가슴을 마구 쥐어뜯으며 괴로워하던 모습, 그 옆에 앉아 말없이 당신을 쳐다보기만 해야 하던 내 모습이 지금도 늘 멍에처럼 가슴속에 남아 있다.

성깔이 좀 있어서 그렇지, 내 월급이 얼만지 왜 찬밥을 줬는지 등 단 한 번도 닦달을 하지 않았을 뿐만 아니라 대개는 나를 보고 너무 심하다고 했지만 누군가는 당신을 보고, '참 좋겠어요. 그런 사람이 오히려 비위 맞추기가 훨씬 쉬워요. 이런 사람의 집사람은 얼마나 행복할까요?' 했듯이, 나에게 잔소리만 하지 않으면 절대 나는 살림을 어떻게 하든 무엇을 하든 간섭이나 잔소리를 하지 않았으니, 이것만 해도 기본은 되지 않았나 싶다.

내가 운이 좋아서 당신을 만났는지, 당신이 운이 고약해 나를 만났는지 그거야 하늘밖에 모르는 것이다. 좌우지간 나는 당신을 잘 만나 인생을 원 없이 살다가 가노라. 당신에게 대한 내 사랑의 표시는 그저 '더할 나위 없이 고마웠다'라는 이 마음밖에 달리 할 말이 없다.

그다음에는 우리 아들들의 어릴 때 모습이 보이는 것이었는데, 큰 녀석은 점쟁이들의 운명론(?)대로라면 오래 살 것 같다. 두 번씩이나 죽을 고비를 넘겼기 때문인데 그게 네 살 때나 되었을 때던가?

나주에서 있었던 일인데 퇴근길에 본, 집 앞의 골목길이 끝나고 대로大路가 연결되는 지점에, 커다란 버스의 바퀴 자국이 검고 길게 남의 건물을 들이받을 듯이 나 있는 것이, 아마도 버스가 누군가와 충돌을 피하려고 운전대를 틀며 급정거를 한 흔적이었을 것이다.

그것을 보는 순간 '아이고! 누군지 모르지만, 큰일 날 뻔했구나.' 하며 집으로 들어갔더니 집사람이 아직도 잔뜩 겁에 질린 채로 하는 얘기가, '큰일 날 뻔했어요.' 하며 말하는 것이, 집 앞의 비탈진 골목

길을 뛰어 내려가다가 마주친 큰길에서 수학여행을 갔다 오는 버스를 들이받게 생겼는데, 이 버스나 우리 아들 녀석이나 놀라기는 마찬가지, 피차에 결사적으로 몸을 틀면서 멈추는 차의 앞바퀴에 머리를 '쾅!' 하고 박으며 살아났다는 것이다. 가겟집에서 본 아주머니의 말에 의하면 '으악! 저럴 수가!' 하면서 눈을 질끈 감아 버렸단다.

그리고 잠시 후에 눈을 뜨니 그 도로에는 아무 일도 없었고 운전기사가 지르는 고함만 남아 있었는데, 이 녀석은 아무렇지도 않은 듯이 또 자기가 가던 곳으로 뛰어가더라는 것이었다.

또 한 번은 연천 한탄강에서 초등학교 1학년 때 강물에 빠져 죽을 뻔한 사건이다. 추운 겨울에 놀러 온 사촌 형제들과 모두 네 명이 함께 강가에 놀러 가서 얼음 위를 건너다가 얼음이 깨지는 바람에 구사일생으로 살아난 것이다. 얼음 위로 올라가려고 해도 얼음이 자꾸 깨어지더라는 얘기가 지금 생각해도 아찔하기만 하다. 천우신조라는 건 이런 경우를 두고 하는 말일까?

이 녀석이 두어 살 때던가? 집사람이 둘째를 임신했을 때다. 큰아들 녀석이 얼마나 별났던지 의사가 이 녀석을 보더니 하는 말, '이렇게 별난 아이를 어떻게 데리고 있으려고 하십니까? 아이를 낳을 때까지는 떼어 놔야 합니다.'라고 해서 강진의 어느 바닷가인 외가에 한 달간 데려다 놓은 적이 있다. 그때 '앙～ 앙' 거리며 떨어지지 않으려고, 멀리 우리의 모습이 안 보일 때까지 쫓아오며 울던 모습이 눈에 선하다.

그리고 이 녀석이 세 살 때 하루는 몹시도 배가 부른 아내가, 그 춥던 어느 밤에 둘째를 낳으려고 산통産痛을 시작한 것이다. 그런데 이 녀석을 어디 맡겨 놓을 곳도 없고 해서 아내가, '통재야. 아가가 나올 것 같으니까 일어나 같이 가자. 응?' 하니까 잠을 곤하게 자던 녀석이, '응. 알쪄, 엄마!'라면서 벌떡 일어나, 옷을 주섬주섬 챙겨 입더니 지가 먼저 문을 열고 씩씩하게 나가는 게 아닌가. 그 모습이 얼마나 의젓하고 대견하던지.

그 추운 겨울, 12월의 먼동도 트기 전의 어느 새벽에 장흥의 어느 병원에 아내를 입원시켜 놓고, 병원 맞은편 논에서 우리는 얼음을 던지고 놀며 둘째가 나올 때를 기다렸다. 나중에 이 녀석도 그 장면을 뚜렷이 기억하는 것을 보고 우리 가족 모두가 행복했다.

지독한 개구쟁이였던 이 녀석이 자전거에 올라갔다가 못 내려와 울던 것도 기억난다. 아교阿膠 통을 가지고 놀다가 쏟았는지 어쨌는지, 아랫도리가 온통 아교 범벅이 된 적이 있었다. 그런데 아교가 굳으며 고추에 늘어 붙어, 우리 부부가 떼려다가 안 되어 결국 세탁소에 데려가 약품을 바르고 뗀 적이 있다. 좌우지간 이런 개구쟁이 짓을 얼마나 했는지 모르겠다.

이 녀석이 여섯, 일곱 살이나 됐을까? 생일이 되어 맛있는 생일상에다가 장난감을 사 줬더니 며칠 후 저녁에는 다시 생일상이 생각났는지, 음력과 양력이 있다는 걸 어디서 들었는지 '엄마. 내 진짜 생일이 언제야? 맛있는 거 많이 먹는 생일 말이야!' 해서 우리를 웃게 했다. 몇 살 더 먹었을 때는 뭘 잘못했는지, 한겨울 밤에 팬티 바람으로 쫓아냈는데 그 벌을 견딘 우리 아들이 얼마나 대견스럽던지……

어릴 때부터 운동신경이 발달했던 이 녀석이 댓 살이나 먹었을까? 스케이트를 사달라고 조르기에 사 줬더니 그걸 신고 즉석에서 능숙하게 타서 나는 내 눈을 의심했다. 한번은 내가 슬픈 옛날이야기를 하나 해주며 '나중에는 아버지도 죽을 거야. 알어?' 했더니 큰소리로 '엉~엉! 아버지~! 근데 아버진 언제 죽을 거야!' 해서 그 순간 나도 뭉클했다. 이 녀석도 기억할까?

한번은 초등학교 4~5학년 때던가. 동생과 어깨동무를 하고 학교에 가는 것을 보았는데, 그때의 장면만 생각해도 얼마나 흐뭇한지……. 왜 그 장면을 사진으로 찍어 놓지 않았는지 모르겠다.

이 녀석이 운동신경이 좋아 일찍이 소질을 계발했으면 그럴듯하게 컸을 텐데, 뒷받침을 잘 해주지 못한 게 지금도 미안하다. 한 번은 이 녀석이 하도 도장道場에 보내달라고 해서 보내 줬더니 한 달 만에 심사를 보고 와서, "오, 예~! 나도 이제부턴 내일부턴 노란 띠다." 하며 신이 나 하던 모습이 생각난다. 그해 가을이던가, 그 도장에서 주최한 시합이 있었는데 현수막에는 '전국합기도대회'라고 썼지만, 옆의 포천시에서만 참석한 군郡 대회였다.

어느 날 이 녀석 친구 집에 우리 가족이 다 함께 놀러 갔더니 아들의 친구 녀석이 '엄마. 애가 우리 군 시합에서 1등 했어.' 했다. 그런데 그 말을 잠자코 듣고 있던 아들 녀석이 '아녀! 전국대회여.' 하는데 얼마나 우습던지….

지금도 기억하는지 모르겠다. 누워서 장난을 치다가 내가 이놈의 고추를 꽉 잡고 '이거 뭐얏!' 하고 물으면 '끼~추~~~!' 하며 숨 가

쁘게 웃으며 대답하던 장면을.

제법 자란 후에 맞이한 어느 어버이날, '우리 키우느라 고생이 많으셨습니다. 앞으로 설거지는 우리가 다 하겠습니다.' 하던 모습도 떠오른다. 그 날 이후 지금까지 그 녀석이 설거지하는 것을 한 번도 보지 못했다. 이 녀석이 설거지는커녕 설거지할 여자도 들여놓지 않아 속을 태우더니, 그 말을 한지 근 이십 년이 다 된 작년 여름 간신히 장가를 갔다.

아들아, 내가 죽으려 할 때 절대 산소호흡기 등 연명 치료는 하지 말아라. 그리고 죽으면 평상시에 입던 옷으로 입히고 화장을 해서 유해는 절터에 뿌리던가 니가 알아서 해라.

둘째 아들놈은 좀 특이했다. 어릴 때도 남과 같이 있을 때면 그들과 같이 어울리지 않고 혼자서 장난감들을 하염없이 바라보는 것이었다. 엄마를 따라 장에 가서도 아이가 안 보여 찾아보면 장난감가게 앞에 구부리고 앉아 넋을 놓고 있었다. 그런데 고집이 얼마나 센지 주위 사람들이 '쟤는 신경 써서 키워야 할 거요. 좀 별 난 데가 있어요.'라고들 했다.

좀 더 자라 대여섯 살이 되어서는 혼자 노래를 직접 지어 부르기에 '음악에 소질이 있나?' 하고 기대(?)를 하게 하더니, 초등학교에 들어가서는 동시童詩도 잘 짓고 어린아이라고는 생각할 수 없는 돌발적인 발언과 행동으로 우리를 놀라게 했다.

그뿐만이 아니다. 우리 안 씨 문중에 걸맞잖게(?) 잘생긴 이목구비와

훤칠한 키에 굉장히 논리적이어서 '이름값을 하는 모양이다이름이 글在 '여서' 하며 또 다른 기대를 했다. 그랬더니 개뿔! '혹시나'는 '역시나'라 더니 지금은 그쪽과 전혀 관계없는 말단 공무원 생활을 하고 있다.

초등학교 3학년 때던가. 이 녀석이 어디서 놀다가 다쳤는지 손등인 가 손바닥인가를 2cm 넘게 찢어져서 왔다. 그러니 상처 부위를 꿰매 줘야지 어떡하나, 그래서 '내가 이거 꿰매야 하겠는데?' 했더니 겁이 더럭 난 이 녀석이 '꿰매기 싫어. 엉엉! 꿰매기 싫어.' 하고 나를 따라 다니며 우는 것이었다. 그다음부터는 이 '꿰매기 싫어.'를 패러디해 얼마나 놀려 먹었는지.

친구들과 잘 어울리기도 해서 우리 집에 친구들을 한 떼나 되게 모 아 와서, 라면에다 빵과 음료수에 냉장고에 있는 것을 톡톡 뒤져 먹 을거리를 나누어 먹는 게 흔한 일이었다.

하루는 어느 친구 집에 가서 놀다가 온 녀석이 퉁퉁 불은 모습으 로, '아버지! 우리 집 재산 전부 다 거덜 나게 생겼어요. 친구네 집에 갔더니 점심때였는데 라면을 끓여 먹으면서 나한테 같이 먹자는 말 도 하지 않고 혼자만 다 먹잖아요. 자기가 우리 집에 올 때마다 내가 얼마나 먹었는데…, 앞으로 우리 집에 오기만 해봐라. 나도 라면을 혼자만 끓여 먹을 테니까.' 잔뜩 허기진 모습으로 그 말을 하는 것을 보고 얼마나 웃었는지 모른다.

중학교 2학년 때던가. 우리가 탄 차가 뒤집히는 교통사고로 혓바닥 이 반 넘게 끊어진 일도 있었다. 이 녀석은 내가 걱정할까 봐 오히려 갈빗대가 부러진 나를 달래며 장난을 걸곤 했다. 그래서 입원해 있는 동안 오히려 즐거웠다. 그 증상을 입고도 '아버지도 인정할 거는 인정해야죠.'와 '원 투 쓰리' 하며 나에게 복싱하던 흉내를 내던 일을 녀석이 기억하는지 모르겠다.

이 녀석이 초등학교 3학년 때 연천에서 살았는데, 하루는 할아버지와 할머니가 보고 싶다며 원주까지 그 먼 길을 혼자 가 보겠다고 했다. 그래서 약간의 차비 겸 용돈을 줬더니, 원주까지 차를 네댓 번 갈아타고 무사히 가서 용돈으로 돼지고기를 사 가지고 들어갔다는 것이었다.

할아버지 할머님이 깜짝 놀라시더라며 올 때 만 원을 용돈으로 주시더라는 것이다. 그런데 그 돈을 안 받으면 안 될 것 같아서 받은 다음에 전화기 밑에 몰래 놓아두고 왔다며 할아버지와 할머니가 불쌍하다고 울었다.

다소 사색적이던 이 녀석이 일곱 살쯤 되었을 때였을까. 어떤 분이 우리를 통해 절에 보시하겠다며 어른 키만 한 방석 서른 장을 우리가 살던 아파트 마당에 부려 놓고 갔다. 그걸 이 녀석 3층에 있는 우리 집까지 혼자 옮기기에 '힘 안 드니?' 하고 물어보니, '여기서 그만두면 여태까지 노력한 게 아깝다는 생각이 들어서 계속 옮기는 거예요.' 했다. 그 말이 어찌나 예쁘던지……

한번은 합기도장에 며칠 다닌 이 녀석이 사람 서너 명을 나가떨어지게 하는 기술을 배웠다며 우리에게 시범을 보였다. 기마 자세로 선 다음 '얍!' 소리와 동시에 왼손은 허리로 당기면서 동시에 오른손바닥을 쫙 펴고 내지르는 동작 즉, '장권掌拳 치기'였다.

마침 이웃에 사는 우중이라는 한 살 적은 아이가 놀러 왔다. 그러자 글재가 '우중아! 내가 너한테 한 방에 사람 몇 명씩 나가떨어지는 기술 가르쳐 줬지? 그지?' 했다. 우중이가 '응!' 하기에 '우리 글재가 가르쳐 준 거 한 번 시범 보여 봐' 하니, 그 녀석이 당황하며 '어어? 형兄아! 그거 어떻게 하는 거지?' 하는 거다.

그러자 이 녀석이, '그거 있잖아. 이렇게 하는 거 말이야.' 하면서 그 장권 치기를 시범을 보이니까 그 녀석이, 뒤통수를 긁더니 '아아, 그거?' 하면서 얍! 소리와 함께 그 동작을 했는데 얼마나 우습던지.

좀 더 철이 들면서 우리는 그때 이야기를 하며 얼마나 웃었는지 모른다. 그러나 고집이 세기만 한 이 녀석, 내가 생각할 땐 뭘 몰라도 한참 모르는 것 같다. 그 후 내가 이렇게 가끔 몸이 아픈 것은 그놈의 철사장鐵砂掌인 '장권 치기'에 맞아 그럴 것이다.

이 녀석도 큰아들에게 해준 것처럼 슬픈 이야기를 해주었더니 눈물을 닦으며 "아버지! 이상해요. 자꾸 내 눈에서 눈물이 날라 그래요!' 하던 기억이 난다. 나도 이제 이런 게 생각나는 거 보니 이상한 생각이 들지만 앞으로 20년 정도나 더 살까 모르겠다.

너도 기억할 것이다. '허붕괴!' 하고 '아버지 할아야이야이야이야' 하던 거 말이다. 또 있다. 포경수술을 하던 날 아파서 '으아! 으아! 아~으~!' 하며 울던 것, 네 엄마가 가위를 들고 사타구니 옷을 잘라주려고 다가가자 자기 고추를 자르려는 것인 줄 알고, '우와 악!!!' 하며 혼비백산하며 자지러지던 모습 말이다.

고물인 거의 다 망가진 자전거를 타고 친구와 단둘이서 전국을 일주했던 이 녀석은, 나이 지긋한 사람들에게서는 '요즘 보기 드문 젊은이'라는 이야기를 듣는 것 같다. 그런데 내게는 '아직도 철이 덜 든 모습'으로만 남아 있다.

이 녀석들아!

인생은 다 그런 거란다. 알겠지? 세상의 일이란 건 내 마음대로 안 될 때가 가끔은 있는 것이란다. 그래도 이해가 안 가면 '더 나이를 먹어 봐.'라고 밖에 할 말이 없다. 나 죽으면 그저 일 년에 한 번씩은 잊지 말고 기일忌日 명분으로 만나, 형제들끼리 사이좋게 지내고 죽은 날이나 기억해다오. 그리고 너희 엄마도 죽으면 그다음 일은 너희가 알아서 처리하겠지만, 제삿날은 나와 함께 일 년에 한 번씩 지내다오.

그다음에는 친구들 생각이 났다. 옛날에 끓여 먹을 게 없어 함께 고생하면서 자란 불알친구들. 이 중에는 장가를 남들보다 훨씬 먼저 간 친구도 있고, 삶의 아픔을 먼저 겪은 친구도 있다. 그 친구들은 지금 전국에 흩어져 살고 있다. 강원도부터 경기도를 지나 경상남도까지, 그중 하나는 에어컨이나 난방기를 만드는 기계를 돌보는, 알려지지 않은 대단한 기술자이다.

걔 중에는 "난 나중이 없어. 뭐? 적금이나 보험 같은 거 들지 않느냐고? 꿈같은 소리여. 넌 놀아도 연금 꼬박꼬박 나온다면서? 우리 같은 막노동은 일이 있으면 하고 없으면 놀고 그래! 별수 없어." 하는 길수라는 친구가 있다.

몇 년 전에 정선에 놀러 간 우리를 보며, "돈은 쓸 때 써야 돈이여. 저번엔 지난해 임금을 몇 번이나 찾아가서 받았는데 그거 받고 돈 준 사람과 담쌓게 생겼어. 그이를 매일 보는 사이거든. 그래도 굶어 죽게 생겼는데 돈을 채근하지 않으면 언제 줄지 모르는데 어떡하냐. 아직 못 받은 것도 여러 건 있어. 이노무 것 그런 것만 없어도 좀 나을 텐데 말이야. 저번엔 일하다가 다쳤는데 8, 9번 갈빗대가 금이 갔다 그러더라니까. 그래서 병원비를 빌리려고 원주에 갔는데 돈을 빌려준다던 녀석이 입원했더라고. 그런데 어떻게 돈을 빌려? 허탕만 치고 왔지. 중건이한테도 이십만 원 빌린 거 있는데 갚지 말래서 달팽이다슬기, 올갱이, 고동의 그쪽 방언 대신 잡아 줬어. 저번엔 하도 아프고 혼자 못 견디겠기에 헤어진 마누라를 불렀지. 근데 얼마나 술을 처먹는지 다시 돌려보냈다니까. 야! 야! 우리 머리 아픈데 이런 얘기 집어치우고 어디 노래방 가서 노래나 부르자."고 이야기한다.

이 녀석은 잠을 잘 때면 두 손을 모아 가슴에 댄다. 그리고 기침을 아주 심하게 한다. 어릴 때 영화에서 봤던 병든 할아버지 같다. 작년에는 일한 날짜가 전부 합쳐서 열흘이라는 이 친구는 설날 아침에 전화했더니 아침부터 술을 먹었다는 말과 함께, "야! 어제는 우리 막내 제수씨가 식구들을 데리고 우리 집에 왔는데 시집간 내 딸내미도 같이 왔더라니까? 야! 정말 명절이 좋긴 좋네. 이게 몇십 년 만이냐. 그래서 아침부터 잔뜩 취한 거여." 하는데 그 얘기를 들은 나까지도 기분이 얼마나 좋던지.

나는 지금도 꿈결에서 그의 기침 소리를 듣는다. '으읍~ 콜록콜록 흐흡~' 우리는 가끔 그 친구의 집에서 만나는데, 마누라 없이 혼자 살기 때문에 누구의 방해도 받지 않고, 우리끼리 마음대로 며칠을 놀다 올 수 있기 때문이다.

우리는 만나면 어린아이들인 그 시절로 돌아간다. 이 친구들과는 여전히 '자네'가 아닌 '너'로, '하게' 대신 '해라' 투의 말을 쓰며 아직 별명을 부르고 가끔 욕도 섞어서 말한다. 이게 더 편할 뿐만 아니라, 바로 그곳이 우리가 꿈꾸던 '동심童心의 세계'라는 것을 잘 알고 있기 때문이다.

그래, 너희들이 먼저 죽던 내가 먼저 죽던 죽더라도 연락은 꼭 하자. 내가 먼저 죽으면 너희들 죽을 때 우리 애들이라도 찾아가서 조문하라고 유언해 놓을 테니까.

그리고 고등학교와 대학교에서, 사회에서 만났던 나를 아는 친구님들! 참으로 고마웠다. 당신들 덕분에 내 인생이 풍족했다고 말해 주고 싶다. 나처럼 가진 게 아무것도 없고 아무 기술도 실력도 없는 놈한테 따뜻하게 대해 줘서 고맙기 그지없다.

우리 집사람과 영원히 헤어질 때 꼭 같이 들어야 할 노래가 하나 있다. 누가 불렀는지는 잘 모르는데 노래의 가사는, '곱고 희던 두 손으로 넥타이를 매어 주던 때 어렴풋이 생각나오. 여보. 그때를 기억하오.' 하는…….

언젠가 길을 가다가 이 곡을 듣고 노랫말이 하도 좋아 차를 세워놓고 몇 번이나 듣다가 눈물을 찔끔거렸다. 그럴 리는 없겠지만 만약 우리 아내가 나보다 먼저 갈 때는 이 노래를 틀 것이다.

요즘 여기저기 아프다 보니까 내가 살아있다는 것만으로도 가끔 놀랄 때가 있다. 그리고 멀리만 있을 줄 알았던 죽음의 그림자가 이제

슬슬 눈앞에서 어른거리기 시작하는 것 같다. 옛날에는 죽음을 보면 남의 나라 일처럼 여겼는데 쉰이 넘어서면서부터는 이웃의 일처럼 느껴지더니 이제는 나의 일로 느껴지기 시작한다. 동시에 '여보! 우리 큰 아들놈이 손주를 낳아서 손주가 중학교에 들어갈 때까지는 살아야 할 거 아니에요.' 하는 집사람의 얘기가 계속 귓가를 맴돈다.

앞으로 더도 덜도 말고 삼십 년은 이렇게 지낼 수 있으면 좋겠다.

1판 1쇄 인쇄 2019년 8월 10일
1판 1쇄 발행 2019년 8월 15일

지은이   안영해
발행인   김소양
편 집   권효선
마케팅   이희만

발행처 열린지평
출판등록번호 제321-2010-000113호
출판등록일자 1998년 06월 03일
주소 경기도 광주시 도척면 도척로 1071
마케팅팀 02-566-3410 **편집팀** 031-797-3206 **팩스** 02-6499-1263
홈페이지 www.wrigle.com

ISBN 978-89-6426-093-7   03810

이 도서의 국립중앙도서관 출판예정도서목록(CIP)은 서지정보유통지원시스템 홈페이지(http://seoji.
nl.go.kr)와 국가자료종합목록시스템(http://www.nl.go.kr/kolisnet)에서 이용하실 수 있습니다.
(CIP제어번호 : CIP2019031368)